Ortnit Karlsson wurde 1965 in Göttingen geboren. Nach der Schule begann er eine Lehre als Tischler. Bereits in dieser Zeit fing er an, Kinderbücher zu schreiben. Später absolvierte er das Abendgymnasium, studierte Betriebswirtschaft und engagierte sich in der Entwicklungshilfe. Heute lebt er in Heidelberg. *DAS KATASTROPHEN-QUARTETT* ist sein erster veröffentlichter Roman.

Ortnit Karlsson

Das Katastrophen-Quartett

Frau Schneider aus Thor

mit Illustrationen von
Eleonore Gerhaher

BAUM
HAUS

BAUMHAUS TASCHENBUCH
Band 0058

1. Auflage: März 2012

Dieser Titel ist auch als E-Book erschienen.

Vollständige Taschenbuchausgabe

Baumhaus Taschenbuch Verlag in der Bastei Lübbe GmbH & Co. KG

Deutsche Erstausgabe

Für die Originalausgabe:

Lektorat: Ulrich Faure, Düsseldorf
Illustrationen im Innenteil: © Eleonore Gerhaher
Umschlaggestaltung: Gisela Kullowatz
unter Verwendung einer Illustation von Eleonore Gerhaher
Autorenfoto: © privat
Satz: Helmut Schaffer, Hofheim
Gesetzt aus der DTL Documenta
Druck und Verarbeitung: CPI – Ebner & Spiegel, Ulm
ISBN 978-3-8432-0058-5

Sie finden uns im Internet unter
www.baumhaus-verlag.de
Bitte beachten Sie auch www.luebbe.de

1

Ich bin Menne. Dass mir Shaleh, Rulle und Kaiser erst nicht glauben wollten, konnte ich ihnen nicht übelnehmen. Denen habe ich zuerst von Frau Schneider erzählt. Was logisch ist. Sie sind nämlich meine engsten Freunde. Also nicht, dass sie mich ausgelacht hätten! Aber sie dachten, dass ich geträumt habe oder so was. Denn hätte mir zum Beispiel Rulle von Frau Schneider erzählt, hätte ich ihm auch nicht geglaubt. Dann haben sie Frau Schneider aber gesehen.

Nur Shaleh hat mir sofort geglaubt, weil Shaleh ja auch ein bisschen verträumt ist. Trotzdem ist Shaleh von allen Schülern an der Grundschule die schnellste Läuferin gewesen, und heute ist sie immer noch schneller als sogar die Jungs in der Siebten. Sie hat es mit der Geschwindigkeit. Deshalb ist sie irgendwie auch kein richtiges Mädchen, weil sie zum Beispiel schnelle Autos toll findet und auch Modelle sammelt von ihnen. Weil wir Kaiser und Rulle erst auf dem Gymnasium kennengelernt haben, in der Fünften, ist unsere Freundschaft älter als unsere Bande. Shaleh wohnt mit ihrer Familie bei meiner Mama gleich nebenan, wo meine Geschwisterchen wohnen. Wenn ich nicht bei meinem Vater bin, wohne ich da auch.

Ich bin im Laufen nicht so toll wie Shaleh. Dafür habe ich dauernd Einfälle, die sie sich dann aufschreibt, weil sie einmal eine berühmte Schriftstellerin werden will. Sie wollte auch erst dieses Buch hier schreiben. Aber jeder von uns darf mal drankommen, und weil Frau Schneider zuerst einmal mir passiert ist, soll ich anfangen. Weil ich aber Schwierigkeiten mit der Rechtschreibung habe, hilft mir Shaleh dabei. Eigentlich finde ich Deutsch nämlich blöd. Das ist aber nicht meine Schuld, hat mein Vater gesagt. Sondern, hat er gesagt, das ist die Schuld der Schule. Und dann hat er auf die Schule geschimpft und auf die, wie Kaiser das nennt, *Rechtschreibreform*. Dann hat sich Mama von Papa getrennt. Von da an konnte ich nicht mehr fliegen.

Dass ich das einmal konnte, hat mir auch nur Shaleh geglaubt. Es kommt hier im Buch aber gar nicht mehr vor, weil es in eine Zeit gehört, in der es das Katastrophen-Quartett noch nicht gab. Das Katastrophen-Quartett sind Kaiser, Rulle, Shaleh und ich. Die Erste, die uns so nannte, war Frau Klicker. Und zwar wegen der Wellensittiche von Herrn Niebel. Aber Herr Georgsheimer nannte uns auch so, obwohl man bei einem Sportlehrer gar keine Klassenarbeiten schreibt und deshalb auch nicht abschreiben kann. Wir schreiben nämlich seit der zweiten Hälfte der Sechsten immer dieselbe Note, was ebenfalls von Frau Schneider kommt. Wir haben es nicht darauf angelegt, sondern das ergab sich wegen der Mafia. Und weil uns Frau Schneider beim Spicken hilft. Seit sie mit Herrn Niebel zusammen ist, ist das sogar richtig einfach geworden.

Herr Niebel ist unser NaWi-Lehrer, aber in Wirklichkeit ist er Geheimagent. Jedenfalls war er das einige Zeit. Da hat er für ein Amt spioniert, das ebenfalls geheim ist. Also er hat gesagt: »Und unser Katastrophen-Quartett hat mal wieder voneinander abgeschrieben.« Das war, bevor wir ihn enttarnt haben. Wovon er aber nichts weiß. Er kann uns auch nichts nachweisen, weil das nicht so leicht ist, wenn vier voneinander spicken, die gar nicht nah zusammensitzen. Da hat so ein Lehrer, sagt Kaiser, *Probleme*.

Den Namen hatten wir trotzdem weg.

Wir fanden ihn auch passend. Dabei waren wir an den Wellensittichen gar nicht schuld. Aber ich weiß von meinem Vater, was ein Quartett ist. Mein Vater ist Musiker, er spielt Klavier und arbeitet für die Oper. Man nennt das einen Korrepetitor. Was eigentlich ein Kaiser-Wort ist. Trotzdem ist das mein Vater von Beruf. Er spielt zum Beispiel Klavier, wenn andere versuchen zu singen. Von ihm habe ich gelernt, dass es im Leben nicht auf die Sachen ankommt, die passen. Sondern auf die, die nicht passen. »Was zu glatt ist«, sagt er, »ist langweilig.«

Frau Schneider ist derselben Meinung.

Shaleh, Kaiser, Rulle und ich also. Das Katastrophen-Quartett. Obwohl wir ein Quintett sind, weil man Frau Schneider dazurechnen muss. Einmal haben wir eine parkende Straßenbahn aus den Gleisen gehoben und neben den Gleisen abgestellt, und zwar komplett. Das stand in der Zeitung, ihr könnt das nachlesen. Da hat man uns aber auch nichts nachweisen können.

Kaiser hat gesagt: »Wenn die uns alle so nennen, dann haben wir eine Verpflichtung.« Kaiser spricht oft so geschraubt. Weshalb eines Tages Rulle auf die Idee mit dem Katastrophenbuch kam. Seitdem nenne ich meine kleine Schwester *Katastrophelchen*. Weil sie nämlich Ophelia heißt. Sie ist erst vier und wohnt wie mein Zwillingsbrüderchen bei meiner Mama, während ich halb dort, halb aber auch bei meinem Vater wohne. Das ist praktisch, wenn man mit einem von beiden mal Krach hat.

Mein Zwillingsbrüderchen heißt Pierre-Lennon, weil sein und Katastrophelchens Vater aus Frankreich kommt und bei den Beatles die Technik gemacht hat. Das ist eine Gruppe von meiner Großmutter, als sie noch jung war. Jetzt wisst ihr, wie jung meine Mama noch ist und dass meine Geschwisterchen einen anderen Vater haben als ich. Der ist auch jünger als mein Vater, aber Kaisers Bruder, den alle immer Gor nennen, ist auch schon vergleichsweise alt. Nämlich siebzehn.

2

Ich soll nicht vorgreifen, sagt Shaleh, sondern der Reihe nach erzählen.

Angefangen hat es mit meinem Umzug, also dem von meinem Vater und mir. Das war kurz bevor Shaleh und ich auf das Gymnasium kamen und da dann endlich in die gleiche Klasse. Es war damals keine so gute Zeit auf der Grundschule mehr. Ich hatte dauernd Krach mit Leif, und da gab es die blöde Nira mit ihrem vielen Geld. Aber wegen Shaleh war ich bei den anderen sowieso durch, wegen ihr und meinen Ideen. Das war nicht, weil Shaleh aus Afghanistan kommt und so eine Haut hat. Sondern einfach, weil sie ein Mädchen ist.

»Igitt! Der geht mit einem Mädchen!« – So war das.

Dabei fährt Shalehs Vater das schnellste Auto, das ich jemals gesehen habe. Ich meine, nicht nur auf Spielkarten und in Filmen, sondern in echt. Er fährt einen knalleschwarzen Maserati. Shaleh sagt, dass das ein »Quattroporte V« ist, was auf Italienisch Viertürer heißt, »und das V«, sagte sie stolz, »das steht für *verdammt schnell*«.

Shaleh hat meine Geschichten immer gemocht, während die anderen gesagt haben, dass ich spinne. Zum Beispiel wegen der Marskartoffeln, was aber Mama mir erzählt hat. Deswegen haben sie gesagt, dass meine Mama eine genau solche Lügnerin ist wie ich. Dabei waren die Kartoffeln wirklich ganz grün. Trotzdem hat Frau Lehmann zu Mama gesagt, dass ich mich mit meinen Geschichten zurückhalten soll. Das hat meine Mama zornig gemacht. Zornig ist sie sonst nie. Aber sie hat zu Frau Lehmann gesagt: »Sie werden die Fantasie meines Kindes nicht beschneiden.« Wörtlich: *beschneiden* – was sonst immer mein Vater so sagt, obwohl das viel mehr nach Kaiser klingt. Der vor allem mit den Lehrern so hochtrabend spricht. Deshalb mögen die ihn auch nicht. Anders als mein Vater wird Kaiser aber nie wirklich wütend. Der kann nämlich richtiggehend toben. Da kann man einen entsetzlichen Schrecken von kriegen. Denn dass das mal wichtig werden würde, wusste ich damals noch nicht. Es wurde sogar absolut wichtig, also wegen der Mafia. Aber jetzt schimpft Shaleh bestimmt gleich, dass ich schon wieder alles verrate.

»Eine Geschichte«, sagt sie, »muss man hintereinander erzählen.«

»Das ist wie mit Witzen«, stimmt Kaiser zu. »Die sind witzlos, wenn man mit der Pointe anfängt.« *Pointe* ist auch so ein typisches Kaiser-Wort.

Ich will aber, dass ihr wisst, wie wir sind. Meine Mama, mein Papa, Shaleh, Kaiser, Rulle, deren Eltern und ich. Alle eben.

Meine Mama zum Beispiel ist eigentlich immer sanft. Wenn mein Vater Frau Schneider sehen könnte, wäre aber auch er bestimmt etwas weniger wütend. Denn meine Mama sieht Frau Schneider, was aber gar nicht so gut ist. Sie sieht sie nämlich anders als wir.

Also die Vierte war nicht mehr auszuhalten. Wahrscheinlich waren die anderen einfach nur neidisch, weil ich schon auf echten Vulkanen gewesen bin und weil ich außer Shaleh noch eine andere Freundin habe, die eine Sphinx ist. Von der kann ich jetzt aber wirklich nicht erzählen. Was eine Sphinx ist, kriegt ihr außerdem selbst raus.

»Du und Vulkane! Doch du nicht!« riefen die andern. Dabei hätten sie nur meinen Vater fragen müssen. Der hätte es ihnen schon gesagt, dass das stimmt. Aber natürlich erzählte ich meinem Vater nichts davon. So was tut man nicht. Man steht so was alleine durch. Allerdings erzählte ich es Shaleh, und sie hat mir sofort geglaubt und gesagt: »Davon mach ich eine Geschichte!« Womit sie aber die Sphinx gemeint hat. Die Mehrzahl von Sphinx, erklärte uns daraufhin Kaiser, heißt *Sphingen*. Was Rulle mit seinem »Das ist echt rulle« kommentiert hat. Von so was hat er nämlich seinen Spitznamen. In Wirklichkeit heißt er Hùng, wobei »rulle« einfach nur »schräg« bedeutet.

»Bleib bei der Sache, Menne!«

»Ja, Shaleh. – Das mit dem Fliegen will ich aber doch noch erzählen.«

Das Fliegen macht einem klar, wie man erwachsen wird. Nämlich bin ich erwachsen geworden, seit ich es nicht mehr kann. An so etwas merkt man das. Denn als ich noch klein gewesen bin, habe ich nachts oft das Fenster geöffnet, wenn Mama und Papa geschlafen haben. Ich bin dann aufs Fensterbrett geklettert und habe mich fallen lassen. Bei den ersten Malen braucht man dazu Mut, weil man noch klein ist und die Straße so weit weg unter einem. Ich war ungefähr drei, als es damit losging. Dann konnte ich die ganze Nacht hindurch fliegen, wohin immer ich wollte. Aber als sich meine Eltern das erste Mal voneinander getrennt haben, hörte das auf. Dabei wäre es jetzt ziemlich praktisch gewesen, hätte ich nachts zu Shalehs Wohnung noch hinfliegen können. Was früher nicht nötig war. Aber es war nun wirklich gefährlich. Ich wollte mir ja den Hals nicht brechen. Seit die Sache mit Frau Schneider losgegangen ist, habe ich es erst gar nicht mehr versucht.

Aber ich soll das aufschreiben, sagt sie, weil so was unbedingt mit in das Buch muss. Denn wenn man Schwierigkeiten mit dem Schreiben hat, sagt sie, dann muss man Geschichten schreiben, weil diese Schwierigkeiten nämlich die Voraussetzung für gute Geschichten sind. Ohne Shalehs Hilfe würde ich »Voraussetzung« garantiert immer noch mit zwei *r* schreiben.

Shaleh wohnt mit ihrer Familie bei Mama gleich nebenan. Darum sind wir zur Grundschule auch immer zusammen gegangen. Da passiert das ganz automatisch, dass man Freund wird. Genau so sind wir beide dann Freunde von Kaiser und Rulle geworden und ebenso automatisch wir alle vier zu Freunden von Frau Schneider. Die aber nicht in ein einziges Buch passt. Das wird euch hoffentlich jetzt schon klar sein. Also wird es ein Kaiserbuch, ein Rullebuch und ein Buch von Shaleh geben, und natürlich dieses hier. Aber wenn wir damit fertig sind, dann will auch Frau Schneider, hat sie gesagt, ein Buch schreiben: über wo sie herkommt, wie man da lebt und außerdem über uns. Wir glauben aber nicht, dass sie das schafft.

3

Wir brauchten also eine neue Wohnung. Mama blieb mit meinen Geschwisterchen in unserer alten Wohnung, wo ich auch noch mein Zimmer habe. In den drei Wochen, bis wir umzogen, las mein Vater neuerdings Zeitungen, sogar viele. Dafür hat er sonst keine Zeit, weil er nämlich lieber Partituren liest, was Bücher voll mit Noten sind.

Er las auch nur die Anzeigen. Manche kringelte er ein, schnitt die Kringel aus und klebte sie auf Blätter. Die tat er in Sichthüllen und nahm sie zu den Wohnungen mit, die er ansehen wollte. Zweimal nahm er auch mich mit. Wir brauchten nicht lange, um uns zu entscheiden.

Ich sagte schon, es war keine schöne Zeit. Mama und mein Papa stritten sich immer, vor allem wegen der Zigarren, die mein Vater abends raucht. Das konnte meine Mama nicht ausstehen. Weshalb sie Gelmund kennenlernte, der Nichtraucher ist. Außerdem ist er Pilot.

Wir zogen im zweiten Stock eines Hinterhauses in drei riesige Zimmer, von denen ich das größte bekam. Es hat sogar einen Balkon, was ich mir immer gewünscht habe, und einen eigenen Eingang. Das Haus hat nämlich zwei Treppenhäuser, eins ist vorne und eins hinten. Über den zweiten Hinterhof kann man durch das andere Treppenhaus direkt in mein Zimmer kommen. Man kann dafür auch über die Mauer von dem großen Park klettern, in dem sie später Gor wiedergefunden haben.

»Menne!«, ruft Shaleh.

»Okay okay«, sage ich und erzähle wieder richtig.

Danach muss man vier Treppen hoch. Das sind zwei Stockwerke.

Die anderen Zimmer gehen nach vorne zum ersten Hinterhof raus, wo auch die Wohnungstür ist. Zu diesen anderen Zimmern führt ein irre langer, schmaler Flur, von dem vorher Küche und Badezimmer abgehen.

Damit ihr eine Vorstellung habt, wie wir leben.

Die Wohnung war ganz leer. Sie ist, sagt mein Vater, furchtbar billig. Er versteht nicht, hat er gesagt, warum die so billig ist. Sie war sogar frisch renoviert, als wir einzogen, und hatte ein ganz neues Badezimmer. Nur dass mitten in meinem Zimmer eine alte Waschmaschine stand. Ein echt uraltes Ding mit riesen Betongewichten da drin, damit es wie ein Klotz feststeht, wenn die Wäsche schleudert. Einen »ollen Oberlader« hat Kaiser das Ding genannt, als er es zum ersten Mal sah.

»Was macht denn dieses Monstrum da?«, rief mein Vater erstaunt. »Mitten in einem Wohnraum!« Vor allem, weil die Maschine noch mit dem langen dicken Schlauch an die Wasserleitung angeschlossen war. Der schlängelte sich halb durch den Flur bis ins Badezimmer, das zwischen der Küche und den beiden Zimmern meines Vaters liegt. Die Küche ist direkt neben meinem Zimmer.

Was sollte das Ungetüm da? Das *konnte* nicht einfach vergessen worden sein.

»Eigentlich muss das der Vermieter machen«, sagte mein Vater, »dieses Unding wegzuschaffen.« Er hatte aber keine Lust auf Telefonate. »Da bleibt man ewig in den Warteschleifen hängen. – Komm, Menne, das packen wir allein.«

Packten wir aber nicht. Es war eine absolut wüste Ackerei, also alle drei Mal. Bis wir es aufgaben. Da telefonierte mein Vater dann doch. Mindestens zwei Stunden lang. Der Vermieter sagte, mein Vater soll eine Haushaltsauflösung anrufen. Das ist eine Firma, die so was macht. Die sollte uns helfen.

Sie hatte aber auch so eine Warteschleife. Da wurde mein Vater schon wütend.

»Ich hab echt nicht die Zeit, mich um so einen Quatsch zu kümmern!«

Er kann dann sehr laut werden. Wenn fremde Leute dabei sind, finde ich das peinlich.

Er hat einfach zu wenig Geduld. Zum Beispiel beim Einkaufen. Wenn er sich in eine Schlange stellen muss, kann er plötzlich den Einkaufswagen mit allen Sachen drin stehenlassen und haut ab. So ist mein Vater. Manchmal übertreibt er, finde ich. Es ist aber nicht klug, ihm das zu sagen. Dafür hat er auch ziemlich viele gute Seiten. Wenn ich mit ihm nicht weiter weiß, frage ich sowieso

Mama. Manchmal trifft sie sich mit Frau Schneider zum Kaffeetrinken.

»Menne!«

Erst mal drehten wir von der Waschmaschine den Schlauch ab. Das klappte ganz gut, obwohl die Schelle ziemlich festsaß. Das also war nicht das Problem. Aber so ein Vieh wiegt wenigstens so viel wie ein uraltes Auto. Weil das noch alles richtiges Eisen ist, sagte mein Vater, nachdem er vergeblich versucht hatte, die Waschmaschine hinten anzuheben. Er schaffte keine zwei Zentimeter.

»Schieb doch mal mit!«

Im Ernst, Leute: Ich bin elf ... na gut, kräftiger als andere meines Alters, aber bestimmt nicht kräftiger als zwölf. Und nicht so kräftig wie Kaiser.

Habe ich schon gesagt, dass es sinnlos ist, meinem Vater mit logischen Argumenten zu kommen? Besser, man fasst dann wirklich mit an. Oder man tut so.

»Uff!«

»Das Scheißding«, fluchte mein Vater, »rührt sich keinen Millimeter!«

Es ist immer gut, wenn man seine Eltern an ihre Erziehung erinnert. Zum Beispiel darf ich das Sch-Wort nicht sagen. Vor allem, sagt Mama, sagt man es nicht in Gegenwart von Kindern. Deshalb sagte ich mahnend: »Pàpa ...«

»Na, ist doch wahr! – Also nochmal ... – HAU---RUCK!«

Es war knapp davor, dagegenzutreten. Auch solche Sachen bringt mein Vater. Er kriegt einen roten Kopf, und auf der Stirn schwillt eine riesige Ader an. Das kommt aber davon, dass er auf seine Gelenke, Hände und Finger achten muss, weil er Musiker ist. Eigentlich darf er gar nichts heben.

Doch wie gesagt: Logische Argumente bringen da nichts.

Dann stemmte er sich mit dem Rücken gegen die Maschine.

»Das hat überhaupt keinen Sinn! Das Ding ist ja wie angeschraubt.«

»Wir sollten was Rundes drunterlegen.«

Aber wir fanden nichts Rundes, das sich geeignet hätte. Deshalb gaben wir die Sache für diesen Tag auf. Wir rollten nur noch den Schlauch zusammen und verstauten ihn in der Küchenkammer.

4

Das war der Sonnabend. Ich erinnere mich genau. Sonnabend vormittag.

Wir hatten einen schönen, ganz hellen und fast schon warmen Februartag. Mein Vater hatte nachmittags und abends Probe. Aber ich bin an den Wochenenden meistens sowieso bei Mama. Also das ist so geplant. Nur dass Frau Schneider schon da alles durcheinanderzubringen anfing, als wir noch gar nichts von ihr wussten.

Als ich mich draußen aufs Fahrrad schwang und die Allee hinunterfuhr, roch es jedenfalls schon richtig nach Frühling. Meine Schulsachen ließ ich in dem neuen Zimmer. Nach dem Mittagessen bei Mama wollte ich nebenan bei Shaleh klingeln und fragen, ob sie Lust hat, in die Arcaden zu fahren.

Mama hatte Hähnchenschenkel gebraten. Überall standen Umzugskartons, auch noch von meinem Vater und mir, vor allem aber von Gelmund, weil der bei Mama einziehen wollte. Dazu kam es aber nicht. Nur dass mein Vater dafür wirklich nichts kann. Obwohl er Gelmund nicht mag, während ich Gelmund völlig in Ordnung finde, schon weil er die ganze Welt gesehen hat. Ich habe mir vorgenommen, dass auch ich eines Tages Pilot werden will.

Gelmund war aber nicht da.

»Shaleh kann mitessen, wenn sie mag«, sagte meine Mama.

»Die isst doch kein Fleisch«, sagte ich. »Aber ich treff sie sowieso gleich.«

Ich stopfte mich voll und zog ab.

Vor den Arcaden warteten Kaiser und Rulle, die Shaleh schon angerufen hatte.

»Leute«, sagte ich, »wir haben eine Aufgabe.«

Ich erzählte von der Waschmaschine. Sofort fuhren wir in meine neue Wohnung. Keine zwei Minuten ist sie von den Arcaden entfernt.

Erst einmal fanden es alle absolut geil, dass ich einen eigenen Eingang habe. Vor allem, weil sich die Tür meines Zimmer gegen den Flur sogar abschließen lässt.

»Das wird unser Hauptquartier«, entschied Kaiser. »Aber da darf dann natürlich keine Waschmaschine drinstehen. Das wäre albern, und wenn sie noch so alt ist.«

Wie alt sie ist, stand an ihr dran. *1911* lasen wir und *Thor* und darunter *Hurley Machine Co., Chicago.*

»Die ist aber von weit her!«, rief Shaleh.

Kaiser sagte: »Die ist sozusagen nachhause zurückgekommen, wenn sie Thor heißt.« Und setzte dazu: »Eigentlich logisch.«

»Wieso?«, fragte Rulle.

»Weil Thor ein alter germanischer Gott ist«, erklärte Kaiser.

»Echt rulle«, sagte Rulle. »Ein Gott als Waschmaschine.«

»Das geht nicht, in der Tat«, befand Kaiser und machte eine Zeichnung von ihr und eine Zeichnung von Stangen, in denen sich kleine Räder drehen, und wie man die da drunterkriegt. Kaiser ist in solchen Sachen ein Genie. Das ist er aber sowieso. Was Shaleh im Laufen ist, ist Kaiser in Mathe und NaWi.

Man sieht ihm das aber nicht an. Ein Mathe-As ist schmal und blass und trägt Brille. Nun ist Kaiser zwar kleiner als ich und Shaleh, wenn auch nicht so klein wie Rulle, aber er ist breit und sehr kräftig, hat lackschwarzes Haar und knalleblaue, scharfe Augen. Eigentlich heißt er Rama, wie die Margarine, *richtig* eigentlich aber Ramaswami. Doch das ist uns zu lang. Weswegen wir ihn immer, bis er Kaiser wurde, Rama genannt haben. Er gibt das nicht zu, aber das hat ihn wegen der Margarine genervt. Wie er zu dem Namen Kaiser gekommen ist, erzähle ich nachher. Eigentlich kommt er aus Indien.

»Sehr gut«, sagt Shaleh. »Mach erst mal mit Thor weiter.«

Wir nennen die Waschmaschine aber nur selten Thor.

»Menne!«

Jedenfalls sagte Kaiser, indem er auf seine Zeichnung zeigte: »So was brauchen wir. Und ein paar Seile. Dann kriegen wir das Ding wenigstens schon mal ins Treppenhaus.«

»Wir haben hier irgendwo Gurte mit Trageschlaufen«, sagte ich, »noch von dem Klaviertransport.«

»Such du die raus. Wir treiben derweil die Bolzen auf.«

Als die Freunde schon in der Tür zum Treppenhaus standen, drehte sich Kaiser noch einmal um und fragte: »Ob uns dein Vater drei zusätzliche Schlüssel gibt? Ich meine, wenn das unser Hauptquartier wird, sollten wir alle Zugang haben.«

Ich war mir nicht sicher, ob das klappen würde. Für so was braucht man eine Gelegenheit.

Die ergab sich. Das erzähle ich nachher.

Als die Freunde zurückkamen, hatte ich die Gurte rausgesucht. Sie lagen samt der Schlaufen, die man sich um die Schultern legt, gleich hinter dem Klavier, weil es gestern erst hergebracht worden war. Bei uns herrschte eigentlich noch das gleiche Chaos wie bei Mama.

Nun hatten die Freunde zwar diese Bolzen nicht mit, aber Kaiser hatte zwei Inlines zum Unterschnallen aufgetrieben, mit denen man Skaten lernen kann. Man bindet die unter die Straßenschuhe. Jetzt schoben wir sie Thor unter die Seiten. Was gut ging, weil die Sohlen flach und genügend breit waren. Wir stemmten die Maschine mit zwei Eisen hoch, die Rulle von dem Werkstattladen oüttet hatte. Auch dieses Wort stammt von Rulle, weil Kaiser mal von »organisierendem Überreden« gesprochen hat. Daraus hat Rulle »oüten« gemacht – zum Beispiel so: »Das oüten wir schon.« Während Kaiser, wenn er aufs Klo muss, das so ausdrückt: »Ich muss jetzt stoffwechseln.« Und als er neulich während des Unterrichts ganz versunken aus dem Klassenfenster sah, hat Herr Niebel gerufen: »Rama, nun wach endlich auf!« Da hat Kaiser geantwortet: »Stören Sie mich nicht! Ich inhaliere soeben die Welt.« So was ist typisch für Kaiser.

Mit Abstand der beste Oüter der Welt ist aber Rulle. Er kriegt alles, und zwar immer. Darauf ist genauso Verlass wie auf Kaisers Einsen. Dafür halte ich unsere Truppe zusammen. »Der Menne«, hat Kaiser einmal gesagt, »hat echt« – das Wort jetzt ist ebenfalls typisch für ihn – »soziale Kompetenz.« Die Erwachsenen nervt so was. Kaiser ist ja erst zehn.

Jedenfalls zogen drei von uns an den Seilen, und Kaiser stemmte auf der anderen Seite. Dann schob er meinen prallen Schulranzen mit einem Fuß unter Thor. Wir ließen ab, und die Skates passten tatsächlich unter die Maschinenseiten. Weshalb wir die Maschine, wir alle vier auf der Gegenseite, bis an die Tür des Hausflurs kriegten. Das war immer noch nicht leicht, aber ging. Wir schafften sie sogar, mit einem heftigen Ruck, über die Schwelle. An der blieben natürlich die Skater hängen. Thor gab ein furchtbar schräges Krachen von sich und rutschte dann drüben auf den Hausflur. Ausgesperrt.

Mein Vater, dachte ich, wird Augen machen.

Machte er aber nicht. Weil es dafür keinen Grund gab. Sondern ich machte sie.

Denn nachdem wir die Maschine nun endlich draußen hatten, räumten wir mein Zimmer hauptquartiersmäßig um. Als uns das langweilig wurde, suchte ich meine Yugi-Oh!-Karten zusammen. Eine ganze Tüte voll. Mit der sind wir dann raus. Was zu tun war, war getan.

Dachten wir.

Und weil Wochenende war und ich bei meiner Mama schlief, kam ich vor Sonntagabend auch nicht wieder. Und da stand diese Waschmaschine genau wieder da, von wo wir sie mit solch einem Aufwand weggeschoben hatten. Obwohl die Tür zugeschlossen gewesen war.

Habe ich eigentlich schon erzählt, dass Frau Schneider ein Wolf ist?

5

Ich sofort zu meinem Vater rüber.

»Wieso steht die blöde Waschmaschine wieder da?«

Er guckte mich baff an.

»Wieso? Die war doch nie weg.«

»Aber klar war die weg!« – Ich erzählte von unserer Aktion.

Jetzt schaute er noch baffer. »Das hast du geträumt, Junior.«

»Nein! Hab ich nicht!«

»Doch. Hast du.«

Klar, dass es keinen Zweck hatte.

»Jetzt mach dich mal bettfertig«, sagte er und beugte sich wieder über seine Partitur, die auf dem Wohnzimmertisch lag. Mein Vater hört, wenn er sich auf Noten konzentriert, nie richtig hin. Das hat Nachteile, aber auch Vorteile. Zum Beispiel, dass er dann nicht nachdenkt, wenn er antwortet.

»Krieg ich noch drei Schlüssel für die andere Tür?«

»Jaja«, sagte er. »Aber jetzt geh Zähne putzen.«

»Versprochen?«

»Versprochen.« Er sah er nicht einmal auf.

Mein Vater hält sich an Versprechen. Das muss man ihm lassen. Auch wenn er nicht aufpasst, wenn er sie gibt.

Ich zurück in mein Zimmer, zufrieden, weil ich immerhin *das* hingekriegt hatte. Das ließ mich die blöde Situation von der komischen Seite sehen. Erst mal guckte ich nach Schleifspuren am Boden. Es waren aber keine zu sehen. Ich öffnete die Tür zum hinteren Hausflur. Da waren tatsächlich noch die Abdrücke, die die Maschine gestern auf dem Treppenabsatz gemacht hatte. Ganz deutlich.

Hatte noch jemand anders für mein Zimmer einen Schlüssel? Vielleicht war der Vermieter hier gewesen. Aber warum sollte der? Der Typ vielleicht, der vorher hier gewohnt hatte? Schon denkbar. Nur warum hätte wieder *der* die Maschine zurückwuchten sollen?

Ein bisschen unheimlich war mir das schon. Besser, ich ging erst mal die Zähne putzen.

Bisschen später lag ich in meinem noch gar nicht richtig aufgebauten Bett. Mein Vater kam, um mir vorzulesen. Ich kann mich nicht erinnern, dass das jemals anders war.

Als ich vier war, hat er mir den ganzen Herrn der Ringe vorgelesen. Ich fand das schon damals übertrieben, aber so ist er nun mal. Am besten, man lässt ihn. Auch, wenn er mir jetzt schon seit fast einem Jahr ein Buch vorlas, das absolut langweilig ist. Ich verstand nicht mal die Hälfte. Dabei soll das ein berühmtes Jugendbuch sein. Mein Vater sagt aber, eigentlich ist das kein Jugendbuch, sondern eine Dichtung. Deshalb darf man, sagt mein Vater, auf keinen Fall eine gekürzte Ausgabe lesen. Ich soll keinen gekürzten Mist zu lesen kriegen, sagt er. Und liest mir den Lederstrumpf in dieser öden Fassung vor. Nichts als Beschreibungen und eine so schrähfiche Sprache, dass ich immer gleich einschlafe. Nee, ich sage da nichts. Mir gefällt das ja, wie begeistert mein Vater dann ist. Wenn man müde ist, funktioniert es auch.

Diesmal funktionierte es nicht. Thor beunruhigte mich. Es war nicht angenehm, mit diesem Ding in einem Zimmer zu schlafen. Durch das Fenster kamen komische Schatten. Vom Park her, dachte ich, obwohl das nicht sein konnte. Da fahren keine Autos drin. Da gibt's keine Scheinwerfer, die Schattenhuschen machen. Vielleicht waren es nur die Äste vor den Laternen.

Ich stieg aus dem Bett.

Nichts. Da brannten keine Laternen.

In seinem Klavierzimmer saß mein Vater und spielte. Er nimmt abends immer den Dämpfer. Hören tut man's aber doch. Ich mag das trotzdem, sogar sehr. Nur war das jetzt wie eine besondere Ferne. Von so weit klang das durch den riesigen Flur an mein Bett heran. Der Flur trennte nicht Räume, sondern die Zeit. Ich war allein im

Heute, mein Vater war hundert Jahre früher. Wäre jetzt was Schlimmes passiert, er hätte mir nicht helfen können, auch wenn ich geschrien hätte. Denn selbst, wenn er sehr schnell gewesen wäre, hätte er doch die ganzen hundert Jahre herlaufen müssen und wäre längst tot gewesen, wenn er hier ankommt. Nur mal rein lebensdauermäßig betrachtet.

Es heißt, was man zum ersten Mal in einer neuen Wohnung träumt, das geht in Erfüllung. Deshalb wollte ich auf gar keinen Fall einschlafen. Stellt euch mal vor, man träumt was von dieser Waschmaschine, das schließlich in Erfüllung geht!

Früher hätte ich in so einer Situation das Fenster geöffnet, wäre aufs Fensterbrett geklettert und in die Freiheit weggeflogen. Doch wie gesagt, das ging nicht mehr. Das ist der Preis, wenn man ein Jugendlicher ist. Ist man erst mal erwachsen, sagt Kaiser, geht noch sehr viel weniger.

Was tun Erwachsene in so einer Situation? Sie rufen ihre Freunde an. Shaleh konnte ich aber nicht anrufen. Das wäre nicht gut gewesen, hätte ihr Handy um diese Zeit noch geklingelt und ihre Eltern hätten das mitbekommen. Mein Vater sagt, die glauben an Allah. Das ist denen ihr Gott. Dass man das achten muss. Er hat mir mal was vorgelesen, ich habe das Wort behalten, weil es so schön ist: *Suren*. Das klingt genauso schön wie *Shaleh*. Jetzt half das aber nichts. Bei Rulle rief ich auch nicht an. Denn Rulle muss sein Handy nach acht Uhr ausschalten. Also blieb nur Kaiser. Zum Schluss bleibt immer nur Kaiser. Er muss auch nicht immer um acht ins Bett.

»He, Menne? Noch auf?«

»Hier ist was absolut Bescheuertes passiert.«

»Bescheuert?«

»Na ja. Unheimlich.«

»Unheimlich?«

»Thor steht wieder da.«

»Wer?«

»Die Waschmaschine ...!«

»Was tut die?« Dann sagte er, er kommt sofort. Das müsse er sich ansehen. Ich solle die Tür zum Flur abschließen und die Tür zum hinteren Hausflur aufmachen. »Unten ist offen, oder?«

Davon hatten wir uns überzeugt. Man kann die Tür gar nicht zuschließen, so verrostet ist das Schloss.

Keine Viertelstunde später war er da. Aber mir kam es wie drei Stunden vor. Ich wollte kein Licht machen, weil das unterm Türspalt zu sehen gewesen wäre, wenn mein Vater mal aufs Klo musste.

Mein Vater merkte nichts. Er spielte noch lange weiter. Noch, als Kaiser schon wieder ging, der wie ich erst mal nach Spuren suchte. Er hatte seine Taschenlampe mitgebracht.

»Sehr komisch«, sagte er und versuchte, Thor zu öffnen. Was absolut nicht ging. »Wieso geht das Drecksding nicht auf?« Er presste fast die Augen auf den Glasdeckel, konnte aber auch so nichts erkennen.

Wahrscheinlich gab es einen Trick. Wahrscheinlich war der Drücker für den Türöffner kaputt. Aber dann entdeckten wir einen zweiten Drücker, den man fast nicht sah, gleich neben dem Fenster, das wie ein hochglotzendes Bullauge wirkte.

»Na bitte«, sagte Kaiser. »Der Notknopf wahrscheinlich.«

Wir klappten das deckelige Glasauge auf. Mit einer Taschenlampe leuchteten wir hinein. Es war aber nichts drin außer der leeren Metalltrommel. Erst viel später begriff ich, dass wir ziemlich viel Glück damit hatten, das kleine silberne Plättchen nicht entdeckt zu haben –

»Menne ...«

»– wenn es damals schon da gelegen haben sollte, Shaleh. Was ich natürlich nicht weiß.«

Jedenfalls wirkte alles so unverdächtig, dass Kaiser wieder ging. Wir würden uns morgen gemeinsam beraten. Ich sollte meinem Vater vorschlagen, dass wir es nach der Schule noch einmal versuchen wollten, dieses Monstrum aus dem Zimmer zu kriegen. Also wir vier, sagte Kaiser. Wie vier und mein Vater.

Dann zog er ab.

6

Als ich aufwachte, wusste ich genau, dass etwas anders war.

»Hast du heute nacht dein Zimmer umgestellt?«, fragte mein Vater, als er mir den Morgenkakao ans Bett brachte und sich umsah. Natürlich hatte ich das nicht, trotzdem stand das Sofa anders. Auch die beiden Quietschesessel waren verrückt worden. Ich bin normalerweise total ordentlich. Aber jetzt standen die Schubladen des Schreibtischs sperrangelweit offen, eine lag sogar am Boden. Und alles war rausgeräumt worden. Frau Schneider sagt, dass sie halt neugierig war, und da seien so viele Sachen dabeigewesen, die sie gar nicht gekannt habe. Die habe sie sich ansehen müssen. Es tue ihr leid, wenn so viel Unordnung entstanden sei. Außerdem habe sie plötzlich Schritte auf dem Flur gehört.

Das war, als mein Vater mit dem Kakao kam.

»Junge, ich hab doch gesagt, dass du schlafen sollst! Mensch, Menne, du hast wirklich einen langen Schultag. Du brauchst deinen Schlaf! Da kannst du doch nicht die ganze Nacht hier rumräumen! Warum verstehst du das nicht?«

Ich verstand aber nicht nur das nicht.

»Papa«, sagte ich, »hier stimmt etwas nicht.«

»Hier stimmt sogar etwas entschieden nicht«, sagte er tadelnd, »und ich weiß auch, was. Aber darüber reden wir heute nachmittag. Jetzt trink deinen Kakao, komm erst mal zu dir, zieh dich an, dann wird gefrühstückt.«

Damit ging er wieder, nicht ohne noch einmal einen langen Blick durch das Zimmer zu werfen.

Ich hasse es, wenn mein Zimmer nicht ordentlich ist. Ich hasse es, wenn ich Ewigkeiten rumkramen muss, bevor ich finde, was ich suche. Ich hasse es, wenn aus meinen elektronischen Sachen einfach so die Kabel rausgucken.

Ich hasse es vor allem, wenn der Gameboy nicht ausgeschaltet wird und auch noch zwischen meinen Socken liegt. Und wenn Chipstüten aufgezuzzelt und die Chips halb übern Boden verstreut werden. Es sah aus, als wär ein Bulldozer durch mein Zimmer gefahren.

Ich war mit dem, was heute nacht geschehen war, überhaupt nicht einverstanden. Ich war mit Thor nicht einverstanden. Denn von Frau Schneider habe ich da noch nichts gewusst. Und erst recht nichts von Wölflingsthor, dem Wolfsplaneten.

7

Wie verabredet fanden wir uns nachmittags in der neuen Wohnung ein, um es mit der Maschine ein nächstes Mal zu versuchen.

»Wie sieht das denn *hier* aus?«, rief Kaiser, ausgerechnet.

Shaleh legte mir besorgt eine Hand auf den Arm.

»Ich find's geil!« rief Rulle, weil seine Eltern derart pedantisch sind, dass er selbst jede Gelegenheit nutzt, Unordnung zu machen. In der Schule, beim Sport, ja er kriegt es sogar beim Schwimmen hin, dass alles durcheinanderkippt. »Nguyen!« ruft dann Herr Georgsheimer immer. »Kannst du dich nicht mal zusammennehmen?« Nguyen ist nämlich Rulles Nachname.

Was aber ganz sinnlos ist, sagt Rulle, weil nämlich in Vietnam die halbe Menschheit so heißt und in Deutschland so ziemlich die ganze. Zumindest soweit die aus Vietnamesen besteht. Darum ist Rulle mit »Rulle« auch völlig zufrieden, schon weil das so klingt, wie er findet, dass Deutsch sowieso klingt.

»Jetzt kann ich das erzählen, oder?« frage ich, »wie Rulle zu seinem Namen kam.«

Shaleh nickt.

Nämlich hatte uns Frau Klicker was von der vorigen Rechtschreibung erzählt. Keinen Dunst mehr, was.

Aber da hat Rulle von hinten, er sitzt ganz außen am Rand, vor sich hingestöhnt, dass wir es alle hören konnten. Und dann hat er genölt: »Also Deutsch ist so was von rulle!«

Damit war das mit seinem Namen gegessen. Wobei ich finde, dass Vietnamesisch noch viel ruller als Deutsch ist. Allein schon die Schrift:

Đừng làm phiền tôi..

Rulle, oder? Übrigens heißt der Satz »Lass mich in Ruhe«, behauptet jedenfalls Rulle. Wir haben mal eine ganze Zeitlang darüber diskutiert, welche Sprache die rullste ist, sind aber nie richtig einig geworden. Rulle und Kaiser finden, dass Deutsch ganz oben auf die Liste gehört. Ich sehe das anders.

Jedenfalls rief Rulle »ich find's geil«, als er mein Zimmer sah.

Darum ging es jetzt aber nicht, sondern um Thor.

Mein Vater stand mit uns zusammen im Zimmer und kratzte sich den Kopf.

»Mit den Klaviergurten soll das gehen?«

Wir nickten.

»Dann wolln wir mal«, sagte er und zog überraschenderweise Arbeitshandschuhe an. Er schien sich wirklich Gedanken gemacht zu haben. »Ich hebe an.«

»Stemmen ist besser«, sagte Kaiser. Zu meinem Vater: »Das ist Mechanik.« Zu mir: »Du hast die Eisen noch da?«

Sie lagen unterm Bett. Mein Vater staunte. Er wollte sich die Überraschung aber nicht anmerken lassen.

Doch obwohl wir diesmal richtig vorbereitet und um meinen Vater stärker waren, heute bekamen wir die Maschine nicht mal einen Millimeter hoch.

»Das gibt's doch gar nicht!«, rief mein Vater. »Gestern ist das doch gegangen, da ließ sich das Biest doch wenigstens anheben.«

»Das ließ sich sogar rausschieben«, sagte ich.

»Erzählt mir nichts! Niemals.«

»Am besten wieder die Skater«, sagte Rulle.

»Rullchen«, erwiderte Kaiser, »wie denn, wenn wir das Vieh nicht wenigstens ein Stück hochkriegen?«

Rulle: »Vielleicht müssen wir drinnen was abmontieren.«

»Gute Idee«, sagte mein Vater.

»Geht nicht auf«, sagte Rulle, der es schon versucht hatte.

Kaiser zeigte ihm den Notknopf.

Daran hatte mein Vater noch gar nicht gedacht, dass man Thor eigentlich mal aufmachen konnte. Aber jetzt hatte er genug.

»Lasst es sein, Kinder«, sagte er. »Ich rufe die Haushaltsauflösung an. Sollen sich andre drum kümmern. Die haben mit so was dauernd zu tun.«

Er setzt immer alles sofort um, was er vorhat.

»Die schicken morgen drei Leute«, erklärte er, als er zurückkam. Dann strich er sich das Kinn, lächelte irgendwie hinterhältig, vielleicht weil er diesmal ohne Warteschlaufe durchgekommen war, und fragte: »Was ist mit euren Hausaufgaben?«

»Wer macht schon Hausaufgaben?«, sagte Kaiser.

Kaiser macht nämlich keine Hausaufgaben. Herr Niebel hasst das. Auch Frau Klicker findet es nicht gut, dass Kaiser keine Hausaufgaben macht. Das ist aber Kaisers Prinzip.

»Mach ich nicht«, sagt er, wenn die Lehrer die Aufgaben an die Tafel schreiben, damit wir's ins Hausaufgabenheft übertragen. »Mach ich nicht, Hausaufgaben.«

»Wir machen alle Hausaufgaben«, weist ihn Herr Niebel zurecht, »egal, ob wir das nötig haben oder nicht. Wir haben gleiche Rechte und Pflichten. Wir sind hier eine Demokratie.«

Gegen einen Kaiser hat er aber damit keine Chance. Der schreibt nur Einsen, obwohl er keine Hausaufgaben macht. Da ist eine schlechtere Note als 2 einfach nicht drin.

»Ist doch nur 'ne Note«, sagt Kaiser. »Wenn ich dafür keine Hausaufgaben machen muss, ist mir 'ne 2 ganz recht.« – So ist Kaiser.

Mein Vater weiß das und findet das in Ordnung.

»Klar machst du keine Hausaufgaben«, sagte er zu Kaiser, »aber Menne macht welche. Und darüber wird nicht diskutiert.«

Seit Frau Schneider da ist, müsste ich eigentlich auch

keine mehr machen. Schlagzeug üben aber schon, aber bei Mama, weil mein Drumset dort steht. Damals war Frau Schneider aber noch nicht da, das heißt, wir wussten noch nichts von ihr. Noch war Thor zu.

8

Die Haushaltsauflösungsleute kamen irgendwie nicht.

»Handwerker …«, seufzte mein Vater und rief da nochmal an. Die seien unterwegs, hieß es. Aber sie kamen nicht, auch nicht am nächsten Tag. Da hatte ich mich an die Waschmaschine in meinem Zimmer schon gewöhnt. Eigentlich wäre es mir gar nicht mehr lieb gewesen, wäre Thor jetzt weggekommen. Zumal Kaiser gesagt hatte: »Wisst ihr was, Leute? Wenn ich mir das so überlege, ist das Ding da eine Kaaba.«

»Was ist eine Kaaba?«, hatte ich gefragt.

»Ein schwarzes heiliges Haus in Mekka«, erklärte Shaleh, »was die heilige Stadt meiner Leute ist.«

»Ein riesiger Quader«, ergänzte Kaiser, »mit einem Meteoriten drin. Aber das hier ist etwas viel Besondereres. Es ist eine weiße Kaaba.«

Frau Schneider sagt, dass sie es richtig stolz gemacht hat, als sie mitgehört hat. Da habe sie gewusst, dass es nicht nur richtig, sondern nötig war, sich nicht vertreiben zu lassen. Zu beharren. Es ist sowieso gut, sagt Frau Schneider, wenn man hartnäckig ist. Deswegen hat sie sich in der Maschine auch so schwer gemacht. Einen Gravitationsverstärker nennt sie das.

Sodass wir unser Hauptquartier um Thor herum einrichteten. Meinem Vater war das recht, weil er sich um die Waschmaschinensache nicht mehr länger kümmern musste.

Wir legten Teppiche davor, die Rulle aus dem Lager von Kaisers Vaters oütete.

»Die kriegst du nie!«, hatte Kaiser gesagt. Da war Rulle achselzuckend zu Kaisers Vater ins Geschäft gegangen und hatte, so erzählte Kaiser das später, den vornehmen Herrn um ein persönliches Gespräch gebeten. Mit einem ganzen Stoß Teppiche kam er wieder heraus, die er, weil er doch so klein ist, alleine gar nicht tragen konnte.

»Mein Vater hat mich dann echt gefragt«, erzählte mir Kaiser, »ob Rulle schon weiß, was er später mal beruflich machen will.«

An der Decke meines Zimmers brachten wir Haken an, um die Schlaufen einer riesen Decke darin einzuhaken, die seitdem um Thor herum bis auf den Boden hängt. Rulles Mutter hat sie uns genäht. Aufhängen tat sie mein Vater, wobei wir – wieder so ein Kaiser-Wort – »assistierten«.

Mein Vater sagte zwar: »Das meint ihr nicht im Ernst!«, holte aber doch die Leiter.

»Ich habe auch erst gedacht, ihr spinnt«, sagte Frau Schneider. »Vorher habe ich immer gewusst, wann Tag ist. Außerdem geht der Wasserhahn nicht mehr. Früher konnte ich mir wenigstens Kaffee kochen. Jetzt gibt's kein Wasser mehr, und dunkel ist es obendrein.«

Sie war gar nicht zufrieden. Die Decke ist nämlich ziemlich dicht. Blöderweise ist sie rosa, was zwar meinem Schwesterchen gefallen hätte. Das lebt aber eben nicht hier. Und was anderes war in der Größe nicht aufzutreiben. Shaleh fand das allerdings ebenfalls süß. Bei Farben ist sie genauso ein Mädchen wie Katastrophelchen. Vor allem, wenn in Thor das Licht angeht und durch den Glasdeckel hinausscheint, sieht es wirklich so aus, als würde die Decke glühen wie eine geheimnisvolle Pyramide.

Auf die Waschmaschine kamen zwei Kerzen, aber keine echten, weil wir die sowieso nicht hätten anstecken dürfen. Da fängt sonst alles Feuer, sagte mein Vater. Also oütete Kaiser zwei kleine elektrische Lagerfeuer, die ziemlich rot leuchten, wenn man sie anknipst, und rote Feuerbänder wehen hinauf. Zusammen mit der rosa Decke als Zelt sieht das so total abgefahren aus, dass wir dazwischen unser Katastrophenbuch aufgestellt haben, aber natürlich nicht auf den Bullaugen-Glasdeckel, sondern dazwischen auf den Rand. Der ist auch wirklich breit genug. Das Katastrophenbuch haben wir unser Logbuch genannt. Es war aber eindeutig ein Fehler gewesen, es auf die Klassenfahrt mitzunehmen.

»Menne!«

9

Zwei Tage waren ohne besondere Ereignisse vergangen. Schon weil wir in der Wohnung mal zuende auspacken mussten und außerdem die blöde Deutscharbeit anstand.

Jeden Tag Diktat mit meinem Vater. Und das Schlagzeug bei Mama. Da hatte ich wirklich keinen Bock mehr, mich mit Thor zu beschäftigen, zumal unser Hauptquartier noch gar nicht richtig eingerichtet war. Noch gab es das rosane Zelttuch nicht, nicht die Feuer auf der Kaaba, nicht das Katastrophenbuch.

Auch an die Nächte mit Thor begann ich mich zu gewöhnen. Jedenfalls war ich nicht mehr so unruhig wie in der ersten Nacht. Also unruhig schon, aber nicht seinet-, Thors, das heißt: *ihret*wegen, also wegen der Waschmaschine. Sondern wegen der Klassenarbeit. Und mein Vater bleibt, wenn's um die Schule geht, stur. Er ist überhaupt stur. Zum Beispiel durfte ich plötzlich die *Converse* nicht mehr tragen. Nur weil es wieder geschneit hatte. Das fand ich jetzt nur noch doof. Kaiser und Rulle hatten ihre *Converse* auch an. Weshalb sollte da ich sie nicht tragen? »Wenn Rulle und Kaiser von der Brücke springen, springst du auch?«, fragt mein Vater immer. Was ein absolut quatschiges Argument ist. Das weiß er selbst, denn grade er sagt doch immer: Wenn zwei dasselbe machen, ist es nicht das Gleiche … nein, wenn zwei das Gleiche machen, ist es … – egal. Denn richtig übertreiben mit dem Anziehen tut es vor allem Mama. Es ist ihr nicht klarzumachen, dass T-Shirt und Jacke völlig reichen. Ich renn doch nicht wie ein Eskimo rum.

Dann kam diese Nacht. Das war die nach der Deutscharbeit. Wahrscheinlich wirkte die Anstrengung nach. Hat Kaiser erst mal gesagt. Frau Schneider hat nichts dazu gesagt. Ausnahmsweise. Vielleicht, weil es sie ja nun anging. Wenn man mal von mir absieht.

Also.

Wir schrieben die Deutscharbeit am Freitag. Abends wollte sich das Quartett zur ersten gemeinsamen Hauptsitzung treffen. Aber Rulle war krank geworden. Seine Eltern dachten, das ist die Schweinegrippe. Mama sagte: Sicher ist sicher und beredete meinen Vater, auch uns anderen das Treffen nicht zu erlauben. Der nimmt die Schweinegrippe nämlich nicht ernst, weil er sie für eine Erfindung von RTL hält. Während Herr Niebel seit einer Woche nur noch mit weißem Mundschutz in der Schule erschien. Er sieht sowieso immer etwas kränklich aus, das aber gab ihm den Rest. Das mache er nicht, sagte er allerdings, weil er Angst habe, sich anzustecken, »nein! Ich will nicht, dass ihr euch ansteckt. Falls ich den Virus versehentlich aufgefangen habe.« *Versehentlich* – als ob wer so was mit Absicht tut!

Aber natürlich kann man das nicht wissen, wenn man so viel mit dem Fahrrad fährt. Da begegnen einem andauernd Leute. Deshalb wäre es besser gewesen, hätte Herr Niebel seinen Porsche genommen. Da hat man Schutz um sich rum, wenn man das Dach oben drauflässt. Nur wussten wir von dem Porsche noch nichts. Den Porsche hat erst Frau Schneider Herrn Niebel auf das Dach der Garage gestellt und so was von gegrinst, als Kaiser uns das atemlos erzählte … also so was von einem Wolfsgrinsen!

Das erste Mal so grinsen sah ich Frau Schneider in dieser Nacht. Eine wahre, um es mit Kaiser zu sagen, *Thorsnacht* war das.

10

Es ging am späten Abend los. Weil mein Vater auf Mama hörte und es deshalb nicht zur ersten Katastrophenversammlung kam, blieben wir alle zuhause. Na gut, vielleicht Kaiser nicht, aber ich, Rulle und Shaleh. Um mich wieder aufzulockern, holte mein Vater eine DVD aus der Videothek, weiß ich noch, dass das eigentlich nicht erlaubt war, weil der Film ab 16 war. Aber mein Vater ist so.

»Ich lasse mir nicht vorschreiben, ab wann mein Sohn etwas sehen darf«, sagt er, »das wäre noch schöner, solche Entscheidungen von anderen Leuten fällen zu lassen!«

Auch das hat viele Vor-, doch eben auch Nachteile. Weil mein Vater nämlich kein Gefühl für meine Generation hat. Er weiß absolut nicht, was uns interessiert. Das wird am klarsten, wenn er mit französischen Filmen anrollt. Also französische Filme sind das Letzte. Gähn, Leute! Hab ich schon erzählt, dass er auch nur so 'ne Musik hört?

Dabei sah es diesmal richtig vielversprechend aus: »Solaris«, das ist Science Fiction. Da kann man mit viel Action und Aliens rechnen. »Alien« hat er übrigens auch mal mitgebracht. Das habe ich aber nicht ausgehalten. Aber da war ich noch jung, so sieben, glaube ich. Doch dieses »Solaris« jetzt war der Gipfel! Nur bin ich nett zu meinem Vater und sag dann nichts, sondern schlafe einfach ein. Weshalb mich mein Vater, erzählte er, vorsichtig ins Bett getragen hat. Den Film hat er allein zuende geguckt.

»Du bist dermaßen fertig von der Woche gewesen«, sagte er, »dass du nicht mal das Gewitter gehört hast, das draußen plötzlich losgegangen ist. Das knallte und blitzte die ganze Nacht!«

Nein, dachte ich. Sondern das hat so gegen Mitternacht aufgehört.

Nun war das zwar richtig, dass ich geschafft war, aber vor Langeweile von dem Film, nicht von der Woche. Allerdings hätte nicht nur ich das meinem Vater nicht erklären können, sondern überhaupt niemand. Also das mit den französischen Filmen, zu denen auch die russischen zählen. Kaiser sagt, dass das bei denen Tradition ist. Sozusagen ist Moskau, sagt Kaiser, ein Paris mit nur mehr Schnee. Außerdem gibt's da den Eiffelturm nicht.

»Bis sie Revolution gemacht haben«, sagt Kaiser.

»Weil die nicht mehr so 'ne Filme sehen wollten?«, fragte Rulle.

Langweilige Sachen nennt Rulle »schrähfich«. Nichts ist so schrähfich wie französische und russische Filme. Rulle nennt aber auch Mathe schrähfich. Mathe ist schrähfich, Deutsch ist rulle. Für Mathe ist Kaiser nicht einverstanden, aber mein Vater sagt, dass die Revolution ganz andere Gründe gehabt hat. Dass die Leute gehungert und sich einfach nur gewehrt haben. Wenn sich alle auf einmal wehren, nennt man das eine Revolution. Aber muss man deshalb gleich schrähfiche Filme drehen?

»Ist doch klar«, sagt Kaiser, »dass das zusammenhängt. Es hat auch in Frankreich eine Revolution gegeben.« Da hat er recht, sagte Frau Schneider, als ob sie davon überhaupt was verstünde. Dass die Wölfe am Ende aber immer doch siegen. Sie grinste über ihre ganze Schnauze. Dabei zog sie die Muskeln über der Nase zusammen, und ihre Lefzen hoben sich. Frau Schneider hat so weiße Zähne, dass man echt froh ist, mit ihr befreundet zu sein, und nicht, wie Herr Niebel, an Naturgesetze zu glauben.

11

Ich lag also im Bett, ohne mitbekommen zu haben, wie ich da reingekommen war. Von dem Gewitter aber wachte ich auf. Was ich meinem Vater natürlich nicht erzählt habe. Sonst hätte ich ihm auch alles andere erzählen müssen. Er hatte schon neulich nicht geglaubt, dass wir Thor mal rausgeschoben hatten. Nein, es war besser zu schweigen. Die Sache war aber so unheimlich, dass ich nicht mal sicher war, ob ich Shaleh, Rulle und Kaiser davon erzählen durfte. Doch Thor ist die Kaaba unseres Hauptquartiers. Also ging es die anderen was an.

Erst mal hörte ich ein Quietschen, aber dachte, dass das von draußen kommt. Da war aber nur das Gewitter. Manchmal blitzte es so hell durch die Fenster, dass ich die Baumwipfel sah: schwarze Knäuel, die aussahen, als ob sie wer fönt. Sie neigten sich und schienen richtig runtergedrückt zu werden.

Dass mein Vater noch Klavier spielte, beruhigte mich da. Das hatte etwas davon, wenn du dich im Wald verläufst, überhaupt nicht mehr weiterweißt, aber plötzlich erkennst du weit weg ein Licht aus einem Fenster, wo du anklopfen kannst.

»Das ist schön!«, ruft Shaleh. »Da macht dann ein altes Ehepaar auf und gibt dir erst mal eine Tasse Pfefferminztee und Kekse.«

»Dann rufen die alten Leutchen bei dir zuhause an«, sage ich. »Und während du wartest, dass man dich abholt, kriegst du eine Decke und darfst dich aufs Sofa kuscheln. – Ja, Shaleh. Genau so war das.«

Also war es nicht völlig hoffnungslos. Aber ich bemerkte ein Huschen, eine Bewegung, so was. Das flitzte durchs Zimmer. Außerdem quietschte jetzt nichts mehr. Dafür fiel etwas um.

Im Nu saß ich aufrecht im Bett. Ich geb zu, dass ich nun doch Angst hatte. Irgendwas starrte mich von dem Stuhl an, der neben meinem Bett steht. Auf den ich immer meine Klamotten lege, die ich am Morgen anziehen will.

Als es erneut blitzte, sah ich ein riesiges Monstergesicht. Aber das war es nicht. Das kannte ich schon. Klamotten haben so eine Neigung, nachts wie ein Gespenst auszusehen. Das ist so, da kann man nichts machen. Man muss sich nur immer sagen, dass man sich täuscht, dann kommt man schon klar. Im schlimmsten Fall macht man das Licht an. Licht ist eine ziemlich gute Erfindung gegen jede Art von Einbildung.

Das jetzt waren aber nicht die Klamotten. Um das zu merken, brauchte ich kein Licht. Trotzdem streckte ich eine Hand nach dem kleinen Knipser an der Schnur von der Stecklampe aus, die an mein Bettgeländer geklammert ist.

»Bitte kein Licht machen«, sagte da Frau Schneider.

Natürlich wusste ich noch nichts von ihr. Sie hatte eine warme, ganz sanfte Stimme, die mich an meine Mama erinnerte.

»Mama?«, fragte ich. »Was machst du denn hier?«

Frau Schneider lachte leise.

»Ich bin nicht deine Mama. Tut mir leid.«

»Und warum soll ich kein Licht anmachen?«

»Ich bin das nicht mehr gewöhnt.«

»Licht?«

»Ja, Licht.«

»Und wer bist du?«

»Das müsste ich eigentlich dich fragen«, sagte Frau Schneider.

»Na ja. Ich bin Menne. Ich wohne hier.«

»Und weshalb hast du versucht, mich rauszuwerfen?«

»Hab ich doch gar nicht.«

»Doch. Hast du.«

Da fing ich an, die Sache zu begreifen. Da verstand ich auch, was so gequietscht hatte. Es war aber ziemlich klar, dass ich das alles nur träumte.

»Tust du nicht«, sagte Frau Schneider. »Du träumst nicht.«

»Kann ich dich sehen, wenn ich Licht mache?«

»Findest du Wölfe hässlich?«

»Wieso Wölfe?«

»Manche Leute, wenn sie mich sehen, schreien auf und rennen davon.«

»Ich nicht«, sagte ich, obwohl ich mir nicht sicher war.

Nebenan, hinterm Flur, jenseits des Flurs, spielte mein Vater weiter Klavier.

»Bist du ein Wolf?«, fragte ich.

»Ich bin Frau Schneider«, sagte Frau Schneider.

»Kann ich dich anfassen?«

»Wie: *anfassen*?«

»Na anfassen. Du beißt nicht, oder?«

»Nein, tu ich nicht. Aber anfassen wollte mich schon lange keiner mehr.«

Es tappste was über den Boden näher. Man hörte Nägel übern Estrich klacken wie die Krallen von Hunden. Ich sah einen Schatten, einen sehr großen Schatten, fast wie ein Bär. Aber da blitzte es wieder von draußen. Einen Momentlang war das Zimmer gleißend hell. Da war niemand, wo der Schatten war. Da war einfach nichts. Aber kaum war es wieder dunkel geworden, hockte der Schatten ungeheuer groß an meinem Bett.

Vorsichtig streckte ich die Hand danach aus. Ich dachte, gleich knurrt das Ding. Gleich warnt es mich und dann schnappt's zu. Trotzdem beherrschte ich mich und beugte mich sogar etwas vor. Fasste in einen dichten, aber kurzen Pelz, der ganz warm war. Ich konnte die Muskeln unter der Haut spüren. Das war ein ungeheuer kräftiges Tier. Völlig ruhig saß es da und ließ sich sogar streicheln.

»Es gibt dich nicht«, sagte ich.

Frau Schneider schwieg.

Konnte es sein, dass sie das mochte, so gestreichelt zu werden?

»Ich bin Menne«, sagte ich. »Woher kommst du?«

»Von Wölflingsthor«, sagte sie. »Das ist ein Planet.«

»Aber Thor ist eine Waschmaschine«, sagte ich.

Sie sagte: »Ich sag doch: *Wölflings*thor.« Und lachte.

»Aus der Waschmaschine kommst du«, sagte ich.

»Das ist eine Raumkapsel. Aber sie funktioniert nicht mehr.«

»Du bist absolut unwahrscheinlich«, sagte ich. »Ein Wolf, der sprechen kann und Frau Schneider heißt und so groß wie ein Bär ist, obwohl er aus einer Waschmaschine kommt, in die nicht mal ich hineinpassen würde.«

»Es ist auch keine Waschmaschine.«

»Das macht dich nicht wahrscheinlicher«, sagte ich.

»Wie alt bist du?«, fragte sie.

»Elf«, sagte ich, »aber ich werde bald zwölf.«

»Das ist witzig«, sagte sie. »Ich bin nämlich auch elf.«

Dabei wirkte sie absolut uralt.

»Glaub ich nicht«, sagte ich.

»Weiß ich«, sagte sie. »Aber ein Jahr auf Wölflingsthor ist wie bei euch zehn Jahre.«

»Und was machst du hier?«

»Bin notgelandet.«

»In meinem Zimmer?«

»Ist doch ein gutes Versteck.« Sie lachte wieder. Das war ein richtig reizvolles Lachen, sogar ein freches Lachen.

»Na ja, aber wie bist du hier reingekommen?«

»Unwichtig«, sagte sie.

»Find ich nicht.«

»Na mit dem Raumschiff, also in der Landekapsel. Bei uns sehen Kapseln immer so aus.«

Wieder jagte das Licht eines Blitzes durch mein Zimmer. Diesmal kam auch sofort der Donner. Der Platz vor meinem Bett war leer. Komisch war nur, dass ich immer noch das Fell fühlen konnte.

»Bist du durchsichtig?«, fragte ich.

»Nur bei Gewitter«, sagte Frau Schneider, »aber auch dann nicht immer.«

»In die Waschmaschine passt du nicht rein«, beharrte ich.

»Wetten doch?«

»Um was denn wetten?«

»Um ein Kaninchen«, sagte Frau Schneider. »Ich esse wahnsinnig gerne Kaninchen. Es hat seit Monaten kein Kaninchen mehr gegeben.«

»Die armen Kaninchen«, sagte ich.

»Die armen Hähnchen«, sagte Frau Schneider.

»Wieso Hähnchen?«

»Du isst doch Brathähnchen, oder?«

»Klar.«

»Siehst du. Und ich esse gerne Kaninchen.«

»Hm«, machte ich. Eigentlich hatte sie recht, auch wenn ich im Moment nicht wusste, wo ich ein Kaninchen herkriegen sollte. Andererseits fand ich das Risiko klein, weil dieses Riesending doch nicht in die Waschmaschine passte.

»Na gut«, sagte ich und stieg langsam aus dem Bett.

Frau Schneider war selbst im Sitzen so groß, dass ich meinen Kopf in den Nacken legen musste, wenn ich ihr ins Gesicht sehen wollte. Wobei ich es immer noch nicht sah. Aber ich konnte es, indem ich durch ihr Fell hinaufstreichelte, ungefähr fühlen. Die Schnauze vor allem. Frau Schneider hat wahnsinnig lange Zähne. Dann fühlte ich die lange Zunge aus ihrer Schnauze hängen und wie nass die war.

Da erhob auch sie sich. Ihre Schultern bewegten sich weit über mir, ich konnte mich an ihren pelzigen, ausgesprochen warmen Körper lehnen.

Langsam schritten wir zur Kaaba. Ich zog den Vorhang zur Seite. Frau Schneider, ganz offensichtlich, duckte sich durch. Im Halblicht erkannte ich Thor und dass sein rundes Bullauge zur Decke hin aufstand. Und aus dem Inneren glomm ein Licht hinaus, aber auch die Rundung um den Glasdeckel hatte ein grünliches Schimmern. Als sich Frau Schneider davorschob, war sie der Schatten von einem Berg.

»Gut«, sagte Frau Schneider. »Ich geh da jetzt rein. Dann mache ich die Tür zu. Morgen nacht bekomme ich das Kaninchen.«

»In Ordnung«, sagte ich.

Frau Schneider wurde schmaler und schmaler. Jedenfalls hatte ich den Eindruck. Dann schien sie auf die Waschmaschine drauf- und in sie reinzuklettern. Schon erlosch drinnen das Licht, und nur noch das grünliche Schimmern kreiste um die Thorstür. Die Angeln quietschten, als sie etwas von innen zuzog wie die Luke eines U-Bootes. Außerdem legte sich drinnen die Schließe um. Was an einem deutlichen Schnaufen zu hören war, wie wenn man ein luftdichtes Kästchen zumacht.

Dann war wieder Ruhe.

Klar, es blitzte wieder, donnerte wieder.

Ich stellte mich auf die Zehenspitzen und beugte mich

über Thor. So versuchte ich, durch den Glasdeckel etwas zu erkennen. Da war nun weder ein Licht noch sonst was. Und trotzdem: Es war eine Luke ganz aus Glas.

Ich schlüpfte unter der Kaabadecke hindurch, stand bedrückt davor, ging an meinen Schreibtisch, sah zur Uhr. Es war kurz nach halb eins in der Nacht. Hätte ich das alles geträumt, wäre es mir spätestens jetzt aufgefallen. Weil ich auf Toilette musste.

Mein Vater hatte zu spielen aufgehört.

Der Flur lag im Dunkeln. Auch aus dem fernen Zimmer meines Vaters kam kein Licht mehr. Leise tappste ich zum Bad.

Als ich zurückkam und wieder ins Bett schlüpfte, war mein Zimmer stillgeblieben. Nichts mehr kam mir verdächtig vor, und auch die Klamotten auf meinem Stuhl waren wieder nichts als Klamotten. Da erst war das Gewitter vorbei.

12

Morgens war ich mir aber nicht mehr sicher, ob ich nicht doch nur geträumt hatte. Ich wachte auf, noch bevor mein Vater mit dem Kakao kam. Den bringt er mir zum Aufstehen immer ans Bett, damit ich noch ein bisschen vor mich hindösen, vielleicht auch in der Micky Maus lesen kann, während er das Frühstück vorbereitet. Oder ich muss meine Schultasche packen. Meistens tu ich das aber immer schon abends. Deshalb achtet mein Vater nicht drauf.

Aber der lebt sowieso in seiner eigenen Welt. Meistens ist er nämlich immer schon um halb sechs auf und hat was an seinen Noten getan. Er komponiert nämlich auch. Einmal ist sogar was von ihm aufgeführt worden. Meins war das nicht, zugegeben, aber er war richtig stolz. Das habe ich ihm natürlich nicht kaputtmachen wollen und habe deshalb mitgeklatscht. So ein zurückgezogenes Leben wie er möchte ich aber später nicht führen. Davon würde ich wahnsinnig werden.

Aber vielleicht war ich jetzt auch ohne das wahnsinnig geworden. Also wenn das alles stattgefunden hatte heute nacht. Außerdem hatte ich von dem blöden Kaninchen geträumt, nicht von einem toten Kaninchen, sondern von einem weißen, flauschigen, das noch gelebt hat. Bevor Frau Schneider es mit dem Fell und allem aufaß. Vor meinen Augen. Sie stopfte es sich einfach ins Maul, und wir guckten zu, wie sie es in einem Stück hinunterschluckte: ich und Shaleh und Rulle und Kaiser. Die waren nämlich dabei.

Was für ein Blödsinn. In echt!

Jetzt stand ich auf und zog erstmal meine rutschende Pyjamahose hoch. Dann ging ich die paar Schritt zu Thor rüber und duckte mich unter die rosa Vorhangdecke. Das Ding stand ungerührt da, absolut unverdächtig. Klar gab es da kein Licht drin. Aber am Boden gab es Kratzer. Ich musste sofort an die Krallen denken, die ich nachts übern Estrich hatte klacken hören. Bedeutete das nicht, dass Frau Schneider gestern überhaupt zum ersten Mal rausgekommen war? Andernfalls hätte es doch schon vorher solche Kratzer geben müssen. Die wären uns aufgefallen.

»Menne?! Kommst du?«

Ich zog noch einen Pullover über, weil mir plötzlich kalt war. Dann saß ich vor den Haferflocken.

»Ist was?«, fragte mein Vater.

»Nö«, sagte ich. »Was soll sein?«

Aber Kaiser fragte dasselbe, sogar im gleichen Ton.

»Du bist echt komisch heute«, sagte auch Shaleh.

Ich war mir nicht sicher, ob ich mich nicht zum Trottel machte, wenn ich den Freunden von nachts erzählte. Besser, ich schwieg erst mal noch. Ich weiß das von Kaiser, dass man solche Sachen – *verifi*nochwas, nennt er das immer, also dass man so was mehrfach beobachten muss und am besten auch Buch drüber führen, bevor einer wirklich sagen kann, dass das auch wahr ist. Also wollte ich Frau Schneider erst mal verifinochwassen. Weshalb ich mir nachmittags vom Katastrophen-Quartett eine Auszeit nahm.

Nur hatte ich nicht an die Schlüssel gedacht. Die hatten die Freunde nämlich schon. Sodass Kaiser plötzlich in meinem Zimmer stand, und hinter ihm Rulle. Wir hatten lernen wollen, für Mathe. Weil wir da eine Arbeit schrieben und Kaiser uns helfen wollte. Das hatte ich vergessen. Stattdessen stand ich unterm Vorhang und starrte in Thors verschlossenes Bullauge runter. Es war, dachte ich, das Bullauge eines Schiffes, das in eine andere Welt blicken lässt.

»Guckst du Fernsehen?«, fragte Kaiser.

Rulle kicherte. Ich guckte wirklich in die Ferne. Frau Schneider sagt, dass es in Wirklichkeit nicht darauf ankommt, ob etwas wirklich ist. So was sagt auch mein Vater manchmal. Er sagt, dass etwas Unwirkliches schon deshalb wirklich sein kann, weil es die Kraft hat, das Wirkliche zu verändern.

Als ich jetzt über Thors Bullauge gebeugt dastand, verstand ich zum ersten Mal, was er meinte. Jedenfalls ungefähr.

»Aber von einem eingebildeten Kaninchen wird man natürlich nicht satt«, sagte ich. Vielleicht, dachte ich, wurde das aber eine eingebildete Frau Schneider.

»Wie bitte?«, fragte Kaiser.

Jetzt ging es nicht mehr anders. Jetzt musste ich erzählen.

Die Freunde reagierten anders, als ich befürchtet hatte.

»Irre«, sagte nämlich Kaiser.

»Du bist dir sicher, dass du wach warst?«, fragte allerdings Rulle.

»Absolut«, sagte ich und nickte heftig, weil ich mir absolut nicht sicher war.

»Dann brauchen wir als Nächstes ein Kaninchen«, sagte Kaiser. Ausgerechnet unser NaWi-Crack schien nicht den kleinsten Zweifel zu haben. »Weiß Shaleh schon Bescheid?«

Shaleh ist Vegetarierin, das heißt, dass sie nur Grünzeug isst. Völlig klar, dass sie protestieren würde. Allerdings isst sie auch Milchprodukte.

Aus Käse sind Kaninchen allerdings auch nicht.

»Ein Schokohase«, schlug Rulle vor.

»Wölfe essen nur Fleisch«, sagte ich.

»Nur, weil sie Schokolade nicht kennen«, sagte Rulle. Was auch wieder wahr war.

»Also lasst uns einen Schokohasen oüten«, schlug Kaiser vor.

»Und nachts treffen wir uns wieder hier?«, fragte Rulle.

»Klar«, sagte Kaiser, »wenn ihr das schafft, zuhause auszurücken.«

»Wird schon gehen.«

»Nach neun«, sagte ich. »Dann merkt mein Vater nichts.«

»Gibt wer Shaleh Bescheid?«

»Ich ruf sie sofort an.«

Sie war eh schon auf dem Weg gewesen. Kaum waren wir draußen, bog sie um die Ecke. Wie vorausgesehen, gefiel ihr die Sache mit dem Kaninchen nicht.

»Und wenn das ein böser Geist ist?«, fragte sie.

»Frau Schneider ist *gar* kein Geist«, sagte ich. »Frau Schneider kommt von einem anderen Stern, sagt sie.«

»Von einem anderen Planeten, meinst du«, sagte Kaiser.

»›Frau Schneider‹ ist aber ein ruller Name für einen Astronauten«, sagte Rulle.

»Für eine Astronaut*in*«, sagte Shaleh.

Dass Frau Schneider ein Mann ist, wussten wir da noch nicht. Jedenfalls ist sie etwas anderes als eine Frau. Was daran liegt, sagt Frau Schneider, dass ihre Leute so was wie Frau und Mann gar nicht kennen. Sie haben zwar Kinder, aber die finden sie im Thorswald. Weil die nämlich an Bäumen wachsen. Manchmal bin ich mir echt nicht sicher, ob uns Frau Schneider nicht Unsinn erzählt.

13

Kein Unsinn war KEN. Das ist das Komitee zur Einhaltung der Naturgesetze. Von dem wir aber auch erst durch Frau Schneider erfuhren. Sie hat lange gebraucht, damit herauszurücken, nämlich erst, als sie Angst bekommen hatte. Woran Herr Niebel schuld war. Der hatte nämlich etwas gewittert.

»Menne …«

»Aber wenn ich schon mal beim Thema bin …!«

Es war bereits Ende März, also anderthalb Monate nach meiner ersten Begegnung mit Frau Schneider. Wir wollten sie einfach mal mit in die Schule nehmen, schon aus praktischen Gründen. Es stand wieder eine Mathearbeit an. Und weil niemand außer uns Frau Schneider sehen konnte, jedenfalls dachten wir das, und weil Frau Schneider, wenn sie in eine Waschmaschine passte, ganz sicher auch in einen Schulranzen reinging, ahnten wir nicht im Geringsten, worauf wir uns da einließen. Frau Schneider, dachten wir, konnte während der Arbeit gut zwischen uns und Kaiser hin- und herflitzen, um uns dann vorzuflüstern, was Kaiser für Lösungen rausbekam. Dass der eine Eins schreiben würde, stand schließlich fest.

Wir hatten aber nicht mit Herrn Niebel gerechnet – das heißt: Wir wussten nicht, wer Herr Niebel *war*, abgesehen davon, dass er unser Mathelehrer ist. Man rechnet als Schüler nicht damit, unter der Kontrolle eines Agenten wolfsfeindlicher Organisationen zu stehen. Auf so was kommt man normalerweise nicht. Man kann das auch keinem erzählen. Nicht mal meinem Vater konnte ich das erzählen, dem unwahrscheinliche Sachen gefallen. Er konnte Frau Schneider trotzdem nicht sehen und glaubte also kein Wort von ihr, als ich ihm, notgedrungenermaßen, von ihr hatte erzählen müssen. Weil er uns erwischt hatte, Ende Februar, alle vier, nachts, Shaleh, Kaiser, Rulle und mich.

Da hat er ein Riesentheater gemacht und Frau Schneider eine »aber so was von miese Ausrede« genannt.

»Haltet ihr mich für bescheuert?«

Dass ich ihn da nicht überreden konnte, endlich den Wasserschlauch anzuschließen, damit Frau Schneider wieder Kaffee bekam, ist klar. Das hat sogar sie verstanden.

Obendrein hat mein Vater die Eltern der Freunde angerufen, was deutlich einem Verrat ähnlich sah. Jedenfalls ist Frau Schneider bei mir zuhause kein Thema. »Sie ist der reinste«, sagte Kaiser, »*Konfliktstoff.*«

Aber jetzt geht's erst mal um Herrn Niebel und das KEN.

»Eben«, sagt Shaleh.

Herr Niebel ist also ein Kenner. So werden die Spione von KEN genannt. Sie nennen sich auch selbst so. Wenn ich nun erzählt habe, dass er etwas *gewittert* hatte, so meine ich das absolut wörtlich. Er bekam ein richtiges Hundegesicht. Das war, als wäre er dem, was er da wit-

terte, selber ähnlich. Man konnte richtiggehend sehen, wie verwandt die Hunde mit den Wölfen sind. Denen sie aber, sagt Frau Schneider, ihre Freiheit neiden. Denn darum, sagt sie, geht es denen. Sie wollen die Freiheit abschaffen. Genau dafür, sagt Frau Schneider, ist das KEN gegründet worden. Seit es das KEN gibt, gibt es fast keine Liebe mehr. Sagt sie. Ich verstand aber den Zusammenhang nicht und schon gar nicht, dass uns Frau Schneider dauernd beschuppte.

»Menne!«
»Na ist doch wahr!«

Denn normalerweise ist Herr Niebel ein bebrillter blasser Typ. Plötzlich aber wuchs er bis an die Decke und lag wie eine fette Wolke mit grauem Vollbart über uns.

Darunter schürzte sich seine Oberlippe, während seine Augen richtig rot wurden, ja glühten. Und seine Nase plättete sich zu einem weichen, nassen Schwamm. Mit dem er dann schnüffelte. Er schnüffelte genau in meine Richtung, das heißt natürlich: in Frau Schneiders.

»Was hast du da?«

Seine Hand streckte sich zu mir hin, der Arm wurde immer länger.

Und dann sagte er es, dann gab er es zu: »Ich KENNE dich, Menne!«

Schon stand er halb hinter mir, halb über mir. Ich kam mir wie ein bedrohtes Baby vor, duckte mich. Da lag schon sein einer Zeigefinger auf meinem Rechenblatt.

»Woher hast du diese Lösung?«

»Gerechnet«, sagte ich leise.

»Das hast du gespickt«, behauptete er. Dabei war ich mir sicher, dass er Frau Schneider überhaupt nicht gesehen hatte. Trotzdem nahm er sie irgendwie wahr.

Er zeigte auf meinen Schulranzen.

»Was ist da drin?« Und fasste ihn und trug ihn mit sich nach vorne. »Weitermachen!« Und zu mir: »Zu deiner Tasche kommen wir nachher.«

Wobei ich jetzt seine Nase wieder lang, ja noch immer länger werden sah. Das war gar keine Nase mehr, sondern ein Rüssel, was da mit der nassen Schwammspitze in meinem Schulranzen verschwand. Um Gottes Willen!, rief ich innerlich aus, Frau Schneider!

War sie nicht wieder hineingehuscht?

Ich traute mich aber nicht, mich nach den Freunden umzusehen, nicht mal hinblinzeln mochte ich. So angespannt war alles, die ganze Klasse, dass man meinen konnte, man habe was ganz Schweres auf uns alle draufgelegt. Es wurde nicht mal mehr getuschelt.

Vielleicht hatte es Frau Schneider unauffällig wieder hinausgeschafft. Jedenfalls war sie in dem Ranzen nicht drin, und Herr Niebel musste mich, als ich abgegeben hatte, ziehen lassen, ohne dass ich überführt werden konnte. Aber er behielt mich von jetzt an scharf im Auge. Das war mal klar. Das sagte er auch. Leichter würde es für uns alle nicht mehr.

Nur, wo war Frau Schneider? Die andern hatten sie auch nicht gesehen. Möglichst unauffällig suchten wir noch einmal im Klassenraum. Vergeblich. Am liebsten wären wir durch die ganze Schule gestreift und hätten nach ihr gerufen. Dass das nicht ging, ist klar. Wir konnten nur hoffen, dass sie irgendwie alleine zurückfand. Am besten, wir alle vier hielten nachts vor der Kaaba Wache. Aber nach der nächtlichen Sache mit meinem Vater war das ausgeschlossen.

Obwohl ich hundemüde war, tat ich kein Auge zu. Zwar legte ich mich erst ins Bett, schon damit mein Vater keinen Verdacht schöpfte. Aber dann kletterte ich wieder raus und nahm meinen Platz direkt vor Thor ein.

Das Bullauge blieb zu, sowohl in dieser wie der kommenden Nacht.

Fünf Tage lang war Frau Schneider verschwunden.

In dieser Zeit stand eines nachmittags Herr Niebel vor unserer Tür, um mit meinem Vater zu sprechen. Sodass ich endlich begriff, dass Frau Schneider völlig recht damit hatte, sich verborgen zu halten. Jetzt konnte daran wirklich kein Zweifel mehr sein, dass Herr Niebel vom KEN geschickt worden war. Er hatte sich Frau Schneider auf die Spur gesetzt.

14

Es war nicht schwer gewesen, einen Schokohasen zu besorgen. Denn kaum sind aus den Läden die Weihnachtsmänner raus, kommen die Osterhasen schon rein. Es gibt sogar einen PENNY, da hatten sie bereits Heiligabend in einem Regal gestanden. Da ich an den Osterhasen so wenig glaube wie an den Weihnachtsmann, war mir das egal. Ich finde es sogar ganz witzig, wenn neben den Osterhasen gleich die Weihnachtsmänner stehen, weil die sowieso aus denselben Schokoförmchen kommen. Nur das Stanniolpapier ist anders bedruckt.

Aber mein Vater hat sich wieder einmal aufgeregt. Er hat sogar die Verkäuferin beschimpft, die nun wirklich nichts dafür konnte. »Merken die Leute denn gar nicht, wie man ihnen immer mehr wegnimmt?«, schimpfte er. »Merken die nicht, was man ihnen antut?«

Ich glaube aber, das ist für die absolut kein Problem.

Also.

Nachdem ich den andern von Frau Schneider erzählt hatte, schlichen sie nachts wirklich her. Ich lag natürlich schon im Bett. Da ging das erste Mal die Tür, nachdem sich der Schlüssel im Schloss gedreht hatte. Dann ging das zweite Mal die Tür. Dann das dritte Mal.

Zuerst war diesmal Shaleh da. Sie hatte den Schoko-

hasen mitgebracht und war, erzählte sie flüsternd, zuhause aus dem Fenster geklettert. Dann kam Kaiser, der sowieso rausgehen darf, wann er will. Dem sein Vater macht sich überhaupt keine Sorgen, auch nicht nachts. Anders als die Eltern von Rulle, die sogar noch ängstlicher sind als der Vater von Shaleh. Die ist halt auch ein Mädchen. Jedenfalls äußerlich.

Weil Kaiser der Klassenbeste ist, muss sich sein Vater auch wirklich keine Sorgen machen. Dabei ist Kaiser nicht etwa ein Streber. Sondern er behält einfach alles, was er hört, im Kopf. Er kann sogar unterm Tisch mit dem Gameboy spielen dabei. Und wenn er was liest, weiß er die ganze Seite gleich auswendig und kann einem jederzeit sagen, wo was genau auf ihr steht.

Auch das macht die Lehrer rein wahnsinnig.

Mein Vater sagt immer, dass Kaiser ein kleines Genie ist. Er wäre nur gut, sagt mein Vater, wenn Kaiser mal rausbekäme, was er mit seiner *Gabe*, so nennt das mein Vater, eines Tages anfangen will. Aber Kaiser sagt, das interessiert ihn nicht. »Ich will machen können, wozu ich Lust habe«, sagt er. Genau das macht er dann auch.

Die meisten Schwierigkeiten, von zuhause wegzukommen, hatte natürlich Rulle. Womit er aber klarkommt. »Ich bin doch nicht rulle«, sagt er und schlitzt sein vietnamesisches Lächeln, das Schlitzohr.

»Los, rein da! Und leise! Schnell!«

Ich drückte die Freunde unter das Thorszelt. Wir hörten meinen Vater am gedämpften Klavier spielen. Deshalb drehte ich in der Tür zum Flur leise den Schlüssel herum.

Das mache ich sonst nie. Es wäre meinem Vater auch verdächtig vorgekommen, hätte er das bemerkt. Aber besser das und die Freunde kommen noch schnell genug weg, als dass wir ein zweites Mal aufgeflogen wären. Wobei ich weiß, dass mein Vater sowieso, bevor er ins Bett geht, immer noch mal nach mir guckt. Es war aber erst gegen zehn. Vor Mitternacht geht mein Vater nur selten schlafen.

Natürlich ließen wir es dunkel im Zimmer, schon, damit nichts verdächtig war.

Wir warteten darauf, dass in der Kaaba das Licht anging, saßen und schwiegen. Höchstens flüsterten wir mal.

Wir wurden müde. Zuerst schlief Shaleh ein, dann Rulle. Ohne dass sich was tat. Dann war es halb zwölf. Besser, ich legte mich erst mal wieder ins Bett.

»Seid bloß leise!«

Ich schlich mich zur Tür, drehte den Schlüssel wieder zurück, dann legte ich mich hin und wartete drauf, dass mein Vater hereinsah. Darüber schlief ich ein.

15

»Aufwachen, schnell!«

Das war Kaisers Stimme, gedrückt, geduckt und wispernd.

Im Nu war ich wach.

»Was ist passiert?«

»Pst!«

»Wie spät ist es?«

»Zwei, glaub ich. Das Licht ist angegangen.«

»Das Licht?«

»In Thor!«

Er zog mich zur Kaaba hinüber, unter die Decke, die ich schon vom Bett aus erglühen sah. Darunter saßen die Freunde, alle jetzt wach. Auf die Waschmaschine gestützt, sahen sie gespannt in die Öffnung der Trommel. Hinter dem Bullauge wurde es immer heller.

Shaleh knabberte an ihrer Unterlippe.

»Abgefahren«, sagte Kaiser.

Dann schob innen wer den Schließer beiseite. Dann gab es wieder dieses Quietschen. Dann drehte sich das Bullauge auf und kippte hoch und zur Seite. Rings um den Glasdeckel gingen die Lichter an und warfen einen grünlichen Schein auf uns, in dem die Freunde schrecklich blass aussahen. Dann schob sich der mächtige, in der Bullaugen-Luke zwar noch schmale, aber draußen immer ungeheuerlicher werdende Körper Frau Schneiders heraus.

»Ach du Scheiße«, sagte Rulle.

Frau Schneider wurde riesiger und riesiger.

»Abgefahren«, sagte Kaiser noch einmal.

Frau Schneider aber fragte: »Wo ist mein Kaninchen?« Damit beugte sie sich zu uns herab.

Zitternd, obwohl sie um Fassung bemüht war, reichte ihr Shaleh den Schokohasen. Denn sie hatte sich absolut mutig hochgereckt. Kerzengerade stand sie da. Was ging, weil Frau Schneiders riesiger Leib die Zeltdecke mit hochgehoben hatte.

Die ließ ihren Wolfskopf noch tiefer herab. Ihre Schnauze war schon nahe an Shalehs Gesicht, und ihre nass schimmernde Nase schnüffelte. Es war genau das, woran mich später Herrn Niebels Wittern erinnert hatte, als Frau Schneider mit in der Schule gewesen war. Wovon ich schon erzählt habe. Also bevor Herr Niebel bei uns aufgetaucht ist, um meinen Vater zu sprechen.

Da stand ich wirklich baff in der Tür. Nämlich ich hatte geöffnet, nicht mein Vater, der grad telefonierte.

»Ist dein Vater da?«

Er kam schon aus dem Klavierzimmer.

»Erzähl doch mal der Reihe nach!« schimpft Shaleh.

Herr Niebel hatte einen dunklen Mantel an und eine Sonnenbrille vor den Augen. Das weiß ich noch genau. Er hatte seinen Mantelkragen hochgeschlagen, nicht, weil es so kalt draußen war, sondern bestimmt, weil er zeigen wollte, dass er jetzt nicht als Lehrer hier war, sondern als Agent vom KEN.

»Es geht um Ihren Sohn«, sagte er. »Ich möchte Sie bitte alleine sprechen.«

So was ist mit meinem Vater nicht zu machen. Nicht nur ein Mal hat er zu den Lehrern gesagt: »Ich habe keine Geheimnisse vor meinem Sohn, und ich verbünde mich nicht gegen ihn, auch nicht mit Lehrern. Außerdem treffe ich keine Absprachen hinter seinem Rücken.«

Er kann bei so was absolut förmlich werden. Deshalb ist er bei ihnen fast noch weniger beliebt als Kaiser. Und jetzt bekam Herr Niebel die Förmlichkeit meines Vaters aber so was von kalt zu spüren. Ich selbst tat natürlich alles, um meinen Triumph nicht zu zeigen. Das habe ich von

Rulle gelernt, wie man sich verstellt und ganz bescheiden, am besten ängstlich aussieht. Das kommt immer gut an.

Als wollte er mir die Angst nehmen, die ich doch gar nicht hatte, legte mir mein Vater seine rechte Hand auf die Schulter. Dann sagte er: »Bitte, treten Sie ein.« Er zeigte Herrn Niebel den Weg in die Küche und führte auch mich an der Schulter mit. »Worum geht es denn?«

»Ich fände es wirklich besser, wenn wir erst mal allein sprechen.«

»Da ist die Tür«, sagte mein Vater und zeigte hinter sich.

Was ich jetzt am wenigsten gebrauchen konnte, war ein Krach zwischen meinem Vater und Herrn Niebel. Deshalb sagte ich: »Papa, das macht mir echt nichts aus.«

Im Grunde war mir das sogar recht, nicht dabeizusein ... also nicht *direkt* dabeizusein. Es ist nämlich besser, wenn man so was heimlich belauscht, weil man dann mitbekommt, um was es wirklich geht. Denn wenn man dabei ist, reden Erwachsene meistens drumrum.

Ich schob also, scheinbar, ab und machte meine Tür betont hörbar zu. In Wirklichkeit blieb ich im Flur stehen und hielt den Atem an. Dann schlich ich langsam die zwei Meter zur Küchentür vor und hockte mich hin.

Herr Niebel beklagte sich, dass ich neuerdings so unaufmerksam sei. Vor allem sei ich frech. So drückte er das aus. Das liegt aber nicht nur an dem schlechten Einfluss, den Rama Pratap auf mich habe, sagte er und dass der sich sowieso nie an Regeln und Absprachen halte.

»Warum sollte er auch?«, fragte mein Vater.

»Wie bitte?«

»Ich meine, dieser begabte indische Bub ist ein Sonderfall. Deshalb muss man ihn auch so behandeln.«

»Na hören Sie mal!«, rief Herr Niebel aus. Ich spürte richtig, wie er ärgerlich wurde. »Der kann so intelligent sein, wie er will, aber er wird behandelt wie alle.«

Auch mit so einem Argument darf man meinem Vater nicht kommen.

»Er ist aber nicht wie alle«, sagte er. »Also muss man ihn eben anders behandeln.«

»Bei mir wird keiner anders behandelt«, sagte Herr Niebel.

»Auch behinderte Menschen nicht?«, fragte mein Vater.

»Wie meinen Sie das?«

»Wenn man behinderte Menschen wie alle behandelt, dürften sie nicht eigens behindertengerechte Eingänge bekommen.«

»Ich verstehe wohl nicht?« Herr Niebel bebte, das merkte ich bis in den Flur.

»Ich bin *für* behindertengerechte Eingänge«, sagte mein Vater. »Verstehen Sie mich bitte nicht falsch. Ich bin sogar sehr für sie. Aber ich bin auch für begabtengerechte Behandlung.«

Wenn mein Vater so spricht, ist ihm nicht beizukommen. Das merkte wohl auch Herr Niebel und wich aus.

»Über Rama will ich gar nicht sprechen«, sagte er.

»Sie haben aber mit Kaiser … ich meine: mit Rama angefangen.«

»Ich wollte nur sagen, dass ich seinen Einfluss bedenklich finde.«

»Während ich ihn überhaupt nicht bedenklich finde«,

erwiderte mein Vater. »Ich kann mir keinen besseren Umgang für meinen Sohn denken. Der weiß nämlich genau, dass das, was Kaiser darf, er nicht unbedingt auch darf. Zum Beispiel muss er seine Hausaufgaben machen. Kaiser hingegen nicht.«

Da blieb Herrn Niebel die Luft weg. Jedenfalls war er eine Minute lang still. Ich hätte ihn gerne gesehen, nicht nur gehört, also: nicht mehr nur nicht mehr gehört. Aber er fing sich wieder.

»Ich habe den Eindruck«, setzte er neu an, »dass da bei allen vieren …«

»… also Shaleh auch und Rulle?«

»Rulle?«

»Der kleine Nguyen …«

»… ah, richtig, ja, Hùng Nguyen. Bei dieser Bande … ähm, Truppe ist was Neues dazugekommen, etwas sehr Ungutes, Herr Liebkind! Irgend etwas, auf das wir achtgeben müssen!«

»Wir, Herr Niebel?«

»Ja, wir, Herr Liebkind. Wenn wir unsere Kinder nicht ins Unglück stürzen wollen.« Er bebte noch einmal.

»Können Sie genauer werden?«, fragte mein Vater.

»Haben Sie in letzter Zeit etwas Verdächtiges bemerkt«, fragte Herr Niebel, »irgendetwas Neues, das nicht stimmt? Gibt es in Ihrer Umgebung Gegenstände, zum Beispiel, die nicht hingehören, wo sie stehen?«

Ich merkte, dass das meinen Vater irritierte. Einen Moment lang wurde mir schwindlig. Deutlicher konnte man auf unsere Kaaba nicht anspielen. Was wusste Herr Niebel von ihr?

Aber mein Vater kam nicht auf Thor.

»Nein«, sagte er, »da gibt es nichts. Nur dass Menne vielleicht etwas belastet ist. Sie wissen schon, wegen meiner Trennung. Er erlebt das nun schon zum zweiten Mal. Das ist für Kinder nicht leicht.«

»Jaja«, sagte Herr Niebel. »Kann sein. Ich weiß genau, wie das ist. Ich wollte Sie auch nur warnen. Ist ja sonst ein aufgeweckter Bursche, Ihr Sohn. Nur sich ein bisschen besser konzentrieren könnte er sich.«

Da wusste ich, von nun an würde das Gespräch im Sand verlaufen.

Leise öffnete und schloss ich hinter mir die Tür zu meinem Zimmer. Dann sah ich lange das Kaabazelt an. Es gab keinen Zweifel. Herr Niebel war über Thor informiert und hatte bestimmt das KEN alarmiert.

Was sollten wir tun?

Wir mussten unbedingt Kriegsrat halten. Sowieso war Frau Schneider immer noch weg.

16

»Menne, du hast schon wieder den Anschluss vergessen.«

»Welchen Anschluss, Shaleh?«

»Na, als wir zum ersten Mal *alle* Frau Schneider gesehen haben. Als ich ihr den Schokohasen hingereicht habe. In der Nacht da.«

»Da war Frau Schneider aber so was von sauer!«

17

Sie war geradezu furchterregend sauer!

Shaleh musste ihre Hände, worin sie den Schokohasen hielt, weit nach oben strecken, so groß war Frau Schneider diesmal. Denn sie hatte ihren Kopf wieder zurückgezogen und reichte bis zur Zimmerdecke, ja stieß oben an, und das rosane Zelt hing ihr um die Schultern. Weil aber Nacht war und nur das Licht aus Thor noch brannte, sah das Rosa wie ein Grün aus und war wie ein gespenstischer Umhang.

»Boah!«, machte Rulle leise, aber Kaiser sagte: »Interessant.«

Dennoch waren wir ängstlich, jedenfalls mehr als Shaleh.

»Das ist keine Astronautin«, behauptete sie später. »Sondern eine Dschinniya. Das habe ich sofort gesehen.«

»Eine was?«, fragte ich.

»Dschinns sind arabische Geister«, erklärte Kaiser.

»Sie lügt«, sagte Shaleh. »Die Dschinniya lügt. Die ist in ihre Waschmaschine nämlich ganz bestimmt reinverdammt worden.«

»Wie ein Flaschengeist, glaubst du?«, fragte ich.

Shaleh nickte. »Deswegen hatte ich auch keine Angst. Weil nämlich ein Flaschengeist tun muss, was man verlangt.«

»Rulle«, sagte Rulle.

»Fragen wir sie doch einfach«, schlug Kaiser vor. »Darum muss man doch kein Aufhebens machen.« *Aufhebens* – auch wieder typisch Kaiser, das *s* hintendran.

»Das dürfen wir nicht«, sagte Shaleh. »Das dürfen wir auf keinen Fall. Dschinns können für Menschen gefährlich werden, wenn man sie demütigt. Nur eben für den nicht, der sie freigelassen hat. Jedenfalls bis die Wünsche erfüllt sind.«

»Was für Wünsche?«, fragte ich. »Von Wünschen hat Frau Schneider kein Wort gesagt.«

»Das ist aber auch wirklich nicht schön«, sagte Rulle, »in so eine Waschmaschine eingesperrt zu werden.«

»Unmenschlich ist das«, befand auch Kaiser.

»Und wenn sie was Schlimmes angestellt hat?«, fragte Shaleh. »Ich meine, so, wie sie aussieht. Man wird ja nicht grundlos verbannt.«

»Was meint ihr, wie lange sie da drin war?«, fragte ich.

»Tausend Jahre«, sagte Rulle.

»Quatsch!«, rief Kaiser. »Da gab's noch gar keine Waschmaschinen.«

»Jedenfalls nach 1911«, sagte Shaleh. »Weil das auf der Waschmaschine draufsteht.«

»1911, Chicago«, sagte Kaiser.

»Eben«, sagte Shaleh.

»Aber mir hat sie gesagt, dass sie erst elf ist«, wandte ich ein.

»Wie bitte? Schau sie dir doch mal an!«, rief Kaiser.

»Vielleicht meinte sie mit elf die Jahre ihrer Gefangenschaft«, sagte Rulle.

»Oder bei ihr zuhause sind elf Jahre länger«, sagte Shaleh.

»Aber das ist schon logisch«, sagte Kaiser. »Wenn man Frau Schneider in eine Flasche sperren kann, kann man sie auch in eine Waschmaschine sperren.«

»Dann passt sie bestimmt auch in meine Handtasche«, sagte Shaleh.

»Und in meine Hosentasche«, sagte Kaiser.

»Rulle«, sagte Rulle.

Damals hatte ich das erste Mal die Idee mit dem Ranzen.

Aber davon war noch keine Rede, als Frau Schneider jetzt, in der Nacht, Shalehs Gesicht beschnüffelte und sogar ein bisschen knurrte. Und sich wieder hochstreckte und erst richtig zu knurren anfing. Ein ganz tiefes, dunkles Knurren war das, ein Wolfsknurren eben. Sie war wahrscheinlich schon deshalb misstrauisch, weil plötzlich so viele Leute da waren.

»Das sind meine Freunde«, sagte ich deshalb. »Die tun dir nichts. Das da ist Rulle, das hier ist Kaiser, und dies ist Shaleh.«

Die Frau Schneider noch immer den Schokohasen hinhielt.

»Wir haben doch gewettet«, sagte ich.

»Und wo ist mein Kaninchen?«, grollte Frau Schneider.

»Na da!«

Mit einem nächsten Knurren nahm Frau Schneider den Schokohasen aus Shalehs Hand und beschnupperte nun den. Dann knurrte sie abermals. Jetzt war sie wirklich böse.

»Das ist doch kein Kaninchen!«, fauchte sie. »Wo ist denn da das Blut?«

Das sagte sie in einem Ton, dass einem die Schauer den Rücken runterliefen. Da zuckte auch Shaleh zusammen, die Tapferste von uns. Sie ließ sich dennoch nicht einschüchtern.

»Probier einfach mal«, sagte sie. »Schokolade ist nämlich lecker süß. – Halt! Doch nicht mit dem Alupapier!«

»Bäh!«, machte Frau Schneider und spie den schon vermatschten Hasen mitsamt der ganzen Folie wieder aus. »Das ist ja ekelhaft!«

Konnte das sein, dass sie jetzt immer noch riesiger wurde? Sie wurde ganz wutriesig, ihre Schultern breiteten sich unter der Zimmerdecke wie die Schwingen eines Drachen aus.

»Ich brauche Blut!«, fauchte sie und machte ihren Hals wie eine Schlange lang und schürzte die Lippen. Zähne wie Messer kamen zum Vorschein und schimmerten im Widerlicht, das weiterhin in Thor glomm.

In dem Moment hörten wir Schritte auf dem Flur.

»Pscht!«, rief ich gedrückt. »Leise!« Und zu Frau Schneider: »Rein da!«

Ich zeigte auf die Waschmaschine.

»Aber sofort!«

Komischerweise gehorchte Frau Schneider. Sie zog ihren grauschwarzen Leib in Sekundenschnelle zusammen. Über uns fiel die Zeltdecke wieder herunter. Gleichzeitig wurde Frau Schneider von der Waschmaschine eingesogen. Hinter dem Pfeifton, den das machte, schloss Kaiser schnell das Bullauge Thors. Buff ging drinnen das Licht aus, und ich raste in mein Bett.

Schon drehte sich die Tür in den Angeln.

»Junior?«, flüsterte mein Vater, aber unsicher. »Kann das sein, dass du noch auf bist?«

Er lauschte. Vielleicht versuchte er, was zu sehen. Es war ja dunkle Nacht. Ich atmete so ruhig und langsam wie möglich, während die Freunde aneinandergekauert, ganz bestimmt war das so, die Luft anhielten.

»Ja«, sagt Shaleh, »genau so war das.«

Man hörte von draußen ein bisschen Verkehr, mehr nicht, mal ein Auto, mal ein paar ferne Stimmen.

Sozusagen auf den Spitzen seiner Hausschuhe kam mein Vater ans Bett und zog mir die Decke bis ans Kinn. Ich dachte nur, hoffentlich tritt er nicht auf den Schokohasenmatsch. Irgendwo zwischen Bett und Thor musste das Zeug am Boden kleben. Das war bestimmt eine Mordsschweinerei. War es auch, wie ich am nächsten Morgen sah.

Aber wir hatten Glück.

»Schlaf gut, mein Junge«, flüsterte mein Vater, legte kurz seine Hand auf meinen Kopf und drehte sich um. Jedenfalls ging er wieder und trat auch jetzt nicht in die ausgespuckte Schokolade. Obwohl es so dunkel war. Blöderweise ließ er die Flurtür offenstehen. Zumachen konnte ich sie schlecht. Das hätte uns verraten.

Also konnten wir uns auch nicht mehr besprechen. Es war besser, die Freunde schlichen sich ein jeder nachhause. Auch darüber sprachen wir nicht. Jeder dachte dasselbe. Ganz leise, einer nach dem anderen, schlupfte erst Shaleh, dann Rulle und zuletzt Kaiser durch die Hintertür davon. Dass wir von unserer Begegnung mit Frau Schneider ziemlich beklommen waren, muss ich euch, glaube ich, nicht besonders sagen.

18

Kaiser und Rulle, hinter meinem Rücken, hatten beschlossen, die Sache mit dem Kaninchen auf eigene Faust anzugehen. Ich hatte schon die Schweinerei mit dem ausgespuckten Schokomatsch am Hals. Jedenfalls hätte ich saubermachen sollen, noch bevor mein Vater mit dem Morgenkakao kam. Aber dazu schlief ich zu tief.

»Was ist denn das«, rief mein Vater, »für eine Sauerei?« Dabei war er gar nicht wütend, sondern lachte fast. So irritiert war er. Von meinem Bettrand aus zeigte er auf den noch immer feuchten Kloß aus Schokolade und gefärbtem Silberpapier.

Ich musste erst einmal richtig aufwachen. Das geschah dann mit einem Schlag, als hätte jemand einen Eimer kaltes Wasser über mein Bett ausgegossen. Verdammt, ich wollte das doch längst weggemacht haben!

»Du warst doch wach heute nacht«, sagte mein Vater. »Was hast du da bloß getrieben? Ich meine, das passt doch gar nicht zu dir!«

Tat es auch nicht. Aber es passte zu Frau Schneider. Was ich noch bitter genug und immer wieder erleben sollte.

Denn sie liebt die Unordnung. Sie liebt auch den Schmutz, liebt Dreck jeder Art. Und jede Art Dreck schleppt sie denn auch mit her, seit ich sie zum ersten Mal mit rausgenommen habe. Sie ist geradezu gierig auf Dreck. Sogar – ich möchte das eigentlich gar nicht erzählen – auf Hundekacke. Wölfe sind eben doch eine Art Hund.

»Ist dir das denn nicht eklig?«, hab ich sie einmal gefragt.

»Das muss mich ausgerechnet jemand fragen«, hat Frau Schneider geantwortet, »der Schokolade isst!« Sie verzog absolut angewidert ihr Gesicht.

Ich weiß nicht mehr, wie ich meinem Vater die Sache mit dem Schokokloß erklärt habe. Wahrscheinlich gar nicht. Ich glaube, ich habe so getan, als würde ich eigentlich immer noch weiterschlafen.

Frau Schneider hat uns das mit dem Osterhasen noch lange übelgenommen. Sie ist nämlich nachtragend. Außerdem kennt sie keine Grenzen. Alles übertreibt sie. Zum Beispiel ihr Sauersein. Das ist noch schlimmer als bei meinem Vater. Die Sache mit dem Porsche von Herrn Niebel war da noch harmlos. Obwohl sie natürlich recht hat, dass sie sich schützen muss. Denn auch die Gegenseite ist nicht zimperlich, vor allem das KEN.

»Menne, jetzt versteht wieder keiner was.«

»Doch, doch, das kommt schon.«

Denn tatsächlich haben wir herausbekommen, wo das KEN seinen Hauptsitz hat. Herr Niebel selbst hat uns das verraten. Unabsichtlich natürlich. Er bekam das gar nicht mit.

»Menne, wirklich!«

Okay, erst mal das mit dem Kaninchen.

Kaiser und Rulle meinten, dass man das hinter dem Rücken von Shaleh in Ordnung bringen sollte. Sie sind dafür sogar an ihre Ersparnisse gegangen. Rulles Oüten ging diesmal nicht ganz ohne Geld ab. Immerhin haben wir, über den Laden von Rulles Vater, nicht mehr als den Großmarktpreis berappen müssen. Und auch von dem hat Rulle, erzählte Kaiser, einen Nachlass abgehandelt. Wir konnten da noch nicht wissen, dass Frau Schneider auch mit Fleischabfällen zufrieden ist, die man bei jedem Schlachter umsonst kriegt. Jedenfalls wenn man Rulle heißt. Sodass wir uns nach der Sache mit dem Kaninchen sehr oft einfach nur trafen, um Frau Schneider beim Fressen zuzusehen. Dafür hat Rulle extra einen Fressnapf oütet.

Frau Schneider frisst wie ein Schwein. Man muss das einfach gesehen haben. Obwohl meine Mama sagt, dass das nicht stimmt. Wenn sie sich mit Frau Schneider im Café trifft, benimmt sich Frau Schneider. Aber meine Mama sieht Frau Schneider auch nicht so, wie Frau Schneider ist. Sie sieht eine Mutter von zwei Kindern in ihr, die genau so alt ist wie sie, die ja noch ziemlich jung ist. Also wenn man das mit meinem Vater vergleicht, der viel geeigneter als meine Mama wäre, Frau Schneider zu sehen. Weil er sich mit Dschinns nämlich auskennt.

»*Dschinni* heißt das«, sagt er, »die Mehrzahl von ›Dschinn‹ ist ›Dschinni‹ oder einfach auch ›Dschinn‹. ›Dschinns‹ ist«, sagt er, »englisch«.

Aber Shaleh sagt, dass man auch *Dschinns* sagt. So viel

wie mein Vater weiß sie über Dschinns aber nicht. Der ist sogar absolut ein Experte für Dschinns. Nur sehen kann er sie nicht. Das kann eben nur meine Mama, obwohl sie sich mit Dschinns noch weniger auskennt als ich. Wobei Frau Schneider sagt, dass das nicht stimmt, dass sie ein Dschinn ist. Sie bleibt dabei, dass sie von einem anderen Stern kommt. Darüber ist mit ihr überhaupt nicht zu reden. Sie wird sogar ärgerlich dann.

Wenn Frau Schneider richtig wütend ist, macht sie erst einmal etwas kaputt. Egal was. Man muss es halt kaputtwerfen, kaputttreten oder zum Beispiel mit der Faust kaputthauen können. Es geht aber auch ganz ohne. Deshalb war das ziemlich gut, dass Rulle und Kaiser endlich das Kaninchen mitbrachten.

Frau Schneider schnupperte daran, dann leckte sie daran, dann steckte sie sich das ganze Kaninchen auf einmal ins Maul und schluckte es runter. Natürlich war das kein lebendiges Kaninchen, sondern ein schon für den Backofen vorbereitetes Kaninchen, von dem wir erst mal die Folie abmachen mussten.

»Blut«, sagte Frau Schneider.

Es war aber nicht viel Blut, weil es eben ein noch gar nicht richtig aufgetautes Kaninchen war. Frau Schneider genügte es. Da hatten wir Glück. Es war auch wohl nur, weil sie, sagte sie, seit Ewigkeiten keins mehr gegessen hatte. Bei ihr zuhause, sagt sie, gibt es immer Kaninchen. Ganz Wölflingsthor ist voller Kaninchen. Weshalb man da auch nicht arbeiten muss. Man macht den Mund auf, sagt Frau Schneider, und das nächstbeste Kaninchen hüpft rein. So ist das bei ihr zuhause, sagt sie. Nämlich jetzt, als sie satt war, wurde sie richtig gesprächig. Sie wurde auch absolut freundlich und schien sich wirklich zu freuen.

»Jetzt habe ich Freunde«, sagte sie, bevor es sie in Thor zurücksaugte und sich der Bulldeckel wieder schloss. Da war es fast drei Uhr morgens. Diesmal war aber Shaleh, wegen der Blutsache, nicht dabei. Da waren nur Rulle, Kaiser und ich. Die beiden durften heute nacht bei mir schlafen, weil es ein Sonnabend war und sonntags keine Schule ist. Meiner Mama hatte ich gesagt, ich wolle mein neues Zimmer wieder in Ordnung bringen.

19

Shaleh war ziemlich sauer darüber, dass wir Frau Schneider in ihrer Abwesenheit gefüttert hatten.

»Wir dachten halt … weil du doch kein Fleisch isst«, sagte Kaiser.

Das war am Sonntagnachmittag. Dafür, dass Frau Schneider ein Dschinn ist, also ein Geist, sprach natürlich, dass sie sich bisher nur nachts gezeigt hatte.

»Vielleicht verträgt sie einfach kein Licht«, gab Rulle zu bedenken. »Vielleicht lebt man auf ihrem Planeten immer im Schatten, weil der Mond die Sonne verdeckt.«

»Oder sie ist«, sagte Kaiser, »*nachtaktiv*.« Wieder so ein Kaiser-Wort. »Wie Fledermäuse.«

Wie ein Vampir sieht Frau Schneider aber nicht aus. Wir irrten uns vor allem darin, dass sie nur aus der Wohnung herauskam, wenn wir in ihrer Nähe waren oder es ihr erlaubten. Das nahmen wir nämlich an, aber sagten es ihr nicht.

Um so größer war Rulles Schock, als er ein paar Tage später meine Mama im Gespräch mit Frau Schneider überraschte. Nämlich am helllichten Tag. Im Balzac gegenüber den Arcaden, wo sein Vater nur ein paar Schritte weiter um die Ecke den Gemüse- und Obstladen hat. Nachmittags hilft Rulle da oft mit, obwohl das, sagt Shaleh, verboten ist. Aber Rulle sagt, dass doch auch ihm der Laden gehört. »Der Laden gehört meiner ganzen Familie«, sagte er. »Ich lass mich nicht aushalten und nur meine Eltern für mich sorgen.«

Da hat er seine Ehre und ist stolz auf den Laden, in dem er richtig gern hinter der Kasse steht. Sonnabends zum Beispiel und manchmal von sechs bis acht, wenn er seine Hausaufgaben gemacht hat. Der Vorteil ist, dass danach seine Eltern übernehmen müssen. Wenn Rulles Mutter im Laden ist, trifft sich Herr Nguyen gerne mit vietnamesischen Freunden. Sodass Rulle zuhause allein bleibt und deshalb leichter wegkommt, wenn wir uns nachts an der Kaaba treffen.

Die meisten Probleme hat damit Shaleh, weil ihr Vater Rechtsanwalt ist und ihre Mutter immer zuhause ist. Gar keine Probleme hat Kaiser, aber dafür vor seinem Vater einen Heidenrespekt. Zugleich ist Kaiser auf seinen Vater aber genau sostolz wie Rulle auf den Laden. Weil nämlich Kaisers Vater von Udai Singh abstammt, der ein großer König in Indien war.

»Maharana Udai Singh II«, erzählte Kaiser stolz. Das »II« wird »der Zweite« gesprochen. So, wie er selbst

Ramaswami Pratap Singh II heißt, weil sein Vater Ramaswami Pratap Singh I ist. Und weil Maharana auf indisch »König« heißt, haben wir Rama damals »Kaiser« genannt. »König« hätte zu ihm nicht gepasst.

Sein Vater hat, erzählte Kaiser, immer noch ein Haveli in Udaipur. Direkt am See. Ein Haveli ist ein großes Gebäude mit vielen Zimmern und Lagern, »und mit Speichern«, sagte Kaiser. In dem See gibt es sogar Krokodile. Das Haveli hat mitten im Hof einen schönen bunten Springbrunnen. Von dem hat uns Kaiser Fotos gezeigt, auf denen auch seine Mutter zu sehen ist. In den Sommerferien fährt er mit seinem Vater oft hin, obwohl es in der Zeit da immer nur regnet. Aber Kaisers Mama muss für das Geschäft in Indien bleiben und weil sie Kaisers Oma betreut, die schrecklich alt und auch krank ist. Deshalb sieht Kaiser seine Mama nicht oft. Wenn Kaiser erwachsen ist, will er ganz nach Udaipur zurückkehren, wo er auch zur Welt gekommen ist, und zu ihr ziehen. Sein Bruder aber nicht. Gor will nach Amerika, weil er Astronaut werden will.

Rulle will auch nicht aus Deutschland weg, sondern hierbleiben. Aber seine Eltern sind auch arm. Deshalb sind sie nach Deutschland gekommen. »Man kann hier was werden«, sagt Rulle. »Dazu muss man vorher überhaupt nicht was sein. Man muss nur fleißig sein, das ist alles.«

Während Shaleh es toll findet, dass man hier so verschiedene Menschen kennenlernt und mit denen auch richtig befreundet ist, obwohl sie einen anderen Glauben haben und ganz anders aussehen. Dass man gemeinsam in eine Schule gehen kann, obwohl die Schule natürlich ganz doof ist. Das sieht nur Kaiser anders, der ja auch keine Hausaufgaben machen muss. Schon gar nicht muss er sich hinhocken, um Vokabeln zu büffeln. Die behält er ebenfalls so. Er hat ein fotografisches Gedächtnis, sagt mein Vater. Und dass das selten ist, dass das mit so einer Intelligenz zusammentrifft.

»Das ist der Grund«, sagt mein Vater, »dass ihn die Lehrer nicht mögen. Sie haben einfach Angst davor.« Ich glaube aber nicht, dass das stimmt, sondern das kommt von Kaisers Herkunft. Man kann nämlich nicht sagen, dass er die Lehrer richtig ernst nimmt. Er sagt, die haben noch keine Geschichte. Deshalb kann er nicht verstehen, woher die ihre Meinung nehmen, dass sie ihm was sagen dürfen. Deshalb tut er auch nur, was er will. Er ist zu den Lehrern und anderen Menschen aber immer ganz höflich. Auch wenn er ungehorsam ist. Er ist nämlich das absolut netteste Genie, das mir jemals begegnet ist. Und so wen wie Frau Schneider, sagt Shaleh, hätte sie in Kabul schon gar nicht kennengelernt. Sie ist da aber noch nie gewesen, ich meine: in Kabul. Was die Hauptstadt von Afghanistan ist. Shalehs ganze Familie ist von da geflohen, weil man sie ermorden wollte. In Afghanistan ist nämlich Krieg.

20

Frau Schneider wollte nicht mehr nach Wölflingsthor. Trotz der vielen Kaninchen. Zwar sagte sie, dass sie nur deshalb nicht heimkehrt, weil das Raumschiff kaputt ist. Aber sie versuchte auch nicht, es zu reparieren – ja, als ihr

Kaiser vorgeschlagen hat, dass vielleicht er mal gucken kann, was sich da machen lässt, hat sie absolut sauer reagiert. Deswegen glaubten wir dann, dass sie vielleicht nach Wölflingsthor nicht zurück *durfte*. Was nun sehr für die Meinung von Shaleh sprach.

Frau Schneider ist, behauptete sie, in Thor verbannt und wahrscheinlich von ihrem Heimatplaneten weggeschossen worden. Sowieso war Thor nichts als eine Kapsel, die nicht selbst fliegen kann, sondern, sagte Kaiser, von etwas anderem angetrieben oder losgeschubst worden ist, von einer Kanone zum Beispiel oder einer Rakete, die hinten dann abfällt. Auf jeden Fall war Frau Schneider nicht aus eigener Kraft hergekommen. Deshalb konnte sie auch aus eigener Kraft nicht mehr weg. Genau das ist beabsichtigt gewesen, sagte Shaleh, weil man das mit ungehorsamen Dschinns so macht oder wenn sie nicht dem Koran gehorchen. Und die riesigen Gewichte, mit denen Thor so fest steht, dass wir sie anfangs kaum wegkriegen konnten, waren eben nicht, sagte jetzt Rulle, Gewichte für eine Waschmaschine. Sondern die sollten die Raumkapsel, sofern es eine war, auf der Erde für alle Ewigkeit festhalten.

»Das sind«, sagte Rulle, »in Wirklichkeit Metallkugeln, die man früher mit Ketten an den Füßen von Verbrechern festgemacht hat.«

»Das ist Unsinn!«, rief Frau Schneider. »Sondern das ist der Gravitationsverstärker! Wie oft soll ich das denn noch erklären?«

Der Koran ist von Shalehs Leuten die Bibel. Das mit den Suren habe ich schon erzählt, also dass das Kapitel sind, von denen sich eins, sagte mein Vater, sogar direkt mit den Dschinns beschäftigt. Während die Bibel, erklärte er, nirgendwo für Geister geschrieben ist. Was, findet Rulle, ziemlich unfair ist, wenn es so was wie Geister geben sollte. Was keiner ganz genau sagen kann, aber Shaleh sagte, dass Frau Schneider ganz bestimmt was Schlimmes bei sich zuhause ausgefressen hat. Langsam kam uns das ziemlich gewiss vor, dass das so war, wenn wir uns nämlich ansahen, zu was Frau Schneider so alles fähig ist. Ich meine nicht nur das mit der Straßenbahn oder dem Klavier meines Vaters im Baum, bloß weil mein Vater mal was über Frau Schneider gesagt hat, das ihr absolut nicht gefiel.

Also weil er sie ein blödes Hirngespinst genannt hat.

Das passierte, weil er überhaupt nicht kapierte, weshalb mein Zimmer mal wieder in diesem Zustand war. Überall lag Müll rum, meine Schulhefte waren zerfetzt, dauernd trat man in ausgespuckte Kaugummis. Frau Schneider liebt Kaugummis. Das sind die einzigen Süßigkeiten, die sie, sagt Kaiser, *akzeptiert*. Was natürlich ein Kaiser-Wort ist. Ich fand das selbst nicht komisch und sagte das meinem Vater auch.

So hatte ich ihm das mit Frau Schneider erzählt. Allerdings habe ich verschwiegen, dass diese Ausspuckerei von den Blasen kommt, die Frau Schneider immer mit den Kaugummis macht. Ihre Lefzen können nämlich den Kaugummi nicht richtig halten. Die sind nicht Muskeln wie bei uns, sondern hängen schlaff runter. Darum sabbert Frau Schneider auch so. Für uns Menschen riecht das nicht gut. Weil es also von den Sabberflecken und dem ganzen Dreck von Frau Schneider so schlecht gerochen hatte, hat mein Vater einen Wutanfall gekriegt, wie ich das von ihm überhaupt noch nie erlebt hatte.

»Hör endlich mit diesem blöden Hirngespinst auf und steh für das ein, was du tust!«

Das hat er regelrecht gebrüllt, und Frau Schneider war darüber so wütend, dass er sie für ein Hirngespinst hält und auch noch für blöd, dass am nächsten Morgen sein Klavier im Baum stand. Ja, im Park hinter dem Haus. Da hat mein Vater, denke ich, angefangen, an Frau Schneider zu glauben. Nicht an sie direkt, nein. Aber an etwas, das ihr doch wenigstens nahkam. Was Frau Schneider richtig zufriedenstellte, denn von da ab hat sie gegen meinen Vater nichts mehr unternommen.

Aber ich meine nicht nur diese Geschichte. Ich meine vor allem den Tod der beiden Wellensittiche von Herrn Niebel. Damit hatte Frau Schneider den Bogen absolut überspannt, sodass wir mit Herrn Niebel und dem KEN in Verhandlungen eintreten mussten. Das fiel uns nicht leicht, denn das KEN war der absolute Feind. Wir hassten das KEN. Aber was sollte Frau Schneider denn noch alles anstellen dürfen und in Unordnung bringen, ja ins Chaos stürzen? Wir mussten ihr einfach zeigen, dass es Grenzen gibt.

Das sagte sogar Kaiser, der Grenzen sonst nicht anerkennt. Und Rulle, der das Chaos prima findet, sagte das auch. Wobei natürlich absolut klar war, dass das KEN mit genau so einer Grausamkeit gegen Frau Schneider vorgehen wollte, wie Frau Schneider gegen Herrn Niebel und seine armen Wellensittiche vorgegangen war. Und weil wir befreundet sind, mussten wir Frau Schneider auch wieder schützen. Sodass unsere Verhandlungen mit KEN »höchstes diplomatisches«, so drückte Kaiser das aus, *Geschick* erforderten.

21

Rulle war der Erste von uns, der begriff, wie groß das Chaos im Grunde schon war. Nämlich als er meine Mama mit Frau Schneider im Balzac entdeckte.

Er war auf dem Weg von der Schule zum Laden, den Ranzen auf dem Rücken und eine Tüte frischer Erdbeeren in der Hand; vorher wollte er aber schnell noch mal beim Kino vorbeigucken. Dazu muss er von den Arcaden über die Malteser Allee. Man kommt da aber immer nur bis zur Mitte, wo oben die U-Bahn fährt. Weil immer die Ampel so schnell wieder auf Rot springt. Wir halten uns nicht immer an sie, aber wenn da grad Autos ranbrausen, bleibt man besser doch stehen. Oder wenn kleine Kinder da sind, weil die den Verkehr noch nicht so gut überschauen. Also atmete Rulle seufzend durch und steckte sich die nächste Erdbeere in den Mund.

Da blieb sie ihm im Hals stecken …

Denn gegenüber erblickte er meine Mama im Balzac, was ging, weil das Café zur Straße hin aus einer einzigen Glasscheibe besteht. Dahinter nun saß, an einem dieser ganz kleinen runden Tische, die riesige grauschwarze, ja am helllichten Tag besonders monsterhafte Gestalt Frau Schneiders.

Rulle kniff seine Augen zusammen. Vielleicht hatte er einen Tagtraum. Vielleicht lag er überhaupt noch im Bett. Aber er träumte das nicht, schon weil er wegen der Erdbeere furchtbar husten musste. Dabei verschluckte er sich und verpasste auch das nächste Grün.

Immer wieder sah er rüber. Immer weiter saß Frau Schneider da und unterhielt sich immer weiter mit meiner Mama. Wie konnte das sein? Und weshalb blieben die anderen Leute ruhig sitzen? Die hätten schreiend weglaufen müssen. Doch niemand schien Frau Schneider wirklich zu bemerken.

Hoffentlich, dachte Rulle, bemerkt die jetzt mich nicht.

Er schluckte die restliche Erdbeere runter und versteckte sich hinter dem Treppenaufgang zur Station. Von da aus beobachtete er meine Mama und Frau Schneider weiter. Dabei rief er mich übers Handy an, weil er, sagte er später, Angst hatte, dass die Sache für meine Mama gefährlich würde. Wir wussten ja ungefähr, wozu Frau Schneider imstande war, auch wenn da die Wellensittiche von Herrn Niebel noch lebten.

Ich wiederum rief Kaiser an, den aber nur interessierte, was Frau Schneider im Balzac da wohl aß: »Isst sie Kuchen? Dann würde das mit den Süßigkeiten nicht stimmen.« Sodass ich wieder Rulle anrief, um zu fragen, ob Frau Kaiser Kuchen isst. Aber sie aß nichts. Aber natürlich trank sie Kaffee.

»Kommt alle her!«, rief Rulle ins Handy, wobei er selbstverständlich nur flüsterte, jedenfalls zischte. »Das müsst ihr sehen!«

KINO

Mein Vater war in der Oper, ich musste nicht fragen, sondern informierte schnell auch Shaleh. Keine Viertelstunde später war das Katastrophen-Quartett dort versammelt.

»Hierher! Da! Seht ihr?«

Es war nicht zu fassen.

Tatsächlich saß da meine Mama, sie hatte sogar meine Geschwisterchen dabei, und ihr gegenüber saß Frau Schneider in der ungeheuerlichsten Erscheinung. Sie war so riesig, dass ihr Kopf oben an die Lampen stieß. Das fette Haar hing über ihr Gesicht herab, und ihr Pelz starrte vor Dreck. Immer wieder nahm sie mit einer Pranke die Kaffeetasse, die darin wie ein Fingerhut wirkte. Am schlimmsten war aber das Sabbern. Das troff nur so aus ihrem Maul, und ihre furchtbaren Zähne blitzten. Es sah aus, als wartete sie nur auf den richtigen Moment, um sich gierig auf meine Mama draufzustürzen.

»Um Gottes willen ... Mama!«

Kaiser presste mir eine Handfläche auf den Mund. Aber auch Shaleh hatte furchtbar aufgerissene Augen. Rulle stand sowieso schon die ganze Zeit nur noch geduckt da. Im Grunde behielt alleine Kaiser die Nerven.

»Fass nie was an, das sich in Ruhe befindet und gut funktioniert«, sagte er. »Die sitzen da schon lange, und nichts ist passiert. Solange keiner dazwischenfunkt, wird auch weiterhin nichts passieren.«

»Aber man muss meine Mutter doch warnen!«

»Nicht jetzt. Sondern erst zum richtigen Zeitpunkt.«

»Und wann soll der sein?«

»Weiß ich nicht. Jetzt aber auf keinen Fall. Also rührt

euch nicht. Wenn Frau Schneider mitbekommt, dass wir sie beobachten, kann das entsetzlich werden.«

Wenn Kaiser so ernst ist, hat er Autorität. Obwohl er fast ein ganzes Jahr jünger ist als ich. Er wird nämlich im Oktober erst elf, fünf Tage bevor Rulle zwölf wird, der von uns der Älteste ist. Das ist, weil Rulle einmal sitzen geblieben ist. Was aber, sagt er, nicht an ihm gelegen hat, sondern an der vielen Arbeit im Laden. Weil sein Vater fast ein halbes Jahr lang krank gewesen ist und Rulles Mutter sich um ihn kümmern musste.

»Da habe ich den Laden ganz alleine geschmissen«, erzählte uns Rulle, »na ja«, machte er, »*fast*. – Nur die Abrechnung und so was, was sowieso immer Mutter macht, habe ich nicht gekonnt.«

Natürlich mussten sie eine Aushilfe einstellen, weil Rulle keinen Führerschein hat, aber man morgens ganz früh mit dem Lieferwagen in den Großmarkt muss.

Da kauft man billig, sagt Rulle, was man dann teurer verkauft. Nur war eben auch die Aushilfe teuer. Man bekommt zwar, sagt Rulle, mehr Geld für das Obst, als man bezahlt hat, aber dafür steht man auch so zeitig auf und nimmt das ganze Schleppen auf sich.

Was nicht jeder tun kann, auch wenn man kräftig genug ist. Sonst könnte keiner mehr irgendeine andere Arbeit machen, die er besser kann. Zum Beispiel Rulles Vater operieren oder, wie das Shalehs Vater tut, Leuten wie Rulles Eltern helfen, wenn die hierbleiben wollen, aber, erklärte Kaiser, »deutsche Ämter sie abschieben wollen«. »Abschieben« ist kein richtiges Kaiser-Wort, weshalb es gut sein kann, dass er »ausweisen« und nicht

»abschieben« gesagt hat. Mein Vater sagt nämlich, dass das dasselbe ist.

Und Rulle erzählte, dass fast der ganze Verdienst für diese Aushilfe draufgegangen ist. Vor allem, weil sie jetzt nachts nicht mehr aufhaben konnten. Weil Rulle morgens zur Schule musste, auch wenn er für die Schule kaum noch was lernen konnte. Sein Laden hat nämlich sonst rund um die Uhr geöffnet, weil sich die Nguyens nur so gegen die großen Supermärkte durchsetzen können. Das Geld ist also auch weggefallen damals.

»Wir sind fast pleite gegangen wegen Vaters Krankheit. Dann hätte Mutter putzen gehen müssen oder so was«, erzählte Rulle, »und hätte sich nicht mehr um Vater kümmern können. Oder ich hätte an der S-Bahn Schmuggelzigaretten verkaufen müssen.« Das hätte seine Mutter nicht ausgehalten, weil die sowieso immer Angst hat und sich an die Gesetze hält, damit man Rulles Familie aus Deutschland nicht wieder rauswirft. Außerdem wäre er von der Schule geflogen. »Was wäre dann aus meinem Vater geworden?«

Der jetzt aber wieder gesund war, auch wenn er ein bisschen gelb aussah und ganz faltig war. Doch in seinem Laden stand er wieder. Sogar eine Aushilfe konnte Rulles Laden behalten, wenn auch eine, die billiger war. Weil Rulles Vater wieder selbst mit dem Lieferwagen zum Großmarkt fahren konnte, macht das jetzt eine Studentin. Vor allem nachts.

Für diesen Laden kam Frau Schneider zum ersten Mal zum Einsatz. Sie ist nämlich nicht nur schrecklich. Nach dem Vielen, was ich jetzt schon erzählt habe, muss ich einfach mal sagen, dass sie eben auch eine wirkliche Freundin ist oder ein wirklicher Freund. Weil sie kein Geschlecht hat, sondern an Bäumen gewachsen ist, dann runtergefallen und von ihren Eltern im Unterholz aufgesammelt worden. Sofern das stimmt, was Frau Schneider von Wölflingsthor so erzählt. Dass da zum Beispiel die Liebespaare, wenn sie sich ein Kind wünschen, in den Wald gehen wie wir, wenn wir Beeren oder Pilze sammeln.

»Da gibt es doch bestimmt auch giftige«, sagte Rulle und guckte Frau Schneider schlitzig an. Wie ein Zucken ging der Schreck durch mich durch. Vielleicht war Frau Schneider in die Waschmaschine verbannt worden, weil sie in Wahrheit ein Giftkind ist. Das Wort stammt aber nicht von mir und auch nicht von Kaiser, sondern Shaleh hat es gesagt.

Frau Schneider verstand sehr gut, was Rulle damit meinte. Denn sie reagierte diesmal nicht sauer, nein, sondern, so riesig sie war, fiel sie in sich zusammen und wurde ein ganz kleines Büschel Rauch. Und das sah den Rulle so traurig an, dass er »Entschuldigung« sagte. Dann drehte das Rauch'chen sich um, glitt still in seine Waschmaschine und machte sie hinter sich zu.

22

Noch über eine halbe Stunde saß meine Mama mit Frau Schneider im Balzac. Dann standen die beiden auf und umarmten sich. Wozu sich Frau Schneider richtiggehend bücken musste, weil ihr meine Mama sonst nicht die

Hände auf die Schultern legen konnte und ihr schon gar nicht links und rechts ein Küsschen geben.

Meine Mama verließ das Café. Frau Schneider setzte sich wieder hin. Wie sie wohl bezahlen würde, wenn die Rechnung kam? Aber meine Mama hatte vielleicht schon für beide bezahlt. Nur durfte Frau Schneider dann nichts mehr bestellen.

Das tat sie auch nicht, erzählten Kaiser und Rulle. Die blieben nämlich da, während Shaleh und ich meiner Mama folgten. Wir wollten sie wenigstens warnen. Sie musste einfach wissen, mit wem sie da verkehrte.

Bei mir achtet sie auf so was auch. Auch sie will nicht, dass ich in etwas hineingerate, das für mich schlecht ist. Zum Beispiel wie mein Cousin Richard, als der noch keine vierzehn war. Da ist er in eine Gruppe geraten, die hat damals schon nur Bier getrunken. Heute ist Richard siebzehn und war schon im Gefängnis. Vor so etwas hat meine Mama Angst.

Genauso will eben auch ich nicht, dass sie in etwas reingerät, auch wenn Frau Schneider mein Freund ist. Schon, weil für meine kleinen Geschwister der viele Dreck nicht gesund wäre, den Frau Schneider immer macht. Davon kann man sich Krankheiten holen, sagt mein Vater, obwohl Frau Schneider ziemlich gesund ist. Der macht der Dreck gar nichts aus. Er scheint ihr sogar besonders gut zu bekommen. Aber Frau Schneider ist eben auch kein Mensch. Das stand nun fest, egal, ob sie ein Dschinn war oder von einem anderen Stern.

Deshalb musste ich meine Mama warnen.

Aber wie? Ich konnte schlecht sagen, dass sie mit einer

Wölfin im Café gesessen hat, die größer als drei Meter ist. Das ist schon für Wölfe unwahrscheinlich. Da glauben die Leute glatt, dass man spinnt. Auch meine Mama hätte so was geglaubt.

Wenigstens war Shaleh als Zeugin dabei. Meine Mama mag die Shaleh nämlich sehr. Schon weil Mama zu den wenigen Deutschen gehört, mit denen die Mutter von Shaleh wirklich Kontakt hat. Jedenfalls haben sie und meine Mama oft Tee zusammen getrunken. Seit der Trennung meiner Eltern nicht mehr so oft. Aber natürlich bei Shaleh in der Wohnung, weil Shalehs Mutter, sagt Shaleh, nur zum Einkaufen rausgeht. Was Shalehs Vater so will. Darüber kann man mit ihm nicht reden, sagt Shaleh. Aber ihre Mutter spricht fast nur Afghanisch. Mein Vater sagt, dass das »Farsi« heißt. Aber ein bisschen Englisch spricht sie auch, sodass sich meine Mama und Frau Sayed trotzdem immer gut unterhalten hatten. So heißt Shaleh mit Nachnamen.

Aber seit meine Eltern sich getrennt haben, ist Shalehs Vater das nicht mehr recht. Deshalb geht Frau Sayed, wenn Mamas neuer Freund Gelmund da ist, Begegnungen mit Mama aus dem Weg.

Das ist aber nur, weil sie Gelmund nicht kennt. Dass sie ihn kennenlernt, will Shalehs Vater nicht. Da ist er genauso ungerecht wie meiner, weil Gelmund wirklich nett ist. Aber Shaleh sagt, es hat überhaupt keinen Sinn, mit ihrem Vater über solche Sachen zu sprechen. Trotzdem ist ihr Vater in Ordnung, weil er so vielen Menschen hilft. Den Maserati hat er aber von anderen Kunden bezahlt – *Mandanten*, hat mich Kaiser verbessert, »heißt das«. Und dann hat Rulle seinen Vater zu Shalehs Vater geschickt.

Da war es mit den Drohungen losgegangen. Drei fremde Vietnamesen waren in Rulles Laden erschienen und hatten gesagt, wenn Rulles Vater ihnen nicht jeden Tag hundert Euro gibt, würde Rulles Laden von jemandem angesteckt werden. Sie sind, sagten sie, gekommen, um das zu verhindern. Das kostet aber Geld, sagten sie. Und wenn Rulles Vater zur Polizei gehen würde, dann würde Rulles Vater zum Beispiel überfahren werden oder von einer Brücke stürzen.

»So etwas nennt man«, sagte Kaiser, »Schutzgeld-Erpressung. Das ist ein Verbrechen. Da muss man etwas unternehmen.«

Aber Rulles Vater wollte nichts unternehmen, weil er Angst hatte, dass ihm oder seiner Familie etwas passiert. Deshalb ging das wirklich nicht mit der Polizei. Denn die drei Vietnamesen gehörten, sagte Kaiser, zur Mafia. Das ist eine große Firma aus Dieben, Mördern und Räubern, die von ganz vielen Läden wie Rulles ganz viel Geld hat und damit sogar die Polizei – Kaiser-Wort – *besticht*. Das heißt, dass sie der Polizei dafür Geld bezahlt, wenn die wegsieht. Tut sie das nicht, stürzt sie gleichfalls von der Brücke. So viel Geld hat die Mafia.

Da hat Rulle zu seinem Vater gesagt: »Geh doch zu Shalehs Vater. Vielleicht kann der helfen.« Denn Rulles Vater hat nicht genug Geld, um einen Rechtsanwalt zu bezahlen. Aber Herr Sayed *vertritt*, nennt das Kaiser, auch arme Menschen und nimmt nur wenig Geld von ihnen. Das steht im Koran, sagt Shaleh, dass man das tun muss. Dafür nimmt er von reichen Menschen ganz viel, damit er den Maserati nicht wieder weggeben muss.

Nachdem Rulles Vater endlich wieder gesund war und Rulle wieder für die Schule lernen konnte, wurde der Laden aber wirklich überfallen. Das war tief in der Nacht. Da war nur die Studentin drin als Aushilfe. Man hat der aber nichts getan.

Die Männer hatten Strümpfe über die Köpfe gezogen, und Pistolen, erzählte Rulle, haben sie auch gehabt. Noch bevor die Polizei kam und weil die Studentin vor Angst so geschrien hat, haben sie den Laden angesteckt. Die Studentin stand zitternd dabei, während die Nachbarn es erst mitbekamen, als schon alles zu spät war. Zwar war die Feuerwehr schnell genug da, dass das Feuer nicht auf die Wohnungen über dem Laden übergreifen konnte und auch nicht auf die Nebenhäuser. Aber er selbst brannte restlos aus, mit allem, was drin war. Was das Feuer nicht zerstörte, machte das viele Wasser von den Löschfahrzeugen kaputt. Wovon sich sein Vater, sagte Rulle, nie mehr erholen wird. Und er weinte.

Unser Freund Rulle weinte.

Ich hatte ihn noch nie weinen sehen. Rulle verzieht sonst kaum das Gesicht. Man sieht ihm nie an, wie er sich fühlt. Jetzt aber hatte er keinen Laden mehr, auf den er stolz sein konnte. Das war zum Weinen wirklich ein Grund.

Da wurde dann Frau Schneider tätig. Da wurde sie wirklich unser Freund. Und Kaiser sagte später, Frau Schneider ist ein furchtbarer Verbündeter. Gebe Gott, sagte er, dass sie nie unser Feind wird.

23

Jetzt passierte so unheimlich viel auf einmal, dass wir fast die Übersicht verloren. Was vor allem für die Schule nicht gut war. Jedenfalls erst einmal nicht. Es ging schon auf die Versetzungen zu, und wir hatten bei weitem noch nicht alle Arbeiten geschrieben. Na gut, drei Monate waren das noch, aber ich hatte schon zweimal 4 minus geschrieben und dreimal 4.

Das behagte meinem Vater so wenig, dass er damit anfing, richtig Druck auf mich auszuüben. Was dann wieder hieß, dass er mich kontrollierte und die Freunde nicht mehr so ohne weiteres an die Kaaba konnten. Aber auch Rulle saß nicht wirklich fest im Sattel, obwohl er den Vorteil hatte, den Stoff vom letzten Jahr noch zu kennen.

Nur Kaiser konnte es lässig nehmen. Und Shaleh, weil sie so fleißig ist. Sie sagt, dass sie nie von einem Mann so abhängig sein will, wie ihre Mutter das ist. Das geht nur, sagt sie, wenn man eine gute Schulbildung hat. Man kann nämlich nicht sagen, dass ihr Vater besonderen Wert auf ihre Schule legt.

»Wäre ich ein Junge«, sagte Shaleh, »wäre das anders.«

»*Musst* du das schreiben?«

»Soll ich nicht?«

»Doch. Schon gut.«

Weshalb sie sich, sagt Kaiser, auch immer wie ein Junge benimmt. Zwar hat sie jetzt mit Nagellack angefangen und Lippenstift, aber sie spielt nicht mit Puppen. Vor allem hasst sie Diddlmäuse. Stattdessen sammelt sie die Modelle von Sportautos und ist im Laufen schnell. Herr Georgsheimer, was unser Sportlehrer ist, will, dass sie für Olympia trainiert. Aber einmal hat Shaleh gesagt, sie würde gerne Kickboxen machen. Nur muss sie dafür erst älter sein als jetzt, weil sie glaubt, dass ihr Vater das nicht bezahlen würde. Wenn er es, sagt sie, überhaupt erlauben würde.

Ihre Mutter ist sowieso dagegen, dass ein Mädchen kämpft. Genau wie meine Mama findet sie, dass man überhaupt nicht kämpfen soll. Während ich das aber klasse finde, dass Shaleh sich bei Prügeleien nicht verdrückt. Manchmal braucht man die nämlich, weil es Leute gibt, bei denen das nichts nutzt zu – Kaiser-Wort – *argumentieren*. Sogar mein Vater ist dieser Meinung, obwohl Frau Klicker streng dagegen ist, und Herr Niebel ist, sagte er, sowieso ein Gegner jeder Gewalt. Wenn er uns bei einer Schlägerei erwischte, interessierte er sich nicht für die Gerechtigkeit, sondern würde jeden bestrafen, der mitgemacht hat. So einfach machte Herr Niebel sich das. Ganz egal, wer angefangen hat. Aber Frau Schneider sagte, dass er sich nur verstellt.

Damit kennt sie sich aus, mit dem Verstellen. Das hatte ich bei meiner Mama gemerkt, weil die bis heute glaubt, dass Frau Schneider nichts als eine nette Frau mit zwei kleinen Kindern ist.

Sie trafen sich nämlich immer weiter. Bis zu dreimal in der Woche! Dann gingen sie nachts sogar tanzen, weil ich jetzt alt genug war, um auf meine Geschwister aufzupassen und weil auch mein Vater das manchmal tut. Meine Mama sah einfach die Realität nicht.

Natürlich hat sie Shaleh und mir nicht geglaubt, als wir versuchten, sie zu warnen. Wäre das nicht so gefährlich, wenn meine Mama mit der riesigen Wölfin im Café sitzt, hätte ich ein bisschen Angst gehabt, dass sie sich lächerlich macht. So habe ich aber Angst, dass sie was Falsches sagt und Frau Schneider dann wütend wird. Das muss nicht einmal Absicht sein. Das kann eine lustige Bemerkung sein, die meine Mama macht, Frau Schneider aber in die falsche Kehle bekommt. Meine Mama macht gern mal so Witze, die Leute nicht immer für komisch halten. Bei Frau Schneider ist das noch mal was anderes. Einfach weil meine Mama nicht kapiert, mit wem sie da redet. So, wie mein Vater seinen Satz mit dem blöden Hirngespinst büßen musste. Dabei ging das mit dem Klavier im Baum noch glimpflich vonstatten. Da muss ich nur an die armen Wellensittiche von Herrn Niebel denken, vor allem aber daran, was Frau Schneider mit der Vietnamesen-Mafia gemacht hat.

24

»Wir müssen erst einmal herauskriegen«, sagte Frau Schneider, als Rulle so geweint hat, »wie wir an die Kontaktleute kommen. Wir müssen herausbekommen zum Beispiel, wen die alles noch erpressen.«

»Das weiß dein Vater bestimmt«, sagte Kaiser. »Also

wir Inder reden untereinander. Ihr Vietnamesen macht das bestimmt genauso.«

Rulle schüttelte den Kopf.

»Darüber spricht bei uns keiner, weil keiner in die Schande will«, sagte er. »Vielleicht, wenn ich schon erwachsen wäre, dass ich was rauskriegen würde. Vater trifft sich immer mit Freunden.«

»Dann sollte ich da vielleicht mal hingehen«, schlug Frau Schneider vor.

Überrascht sahen wir auf. »Du? Ausgerechnet?«

Frau Schneider schürzte die Lippen. »Was meint ihr wohl, weshalb ich draußen so unerkannt herumspazieren kann?«

»Na, weil man dich in die Waschmaschine eingesperrt hat«, sagte Shaleh. »Da vermutet keiner einen Monsterwolf drin.«

»Und wovon lebe ich da?«

Das hatten wir uns auch gefragt. Auch das hatte für die Auffassung von Shaleh gesprochen, dass Frau Schneider ein Dschinn ist. Dschinns müssen nicht essen und trinken, sondern tun das nur, wenn sie Lust darauf haben. Schließlich leben Geister gar nicht mehr richtig, sondern geistern nur rum. Aber weil Frau Schneider behauptet, dass das nicht stimmt, dass sie ein Geist ist, musste sie jedenfalls eine andere Erklärung haben. Dann bekamen die Kaninchen auch einen Sinn und dass Frau Schneider so viel frisst, wenn wir ihr was vom Schlachter mitbringen.

»Die Menschen sehen in mir keinen«, sie rümpfte die Nase und sah Shaleh beleidigt an, »Monsterwolf. Sondern die sehen das in mir, was sie grad wollen. Was ihnen einfällt oder was ihnen fehlt. Wonach sie sich sehnen. Das haben wir auf Wölflingsthor so entwickelt. Das ist unsere wichtigste Technologie. Damit wir, auf welchem Planeten auch immer, überleben können. Das können aber auch wir nur, wenn wir genug zu essen bekommen.«

»Interessant«, sagte Kaiser. »Das ist also eine Art Anpassung.«

»Bist du so was wie ein Gestaltenwandler?«, wollte Rulle wissen.

Frau Schneider schüttelte den Kopf. Dabei löste sich kurz eines ihrer spitzen Ohren und wehte davon. Wir sahen das aber nur wegen des grünen Lichts aus Thor. Weil wieder tiefe Nacht war. Einen Moment lang glänzte das Ohr ganz allein in der Luft, schon ziemlich weit weg von Frau Schneiders Kopf. Mit einer gelangweilten Bewegung fing es ihre linke Pranke wieder und klebte es an seinen Platz zurück.

»Ich bin, was ich bin«, sagte Frau Schneider. »Ich verändere mich nicht. Sondern die Leute sehen mich verschieden. Dazu muss ich nichts tun. Sondern das ist der Chip.« Sie legte einen Zeigefinger auf die Mitte ihrer Stirn.

»Wo das dritte Auge ist«, sagte Kaiser.

»Was für ein drittes Auge?«, fragte ich.

»Das sechste Chakra«, sagte Kaiser und legte nun seinen Zeigefinger auf meine Stirn, genau in die Mitte zwischen Haar und Nasenwurzel. »Musst nur mal die Augen schließen, dann spürst du es. Man nimmt dadurch die Wahrheit wahr.«

»Da hat man deinen Leuten einen Chip reingepflanzt?«, fragte Rulle Frau Schneider.

»Mir«, sagte sie. »Und nicht reingepflanzt, sondern draufgedrückt. Den Rest macht der Chip ganz allein. Wenn mich die Leute angucken, dann saugt er ihren Blick in sich hinein und wirft genau das zurück, was sie gern sehen möchten.«

Das erklärte natürlich, warum meine Mama die nette Freundin sah. Es erklärte aber nicht, weshalb ich Frau Schneider beim ersten Mal als diesen Riesenwolf wahrgenommen hatte.

»Na ja«, sagte Frau Schneider. »Das hatte ich dir« – sie kriegte sogar Kaisers Tonfall hin – »*suggeriert.*«

Aber vor allem erklärte es nicht, weshalb wir Freunde sie alle gemeinsam so sahen.

Frau Schneider meinte, das kommt davon, dass ich sie ihnen zuerst als Wolf beschrieben habe. Aber zum Beispiel Kaiser glaubt das nicht, sondern er glaubt, dass das so ist, weil wir vier wirklich zusammengehören, Rulle, Kaiser, Shaleh und ich. Deswegen will mich Shaleh später auch nicht heiraten. Weil uns das trennen würde, sagt sie. Sie will aber sowieso nicht heiraten, sagt sie, und wenn doch, dann uns alle zusammen. Was natürlich nicht geht.

»Dabei ist das so ungerecht!«, ruft Shaleh. »Bei mir dürfen die Männer vier Frauen heiraten, wenn sie das schaffen, aber die Frauen dürfen das nicht.«

Wozu Kaiser damals gesagt hat, dass er es bedauert, dass Shaleh nicht aus einer Königsfamilie stammt wie er. Sonst würde er sie, sagt er, auch alleine heiraten. Aber Frau Schneider sagte, dass das jetzt wirklich nicht der richtige Zeitpunkt ist, sich mit so etwas zu beschäftigen.

Sondern jetzt komme es drauf an, die Vietnamesen-Mafia zu bekämpfen.

25

Wir waren in dieser Zeit vor allem mit Herrn Niebel beschäftigt. Wir mussten beweisen, dass er nur zur Tarnung unser NaWi-Lehrer und in Wahrheit Agent war. Seit er bei meinem Vater aufgekreuzt war, hatte das, so drückte Kaiser es aus, *oberste Priorität*. Er hatte uns auch auf dem Schulhof ständig im Visier, nicht nur in seinem Unterricht. Wenn wir in der Pause zusammenstanden und mit Kaisers Gameboy spielten oder, worin Rulle genial ist, denen aus der Achten Yougi!-Oh-Karten unterjubelten, die nicht ein Zehntel von denen wert waren, die er zurückbekam, oder wenn wir rüber zu Kathinka flitzten, um Ekelschleim zu kaufen oder Kackwürste aus Plastik, um sie in der Mensa unter den Geschirrregalen zu platzieren, oder wenn wir austesteten, ob man die Schrift von Frau Klicker nicht ganz genau nachmachen konnte, um Herrn Georgsheimer einen echt schweinischen Liebesbrief zu schreiben – jedesmal tauchte da Herr Niebel in unserer Nähe auf oder stand scheinbar unauffällig in der Ecke. Er drohte uns auch offen, indem er »Ich kenne euch genau!« rief oder es mit einer so kalten Stimme flüsterte, dass man schlecht davon träumte. Er nannte sich auch immer einen »Kenner der Materie« und sagte ständig, dass es darauf ankommt, die Wahrheit zu erkennen.

Diese auffällige Häufung des Wortes »kennen« in den

Sätzen ist immer ein – Kaiser-Wort – *Indiz*. Denn daran, hatte Frau Schneider erklärt, erkennt man die Kenner, also die Agenten von KEN. Sie nennen sich sogar selber so. Weshalb man, wenn jemand das Wort »kennen« sehr oft benutzt, im Grunde immer schon Bescheid weiß. Also wenn das ein-, vielleicht auch zweimal vorkommt, ist das noch okay. Das gibt sogar Frau Schneider zu. Aber spätestens das dritte Mal ist es das Ausrufezeichen hinter einer Warnung.

Zu den gefährlichen Wörtern gehören vor allem die folgenden, die ich die offenen nenne, und es schadet gar nichts, wenn ihr euch das aufschreibt:

BeKENner – ErKENner – KENner – KENnen – erKENnen – beKENnen

Es gibt aber auch maskierte KENnwörter, in denen das Signalwort versteckt ist. Solche Wörter werden von den KEN-Agenten vor allem als Passwörter und Parolen benutzt. Beispiele dafür sind MarKENzeichen und KENnzeichnung, aber auch denKEN, lenKEN und schenKEN.

Es ist also nicht ganz leicht, aber eben enorm wichtig, dass man diese Wörter im Kopf hat. Sie müssen einem in Fleisch und Blut übergehen. Weil ein Wort nämlich erst zum zweiten und dritten Mal ausgesprochen werden kann, nachdem man es ein erstes Mal ausgesprochen hat, muss man dieses erste Mal unbedingt mitbekommen. Sonst bekommt man, sagte Kaiser, genauso wenig mit, ob es bereits zum zweiten und dritten Mal gesagt wurde.

Trotzdem ist jedes von diesen Wörtern erst mal nur ein Indiz, von dem die Mehrzahl, sagt mein Vater, *Indizien* heißt. Was leider nichts anderes bedeutet, als dass es bloß Hinweise sind. Und ein Hinweis, sagt Shaleh, ist noch lange kein Beweis. Das weiß sie von ihrem Vater.

Deshalb mussten wir so einen Beweis finden. Wir mussten Herrn Niebel – das sagte nicht Kaiser, sondern Sherlock Holmes sagt das immer auf Kaisers DVD – *überführen*. Weil deshalb nicht nur er uns, sondern auch wir ihn beschatteten, hatten wir darin einige Übung, als das mit den Vietnamesen so richtig in Fahrt kam.

Nur ging es mittlerweile schon nicht mehr darum, Rulle seinen Laden zu ersetzen. Das hatte nämlich Shalehs Vater fast schon geschafft, weil er eine Versicherung verklagt und außerdem irgendwas entdeckt hatte, was die Hausverwaltung falsch gemacht hat. In jedem Fall hatte sie den falschen Hausmeister eingestellt, sodass Rulles Vater ein halbes Jahr später seinen Laden wieder aufmachen konnte und Rulle wieder glücklich war.

Sondern es ging darum, die Verbrecherbande für immer unschädlich zu machen, damit so was nicht noch einmal und keinem anderen passieren konnte. Deshalb mussten wir den Kopf der Mafia finden und unschädlich machen. Dazu war die Polizei nicht imstande, weil die vielleicht auch einen falschen Hausmeister eingestellt hatte. Außerdem wollten wir Gerechtigkeit für Rulle jetzt gleich haben, nicht erst in drei Jahren. Schließlich konnten wir an Kaisers Bruder sehen, dass man da plötzlich ganz andere Interessen hat und einem die Gerechtigkeit egal wird. Da hat man nämlich eine Freundin und außerdem ein heimliches Motorrad, um das man sich kümmern muss, obwohl man es noch gar nicht fahren darf. Was Gor aber trotzdem tat. Dummerweise hatte er dann einen Unfall, sodass er erwischt wurde. Aber Kaisers Vater hat die Strafe bezahlt, ohne mit der Wimper zu zucken. Dann hat er Gor ein neues Motorrad gekauft. Er findet nämlich, Gor ist alt genug.

Aber wegen des Motorrads und wegen der Freundin bekam Kaiser seinen Bruder kaum noch zu Gesicht. Trotzdem hat er uns später geholfen. Jedenfalls wollte er das. Nicht bei den Vietnamesen, sondern mit der Waschmaschine. Auch wenn das blöd für ihn ausging.

»Menne, nicht wieder vorgreifen!«

Er konnte Frau Schneider ebenfalls sehen, aber ebenfalls anders als wir.

»Menne!«

Dabei ist er schon siebzehn und versteht von Elektronik fast noch mehr als Kaiser, weil er nämlich Physik studieren und zur ESA oder sogar zur NASA gehen will. Das habe ich schon erzählt.

»Und mehr erzählst du jetzt noch nicht!«
»Ist ja gut, Shaleh.«

26

Der Plan war, dass Rulle Frau Schneider zu den Freunden seines Vaters bringt, damit sie die wegen der Mafia aushorchen kann. Das ist nämlich eine Spezialität von ihr, versicherte Frau Schneider. Kaiser nennt so etwas eine *verdeckte Aktion*. Es war aber bestimmt nicht gefährlich, weil die Freunde von Rulles Vater selber keine Verbrecher sind. Sondern Frau Schneider wollte herausbekommen, ob von denen auch jemand erpresst wurde – vor allem jetzt, da man wegen des Feuers in Rulles Laden eine bestimmt noch viel größere Angst vor der Mafia hatte.

Rulle wusste, wo sich die Freunde seines Vaters treffen.

Deshalb warteten wir einen Tag, weil Rulles Vater da abends den Laden betreute, während seine Mutter zuhause war. Sie kann nicht mehr so lange auf den Beinen stehen, weil sie schwanger ist, damit endlich auch Rulle ein Geschwisterchen kriegt. Was er sich immer gewünscht hat. Darum ist seine Mutter nach dem Tag auch so müde, dass Rulle manchmal heimlich rausgehen kann, ohne dass sie was merkt.

Rulle wollte unten vor dem Haus warten, und wir, Kaiser und ich, sollten Frau Schneider mit runterbringen. Damit nichts passierte, transportierte ich Frau Schneider in meinem Ranzen, bis wir fast direkt vor dem Asiaten-Restaurant waren, wo dieses Treffen stattfand. Da erst ließen wir Frau Schneider hinaus.

Sie reichte die ganze Laterne hoch. Aber man sah sie

nicht, oder die anderen Leute sahen einen Punker in ihr oder so was. Rulle nahm sie an der Pranke und führte sie.

Bevor die beiden verschwanden, drehte sich Frau Schneider noch einmal um und lächelte das breiteste Wolfslächeln, das sie draufhatte. Das sollte uns beruhigen, aber da wollte ich wirklich nicht in der Mafia ihrer Haut stecken.

Wie das dann alles weiterging, konnte uns Rulle nicht erzählen, weil ihn Frau Schneider gleich nachhause schickte, nachdem die beiden eingetreten waren. Doch haben die Freunde von Rulles Vater Frau Schneider sofort für Rulles Vater gehalten. Vor allem aber, erzählte Rulle, hat Frau Schneider gleich fließend Vietnamesisch gesprochen, und zwar besser als er, Rulle, selbst. Weil er in Deutschland geboren ist und nur mal in den Ferien nach Vietnam fährt. Das für ihn kein richtiges Zuhause ist, obwohl er gerne nach Vietnam fährt. Das soll ein total schönes Land sein. Aber gehören tut er, sagt Rulle, hierher.

Wir hatten, also Kaiser und ich, erst überlegt, ob wir die Freunde von Rulles Vater und Frau Schneider und natürlich auch Rulle durchs Lokalfenster beobachten sollten. Aber dann war uns das doch zu riskant. Schließlich sind wir alle erst zwischen zehn und zwölf. Da macht man sich nachts schnell verdächtig, weil man um diese Zeit nicht mehr alleine draußen sein soll. Da muss man vermeiden, dass man auffällt, und jetzt sowieso, als es um die Mafia ging. Wer fremde Läden abbrennt, um Geld zu erpressen, macht auch bei Kindern nicht halt. Außerdem wollten wir nicht, dass Frau Schneider auffliegt, wenn das mit ihrer Tarnung schon so gut funktionierte.

Also gingen wir zu mir nachhause zurück und setzten uns vor die Kaaba, um zu warten. Rulle würde uns sicher anrufen oder eine SMS schicken, wenn er Gelegenheit hatte.

Keine halbe Stunde später, eher nur eine Viertelstunde später, war er aber schon da und ziemlich außer Atem, weil er so schnell gelaufen war. Weil mein Vater in der Oper war, konnte ich uns die Cola aus dem Kühlschrank holen, die ich heute mittag entdeckt hatte. Um uns die Zeit zu vertreiben, kamen wir auf eine Idee. Weder Kaiser noch Rulle wollten jetzt nachhause. Sowieso hätte keiner von uns schlafen können, wenn sich Frau Schneider vielleicht in Gefahr befand.

So war es auch. Wie gefährlich es gewesen war, erzählte sie mir selbst. Aber erst am nächsten Abend. Denn vor dem war sie nicht wieder da.

27

Sie hatte etwas herausbekommen. Aber nicht nur das.

Und nicht nur, dass einer von den Freunden von Rulles Vater ein Kenner war. Der hatte Frau Schneider plötzlich erkannt. Das hatte Frau Schneider sofort gemerkt und musste deshalb sofort weg. Denn die Kenner sind für Leute von Wölflingsthor gefährlich. Sie können sie nämlich, wenn ihr Gegner zurückguckt, durch konzentriertes Angucken töten.

Das hatte Frau Schneider gespürt, dass sie zurückgucken sollte, und konnte kaum mehr widerstehen. Das ist so, erklärte Frau Schneider. Das ist ein richtiger Zwang. Der wird immer größer, je länger man angeguckt wird. Da bricht einem der Schweiß aus. Da bekommt man ein rasendes Herz. Aber man kann nicht anders, als zurückzugucken.

Deshalb blieb ihr, erzählte sie, nichts übrig, als sofort aufzuspringen und wegzulaufen. Dabei wollte sie sich vor den anderen aber nichts anmerken lassen, damit ihre Tarnung nicht aufflog. Mit riesiger Kraft hat sie sich beherrscht und dann so ruhig wie möglich gesagt, dass sie jetzt gehen muss. Die Vietnamesen haben sie alle für Rulles Vater gehalten. Außer diesem einen eben. Der hat Frau Schneider mit seinem Todesblick immer schärfer angeguckt. Also sprang sie dann doch auf.

Ihr Stuhl kippte nach hinten. Sie hatte schon fast keine Luft mehr gekriegt.

Zwei Tische kippten um.

Langsam, ganz langsam wich Frau Schneider nach hinten zurück. Dabei ist sie rückwärts gegangen, weil sie sich erst nicht umdrehen konnte. Weshalb auch andere Leute aufgeschrien haben, und die ganzen Freunde von Rulles Vater sind ebenfalls aufgesprungen. Auch die sind da vor Aufregung laut geworden. Das war die Rettung für Frau Schneider, weil die sich jetzt zwischen sie und den Kenner gestellt hatten. Dadurch kam Frau Schneider für einen Moment von dem Todesblick los. Dann war sie schon an der Tür.

Mit Gewalt warf sie sich herum.

Und riss die Tür auf. Und wollte raus.

Aber da knallte sie mit Herrn Niebel zusammen. Der

stand plötzlich mit noch einem Mann in der Tür, um einzutreten.

Zwar kann Herr Niebel Frau Schneider nicht sehen, wittern aber doch.

Das tat er.

Und mehr noch: Er fasste sogar zu und hielt Frau Schneider mit eisernen Händen fest. Das konnte er aber nur, sagte Frau Schneider, weil sie auch für ihn die schmächtige Gestalt von Rulles Vater hatte.

Trotzdem brannte ihr immer im Nacken der Todesblick, der sie zwingen wollte, sich wieder umzudrehen. Abermals kämpfte Frau Schneider mit aller Macht dagegen an. Sie rang um Atem.

Da kam noch jemand von der Straße herein. Das war Frau Schneiders Glück.

Jetzt musste Herr Niebel nämlich zur Seite treten und ließ Frau Schneider deshalb los. Mit einem heftigen Ruck, aber nur noch allerletzter Kraft gelang es ihr, auf die Straße zu kommen.

Dort entfloh sie in die Nacht.

28

Während wir auf Frau Schneider warteten, die an diesem Tag aber nicht mehr zurückkam, hatten wir also eine Idee. Es war ja so dunkel. Trotzdem hatten wir in meinem Zimmer kein Licht angemacht, weil es sein konnte, dass mein Vater bald heimkam. Aber aus der Waschmaschine, die immer noch aufstand, schimmerte plötzlich das Leuchten. Sodass Kaiser noch mal reingucken wollte, ob man da was erkennt. Wenn das ein Raumschiff war oder eine Raumkapsel, dann musste es da drinnen Instrumente geben, das ging gar nicht anders. *Armaturen* nennt Kaiser die.

Aber er zögerte. Nicht, weil er Angst hatte, sondern weil sich das absolut nicht gehört, einfach so in die Wohnung von anderen Leuten zu gucken, wenn man nicht eingeladen ist.

»Na ja«, sagte Rulle. »Aber vielleicht kriegen wir das Ding wieder heile.«

»Könnte sein«, sagte Kaiser, »obwohl ich mich mit Raumschiffen nicht auskenne.«

»Ist auch nur eine Kapsel«, sagte ich.

»Aber es kommt aus einer anderen Welt«, gab Kaiser zu bedenken.

»Oder Shaleh hat recht«, sagte ich.

So beratschlagten wir flüsternd.

»Ich weiß nicht«, sagte Kaiser irgendwann. »Wir sollten Frau Schneider vielleicht doch besser erst fragen.«

»Dann sagt sie nein«, widersprach ich. »Das weißt du doch.«

Ich konnte mich noch gut daran erinnern, wie sauer Frau Schneider geworden war, als ihr Kaiser das angeboten hatte, in Thor nach dem Rechten zu sehen. Sie wollte von der Erde eben nicht mehr weg. Wenn Kaiser das mit dem Raumschiff hinkriegen würde, hätte sie aber keine Ausrede mehr. Dann müsste sie uns die Wahrheit sagen, dachte ich.

Da war aber noch eine andere Gefahr.

»Um Gottes willen!«, rief plötzlich nämlich Rulle aus. »Und was, wenn du da reingesaugt wirst?!«

»Reingesaugt?«

»Na, wie Frau Schneider immer. Wenn man nicht weiß, wie man wieder herauskommt?«

Das hatten wir nicht bedacht.

»Vielleicht«, sagte Rulle, »muss man da drin irgendeinen Knopf finden, damit man wieder rauskommt. Irgendwie kriegt Frau Schneider die Tür ja auch auf. Aber wenn du den nicht findest? Was dann?«

Da hatte Kaiser aber schon den Kopf drin. Weiter passte er freilich nicht durch die Öffnung. Dafür sind seine Schultern zu breit. Vielleicht hätte es der schmale Rulle geschafft. Wir hielten ihn am Gürtel fest, damit wir ihn im Notfall wieder herausziehen konnten.

»Was siehst du?«

»Nichts. Es ist nur ganz hell.«

Seine Stimme klang ziemlich metallisch, als er antwortete. Das kam bestimmt von dem Echo da drin. »Ich sehe nur die Waschtrommel.«

»Keine Einrichtung?«

»Nein, nichts.«

»Ja aber, wie lebt denn Frau Schneider da drin?«, fragte Rulle.

»Und wo kommt das Licht her?«, fragte ich.

»Das kann man nicht sehen.«

Er zog den Kopf wieder raus, musste sich mit beiden Händen von den Seiten der Waschmaschine wegstemmen. Obwohl ihn gar nichts ansaugte. Er hatte trotzdem das Gefühl.

»Komisch«, sagte er. »Richtig ein bisschen unheimlich. Vor allem, weil man nicht sieht, wo das Licht herkommt.«

»Lasst mich mal«, sagte Rulle.

»Besser nicht«, sagte ich.

»Aber vielleicht muss man ja«, sagte Kaiser, »von hinten in die Waschmaschine rein.«

»Also, eine Metalltrommel ist nicht durchsichtig«, sagte Rulle.

»Oder es ist ein unbekanntes Metall«, sagte Kaiser.

»Oder Shaleh hat recht«, wiederholte ich, »und Frau Schneider ist eben doch ein Dschinn, den man in die Waschmaschine verbannt hat.«

»Und das Licht?«, fragte Rulle.

In dem Moment gleißte alles um uns herum so hell auf, dass wir fast aufgeschrien hätten. Nicht weil das mein Vater war, sondern wir dachten erst, dass uns das KEN gefunden hat. Dass das ein feindlicher Angriff ist. So was.

Aber es war wirklich nur mein Vater. Was ungut genug war.

»Also das gibt's ja wohl nicht!« Er schlug von Thor die halbe Zeltdecke weg. Er war echt scheiße ... ich meine: *schlimm* drauf. »Sagt mal, seid ihr von allen guten Geistern verlassen? Was macht ihr hier noch um diese Zeit? Habt ihr überhaupt eine Ahnung, wie spät es ist? Ja, und wissen eure Eltern, dass ihr hier seid? Rama, Hùng!«

Wenn mein Vater sauer ist, sagt er immer die richtigen Namen von einem. Mich nennt er dann Manfred. Das tut er sonst nicht.

»Wisst ihr eigentlich, wie spät das ist?! Und wissen deine Eltern, dass du hier bist? – Jetzt aber raus da!«

Er schien das Licht in der Waschmaschine genauso wenig sehen zu können wie Frau Schneider.

»Ich kann dich doch jetzt nicht einfach auf die Straße schicken! Um diese Zeit! Wie stellt ihr euch das vor? Jetzt bei euch zuhause anrufen, das geht auch nicht mehr!«

Eigentlich war das sein Problem, nicht unseres, fand ich. Aber wir hatten natürlich das Problem, dass jederzeit Frau Schneider zurückkommen konnte. Was wir jedenfalls hofften, jetzt aber fürchten mussten, wenn mein Vater sowieso schon so einen Aufstand machte. Wie wäre das erst geworden, hätte plötzlich riesig Frau Schneider im Zimmer gestanden? Gar nicht auszudenken.

Aber mein Vater konnte sie ja nicht sehen.

Und wenn plötzlich doch?

Der Gedanke machte mich unruhig.

»Natürlich wissen das Kaisers und Rulles Eltern«, log ich.

Ich lüge nicht gerne, wirklich nicht. Manchmal führt aber kein Weg dran vorbei. Das machen die Erwachsenen genauso, auch wenn sie einem immer wieder sagen, dass man das nicht soll. Ich verstehe auch, warum sie es sagen. Weil die Welt viel komplizierter ist, als Kinder wissen sollen. Das merken wir schon noch früh genug, denken die Erwachsenen und wollen uns schützen. Auch wenn sie damit erst richtig lügen.

Die Wahrheit ist, sagt Kaiser, dass man lernen muss, *richtig* zu lügen, weil man bei falschem Lügen immer erwischt wird. Da kann man dann lieber gleich die Wahrheit sagen. Es ist aber eben ein Fehler, immer die Wahrheit zu sagen. Das kann ganz dumm kommen und einen in, sagt Kaiser, dauernde Schwierigkeiten bringen. Deshalb muss eine Lüge auch immer etwas haben, wodrin sie wahr ist.

»Aber sie wussten natürlich nicht, dass wir so lange aufbleiben«, sagte ich deshalb.

»Also *meinem* Vater ist das egal«, sagte Kaiser.

»Rulles aber bestimmt nicht«, sagte mein Vater und war also auf meinen Trick hereingefallen, »und mir, Junior, genauso wenig.«

Wenn er »Junior« zu mir sagt, ist es fast schon immer wieder in Ordnung. Das sagt er nur, wenn er's gut meint.

»Also jetzt ins Bett, und zwar alle und schnell!«

»Ich kann auch nachhause gehen«, sagte Kaiser. »Da sagt mein Vater nichts. Das ist er gewöhnt.«

»Ich bin das aber nicht gewöhnt. Ich schicke um diese Zeit ganz bestimmt keinen Elfjährigen mehr auf die Straße. Vor allem übernehme ich für so etwas die Verantwortung nicht. Wenn dein Vater das anders hält, ist das seine Sache.«

Rulle schlief bei mir mit im Bett, weil es breit genug und Rulle so schmächtig ist. Kaiser rollte sich eine aufblasbare Isomatte aus und nahm meinen Schlafsack.

»Was bildet sich dein alter Herr eigentlich ein?«, zischelte er, als wir im Dunkeln lagen. Blöderweise hatte mein Vater nämlich das Bullauge von Thor zugemacht. Da war es drinnen sofort dunkel geworden. Dabei hatte er selbst das Licht gar nicht gesehen. Er hätte sonst anders reagiert. Da wäre er nämlich ebenfalls neugierig gewesen. Er hatte aber nicht mal mitgekriegt, dass wir die Waschmaschine aufgekriegt hatten.

29

Als wir morgens zur Schule aufbrachen und als ich mittags zurück war, war Frau Schneider immer noch nicht wieder da.

Wobei es erst mal noch Ärger gab, weil weder Rulle noch Kaiser ihre Schulsachen dabeihatten. Für Kaiser war das kein Problem, für Rulle aber schon.

»Mein Vater macht mir die Hölle heiß!«

Er konnte seinem Vater ja nichts richtig erklären. Wie sollte er seinen Eltern klarmachen, weshalb er sich nachts weggeschlichen hatte? Wir hatten jeder morgens ganz normal wieder im Bett liegen wollen. Wo uns mein Vater den Strich durch die Rechnung gemacht hat.

Das kommt selten vor, dass Rulle nicht mehr nachhause will. Eigentlich kommt das gar nicht vor. Jetzt war er so.

Aber von Frau Schneider zu erzählen wäre genauso sinnlos gewesen, wie es das gegenüber meinem Vater war. Doch auch, dass wir die Mafia verfolgen wollten, durfte bei den Nguyens nicht erzählt werden, weil Rulles Eltern der Meinung sind, dass man sich da raushalten und es der Polizei überlassen soll oder sonst einem Amt, das zuständig ist.

Auch Herr Niebel sah das so. Allein deshalb war er verdächtig, dazu musste er gar kein Agent sein. Denn so was half der Mafia, wenn die Polizei immer noch keinen Schritt vorankam. Der wahre Grund von Herrn Niebels

Meinung wurde uns aber erst klar, nachdem uns Frau Schneider alles erzählt hatte.

Nun war zwar der Ärger für Rulle morgens noch abzuwenden, weil sein Laden, wenn man einen kleinen Umweg geht, zwischen meiner Mama-Wohnung und der Schule liegt. Deshalb konnte Shaleh, die ich deshalb anrief, Rulles Schulsachen bei den Nguyens einfach abholen und mitbringen, während wir direkt zur Schule gingen.

Das machte sie auch. Da hatte mein Vater Rulles Vater schon informiert. Sodass ich Rulle vorschlug, dass er am besten überhaupt nicht mehr nachhause ging. Jedenfalls, bis sich alles beruhigt hatte.

»Wir verstecken dich einfach bei uns, mal Kaiser bei sich, mal ich bei mir«, sagte ich. Kaiser fand das *plausibel.*

»Vielleicht nimmt dich Frau Schneider, wenn sie wieder zurück ist, mit in Thor rein und versteckt dich da«, fiel mir noch ein, weil das nun wirklich ein Grund gewesen wäre, von dieser Waschmaschine hinter das Raumfahrer- oder eben Flaschengeheimnis zu kommen. Das würde selbst Frau Schneider einsehen müssen, dass das ein Grund war, jemanden mit zu ihr hineinzunehmen.

»Insofern«, sagte ich, »wäre das sogar ideal, wenn du nicht mehr nach Hause gehst.«

Aber so was ist mit Rulle nicht zu machen.

»Wir sind aufeinander angewiesen, meine Familie und ich«, sagte er, »da lässt man sich nicht im Stich.«

»Aber wenn dich dein Vater doch bestrafen will!«, rief ich empört.

Das war für uns nämlich ebenso sicher wie für Rulle, dass er das wollte. Es kam auch so.

»Das ist eine andere Kultur«, sagte Kaiser. »Da kann Strafe sogar eine Ehre sein.«

»Rull nicht rum«, sagte Rulle und kriegte seinen Hausarrest.

Aber eben erst nachmittags, als er von der Schule heimkam. Eine ganze Woche lang durfte er außer zur Schule jetzt nicht mehr raus. Nur wegen dieser einen einzigen Nacht. Aber in den Laden durfte er, weil er da helfen musste.

Was aber verboten ist.

»Kinderarbeit ist verboten«, sagte ich. »Das sollte man Rulles Vater mal sagen.« Ich war absolut sauer. »Wenn er sich mit der Polizei an die Gesetze hält, dann muss er sich auch mit Rulle an die Gesetze halten.«

Doch Rulle nahm seine Strafe hin. Ich glaube, er hat nicht mal versucht, sich zu verteidigen. Deswegen war er auch nicht dabei, als Frau Schneider endlich zurückkam und uns alles erzählte. Also von der Mafia und dass Herr Niebel dazugehört. Wobei sie ein anderes Mal gesagt hat, dass das manchmal nicht gut ist, wenn man sich an Gesetze hält. Man muss sich, sagt sie, an die eigene Überzeugung halten, damit man für das, was man tut, auch einstehen kann.

Mein Vater sagt dasselbe. Dann weiß man wenigstens, sagt er, dass man für etwas bestraft wird, für das man sich frei entschieden hat.

Herr Niebel hält das für undemokratisch.

Aber Kaiser sagt, man kann nur für etwas bestraft werden, zu dem man nicht gezwungen wird. Sonst handelt man aus Notwehr, und die ist nicht strafbar. »Und dass wir nachts nicht jeder bei sich zuhause waren, war Notwehr«, sagte er. »Weil sonst die Mafia ohne Strafe davonkommt.« Während Shaleh sagte, dass die allermeisten Menschen auf der Welt zu Sachen gezwungen sind, weil sie sonst nichts zu essen haben. Wie viele Millionen das sind, hat uns Frau Klicker erzählt. Sodass Kaiser sagte, dass sich genau deshalb nur die allerwenigsten Menschen auf der Welt für ihre Sachen verantworten können und dass das mit der Verantwortung sowieso Quatsch ist, weil sie, sagt er, nicht einmal merken, wie sie was zwingt. Deshalb soll man sich, sagte Shaleh, an den Koran halten, weil man dann etwas hat, woran man sich – Kaiser-Wort – *orientieren* kann.

»Oder an der Bibel«, sagte Rulle, weil wir dieses Gespräch auf dem Schulhof führten, am folgenden Vormittag in der ersten großen Pause, als uns Rulle von seinem Hausarrest erzählt.

»Oder eben an den Gesetzbüchern«, sagte Kaiser, »wobei der Koran und die Bibel eigentlich auch nur Gesetzbücher sind. Deshalb ist es egal, an was man sich orientiert.«

So unübersichtlich ist das alles. Denn Shaleh sagte, dass man dann die Verantwortung grad wieder abgibt, weil man nicht mehr selbst entscheidet, sondern der Koran tut das für einen.

»Oder die Bibel«, sagte Rulle.

Mein Vater findet, dass das ein großes Problem ist. Während meine Mama sagt, man muss einfach nur drauf aufpassen, dass man anderen Menschen nicht wehtut und friedlich mit ihnen zusammenlebt. Aber da fragt man sich, wie das gehen soll, friedlich mit einer Mafia zusammenzuleben, die Läden niederbrennt, oder mit Agenten wie Herrn Niebel. Das geht eben nicht.

»Die haben auch Gesetze«, sagte Kaiser, »nur eben andere als wir.«

Sodass sie nicht zusammenpassen, nicht die von der Mafia und uns und auch nicht die von Frau Schneider und uns.

»Und nicht die Gesetze der verschiedenen Völker«, sagte Kaiser. »Deshalb gibt es Politiker. Das ist denen ihre Aufgabe«, sagte er, »dass sie das versuchen, dass alle Gesetze zusammenpassen.« Genau darum will Kaiser ein Politiker werden.

Aber Shaleh sagte, dass das ein sinnloser Beruf ist, weil man die Gesetze sowieso nie zusammenkriegt. »Man kann nur versuchen, dass sich die Menschen verstehen«, sagt sie, und deswegen will sie Bücher schreiben, damit sich die Menschen kennenlernen.

Frau Schneider fand, dass das wirklich ein großes Vorhaben ist.

»Das ist viel größer«, sagte sie, »als wenn man Politiker wird oder mit Teppichen handelt.«

Deshalb kam dann heraus, dass die Mafia in Wahrheit eine Abteilung des KEN war, oder aber das KEN war, umgekehrt, eine Abteilung der Mafia.

»Wieso kam das heraus?«, fragt Shaleh.

»Na, weil Frau Schneider das erzählt hat.«

»Die ist doch noch gar nicht wiedergekommen!«

Was stimmte.

»Du erzählst schon wieder nicht in der richtigen Reihenfolge.«

Die war nämlich so, dass wir beschlossen, erst einmal Herrn Niebel zu beschatten. Nicht, weil wir schon wussten, dass er vorgestern abend in dem Vietnamesen-Restaurant gewesen war und versucht hatte, Frau Schneider festzuhalten. Wir wussten auch noch nicht, dass er sie verfolgt hatte, als sie dem Todesblick entkommen war. Sondern weil wir vermuteten, dass an Frau Schneiders Verschwinden das KEN schuld war. Zumindest hatte es seine Hände im Spiel. Und für das KEN war Herr Niebel eben der Schlüssel.

Aber erst einmal mussten wir unsere Hausaufgaben machen. Wo jetzt Rulle nicht dabeisein konnte wegen seines Hausarrests.

30

Während Rulle also erst mal zuhause oder in seinem Laden blieb, wechselten wir anderen uns immer ab bei dem Beschatten von Herrn Niebel. Aber wir mussten uns auch um die Schule kümmern, weil das jetzt wirklich wichtig war, um nicht auch unseren Eltern Gründe für Hausarreste zu liefern, und sowieso, um uns den Rücken freizuhalten. Wenn die wegen der Schule zufrieden waren, ließen sie uns mehr durchgehen, dachten wir. Dann störten sie uns vor allem nicht beim Beschatten von Herrn Niebel. Wozu wir die freie Zeit eben brauchten. Außerdem hat

Shaleh Geigenunterricht und Kaiser seine zwei AGs, also die Politik-AG, die er zusammen mit der Achten macht, und die Astronomie-AG, die ihm besonders wichtig geworden war, seit wir Frau Schneider kannten. Ich wiederum muss einmal pro Woche zum Schwimmen, und Schlagzeug lerne ich auch noch.

Deshalb hatten wir jetzt einen richtig engen Terminkalender. Wenn da Schwierigkeiten mit der Schule dazugekommen wären, wäre fürs Beschatten keine Zeit mehr geblieben. Es war nur ein Glück, dass sich Kaiser um unseren Einsatzplan kümmerte. Er fing nämlich an, ihn in unserem Katastrophenbuch aufzuschreiben, von dem ich schon erzählt habe. Das hat uns schon manchmal gerettet.

Immer direkt nach dem Unterricht essen wir erst mal zusammen in der Mensa, weil Shaleh da ihr Mittagessen kriegt. Ich bin dafür zwar nicht angemeldet, weil mein Vater kocht, aber wenn man ein nettes Gesicht aufsetzt, fragt keiner. Auch Kaiser und Rulle essen in der Schule. Dann muss Rulle in den Laden.

Bei dem Mittagessen war endlich Zeit, Shaleh von Frau Schneiders Aktion im Restaurant zu erzählen. Kaiser schwänzte das Essen, weil er Herrn Niebel beobachten wollte. Ich sollte ihn um vier Uhr nachmittags ablösen. In Verbindung blieben wir über die Handys. Was später einen Riesenärger mit meinem Vater gemacht hat, als er die Rechnung bekam. Ich habe nämlich seine Partner-SIM-Card.

Abends wollte Kaiser die Beschattung übernehmen, solange Rulle nicht rausdurfte und weil mich mein Vater wegen vorgestern nacht noch ziemlich genau im Auge behielt. Und Shaleh kam sowieso zuhause erst weg, wenn ihre Leute schliefen. Also wenn überhaupt.

»Ich warte einfach«, sagte Kaiser, »bis bei Herrn Niebel das Licht ausgeht.«

Es war blöd, dass nicht auch Frau Schneider ein Handy hatte. Dann hätten wir längst gewusst, wo sie war.

»Ich kann ihr eins oüten«, sagte Rulle. »Da können wir eine Prepaid-Karte reinsetzen.«

Ich hatte aber starke Zweifel, ob Frau Schneider mit so etwas umgehen konnte. Außerdem hatten wir keine fünfzehn Euro übrig. So viel bekomme ich pro Monat gerade mal als Taschengeld.

»Darum macht euch keinen Kopf drum«, sagte Kaiser, bevor er abschob. Rulle war da schon weg, um seinen Arrest einzufahren. »Die krieg ich von meinem Vater.«

Er sprang auf. Denn wir konnten durchs Fenster sehen, wie Herr Niebel der breiten Einfahrt zustrebte, durch die man die Schule verlässt.

»Bis nachher, Leute!«

Als auch er weg war, klärte ich Shaleh über die gestrigen Vorkommnisse auf. Dass Frau Schneider erkannt worden war, wusste ich da natürlich noch nicht.

31

Als ich heimkam, war Frau Schneider immer noch nicht zurück. Ich machte mir wirklich Sorgen. Die Waschmaschine war aber zu. Verlassen hing das rosane Zelt über ihr. Ich musste wieder an gestern abend und gestern nacht denken, dann an den Ärger meines Vaters und dass die Erwachsenen vielleicht wirklich nicht verstehen konnten, in was wir hier verwickelt waren. Dass sie da nur hilflos zugucken konnten und irgendwie versuchten durchzublicken. Wobei sie sich genau solche Sorgen um uns machten, wie wir sie uns um Frau Schneider machten.

Ich wurde richtig ein bisschen trübsinnig. Für meine Hausaufgaben hatte ich überhaupt keine Lust, sondern las in den Simpsons, um mich von meiner schlechten Stimmung abzulenken. Dann zeichnete ich Homer. Als das Bild aber fertig war, war es schon so spät, dass ich sofort losrennen musste, um für die Ablösung von Kaiser pünktlich zu sein.

So weit ist die Kapellenstraße nicht weg, wo das Haus von Herrn Niebel steht.

Der war die ganze Zeit bei sich drinnen geblieben und hatte Hefter korrigiert, erzählte Kaiser, als ich ankam.

»Sauviele Hefter«, sagte Kaiser. »Am besten hier den Baum rauf, siehst du? Da hat man eine ziemlich gute Sicht.«

Man konnte wirklich bequem bei Herrn Niebel reingucken. Weil der Baum an der Hausseite stand, hatte ich den Überblick über ganze drei Zimmer. Vor allem, weil das Wohnzimmer eine große Terrasse hat und beides nur von einem Glasfenster getrennt wird, in dem es sogar eine Tür gibt, die ebenfalls aus Glas ist. Es gab auch keine Vorhänge, sondern abends lässt Herr Niebel immer Außenrollos herab, die aus einem grauen Metall sind.

Ich konnte sogar in die Küche gucken.

Wirklich ein riesiges Haus, auch wenn es nur ein Stockwerk hat.

»Ich frage mich«, sagte Kaiser, »wovon ein Lehrer so was bezahlt.«

»Vielleicht«, sagte ich, »ist er dafür Agent geworden.«

Kaiser nickte.

»Ja«, sagte er, »das ist wirklich verdächtig.«

Außerdem war Herr Niebel zweimal in seiner Garage gewesen. Das kam uns auch komisch vor. Er war doch gegen Autos. Die belasten die Umwelt, sagte er immer, und dass man in der Stadt wirklich ein Auto nicht braucht.

»Der hat keine Ahnung«, sagt aber Shaleh. »Bei Autos geht es um ihre Schönheit, nicht um was Praktisches.«

»Ich hab aber nicht richtig reingucken können«, sagte Kaiser.

Genau das machte es nötig, wenigstens ein Mal die Schule zu schwänzen. Es war uns sofort klar, dass uns keine andere Wahl blieb. Wir mussten eine Zeit nutzen, in der Herr Niebel mit Sicherheit weg war.

Das war er nur an den Vormittagen.

»Und wie kommen wir rein?«

»Vielleicht steht das Fenster offen.«

Die Garage hatte auch eines, nur war es absolut klein. Da passte nur Rulle durch. Sodass wir eine Woche warten mussten. Und sowieso beschlossen wir das, was später ein Einbruch genannt worden ist, so richtig erst, nachdem Frau Schneider alles berichtet hatte. Also dass Herr Niebel ganz offenbar nicht nur für das KEN spionierte, sondern auch zur Mafia gehörte.

Was hätten wir tun sollen? Außerdem mussten wir unbedingt Herrn Niebels Terminkalender in die Hände bekommen, weil da bestimmt was über das KEN drinstand.

32

An diesem Tag blieb Herr Niebel in seiner Wohnung und korrigierte immer weiter die Hefter. Da war bestimmt auch unsere NaWi-Arbeit dabei.

Dann bekam er Besuch von zwei Männern und einer Frau, die aber alles andere als nach Kennern aussahen. Sie sahen nach Ökos aus, schon weil sie mit dem Fahrrad kamen. Das konnte natürlich Tarnung sein.

Kaiser war da schon weg.

Die drei setzten sich in das Wohnzimmer von Herrn Niebel, und nachdem er ihnen Kaffee oder Tee gekocht hatte, sprachen sie mit ihm. Es sah nach einer richtigen Diskussion aus. Das konnte ich aus ihren Arm- und Handbewegungen schließen. Dann malten sie was auf große Plakate.

So ging das länger als anderthalb Stunden und war wirklich langweilig. Da kam Kaiser für die Abend-Ablösung wieder. Wir riefen eben noch Shaleh und Rulle an, um sie über den Stand der Beschattung zu informieren. Dann ging ich nachhause und aß mit meinem Vater zu abend.

Nun hatte ich keinen Fatz von meinen Hausaufgaben gemacht, sodass ich schon wieder lügen musste. So was fällt mir nicht leicht. Doch mit der Zeit kriegt man Übung. Ich konnte meinem Vater nicht schon wieder von Frau Schneider erzählen und dass wir Herrn Niebel beschatteten, weil wir uns solche Sorgen um sie machen. Dass Frau Schneider die reine Wahrheit ist, hielt er für die größte Lüge überhaupt.

Nun hat uns Frau Schneider einmal erklärt, dass es nur darauf ankommt, ob etwas gut oder schlecht gelogen ist. Wenn es gut gelogen ist, sagt sie, dann ist das eine Form der Wahrheit, die viel mehr Richtiges und Wirkliches hat, als wenn man direkt die Wahrheit sagt. Shaleh sagt, dass genau das der Kern von guten Geschichten ist. Und Kaiser sagt, dass die Erwachsenen das auch sehr genau wissen. »Deshalb lügen sie nämlich selbst, wenn sie sagen, dass man nicht lügen darf«, sagte er.

Sodass ich gegenüber meinem Vater nicht wirklich ein schlechtes Gewissen hatte. Sowieso wollte ich ihn nicht in die Sache mit dem KEN und der Mafia reinziehen. Es war schlimm genug, dass wegen dem Herr Niebel hiergewesen war und dass vielleicht sogar meine Mama in Gefahr war, weil sie Frau Schneider für ihre Freundin hielt. Und jetzt war Frau Schneider selbst in Gefahr. Da konnte ich mir eine zusätzliche Angst um meinen Vater wirklich nicht leisten. Ich finde, dass das für meine Lüge ein ausreichender Grund ist.

»Klar, Papa, hab ich die Hausaufgaben gemacht.«

Anstatt mich ins Bett zu legen, als es acht war, und weil ich sowieso nicht einschlafen konnte, holte ich die Hausaufgaben unter der Bettdecke nach. Dabei lauschte ich immer wieder darauf, wann mein Vater noch mal hereinkam, um zu gucken, ob ich schlafe. Er zieht mir dann immer die Bettdecke bis unters Kinn.

Vor allem aber lauschte ich, ob es nicht endlich ein

Geräusch gab, das von Thor kam. Es gab aber keines, obwohl ich noch mindestens eine Stunde lang wachlag. Ich glaube, das war überhaupt das erste Mal, dass ich meine Hausaufgaben so gründlich erledigt habe. Statt, wie man sagt, Schäfchen zu zählen, lernte ich Vokabeln. Die ich am nächsten Tag alle noch konnte.

33

Von einem Scharren und Kratzen wurde ich wach. Da spielte mein Vater schon mit dem Dämpfer Klavier. Dann war es ein leises Jaulen, das absolut erbärmlich durch das Scharren und das Klavierspiel hindurchklang.

Ich sprang sofort aus dem Bett und huschte zur Tür.

Vorsichtig öffnete ich sie. Ich hatte die Taschenlampe mitgenommen, die ich für die Hausaufgaben gebraucht hatte, weshalb sie gleich neben dem Bett auf dem Lateinhefter lag.

Erst ging der Lichtstrahl nur leer ins hintere Treppenhaus. Aber direkt vor mir jaulte was. Ich richtete die Taschenlampe darauf. An der Schwelle hockte ein ängstlicher Welpe und sah mich mit solchen Augen an, dass ich dachte, das Hundebaby weint ja.

»Wer bist du denn?«, fragte ich.

Dann bückte ich mich und nahm das fiepende Bündel auf meinen Arm.

Ich streichelte es, drückte es an mich und nahm es zu mir herein.

Plötzlich sperrte es sich. Das tat richtig weh. Erschreckt

ließ ich los. Der Welpe landete am Boden und rief dann schon mit der tiefen Stimme von Frau Schneider ärgerlich zu mir hoch: »Was soll das denn?!«

Sodass ich begriff.

Nicht mehr die Spur von Jaulen und Fiepen.

Jetzt war mir das selbst passiert, dass ich Frau Schneider falsch gesehen hatte. Meine Angst um sie hatte sie, als sie nun endlich wiederkam, zu einem Welpen gemacht. Das war genau dasselbe, wie dass die meisten Erwachsenen in Kindern etwas Falsches sehen. Sagt jedenfalls Kaiser. Weil sie Angst um uns haben, erklärte er, sehen die uns viel kleiner, als wir sind. Was absolut stimmt. Das kann man, sagt Rulle, vor allem an Deutschland sehen, wo man Kindern einfach nicht zutraut, dass sie einen Laden genauso gut führen wie ein Erwachsener. Und dass wir Zusammenhänge sogar besser erkennen als sie, sieht man an Herrn Niebel. Schließlich hatten nur wir den Agenten in ihm erkannt.

Das ging alles in Sekundenschnelle durch meinen Kopf. Wovon Frau Schneider wieder normal und riesig wurde.

Sie war jetzt nicht mehr ärgerlich, sondern sah mich mit schräg gelegtem Kopf an. Ich war natürlich noch sprachlos. Außerdem dachte ich einen Moment lang, dass mein Vater gleich reinkommt. Das war aber eine Täuschung, denn das Klavierspiel perlte von fern wie ein ruhiges Plätschern über den Flur.

»Siehst du«, sagte Frau Schneider endlich. »So ist das.«

Ich wusste erst nicht, was sie meinte. Aber nachdem ich mich gefasst hatte, rief ich, aber ganz ohne Stimme: »Wo bist du die ganze Zeit gewesen?!«

Sie nahm mich an der Hand und zog mich mit sich zu Thor.

»Lass mich erst mal ankommen. Bin auch froh, wieder zuhause zu sein.«

Sie sagte wirklich ›zuhause‹. Dann machte sie sich klein und zog unters Zelt.

Da setzte sie sich vor die Waschmaschine. Ich setzte mich zu ihr.

Ich lauschte noch mal.

Nein, mein Vater hatte nichts gemerkt.

Dann erzählte Frau Schneider. Dass sie sich hatte verstecken müssen, weil es für sie wirklich gefährlich gewesen war. Sie erzählte von dem Todesblick, erzählte von Herrn Niebel und dass der sie verfolgt hat, nachdem sie weglaufen konnte.

»Ich musste ihn auf eine falsche Fährte locken, wo er von hier doch schon weiß.«

»Herr Niebel hat dich wirklich verfolgt? – Der Reihe nach, bitte.«

»Genau«, sagt Shaleh.

»Aber ich muss mich erst mal frischmachen«, sagte Frau Schneider. »Habt ihr Kaffee in der Küche?«

»Das weiß ich nicht. Da kann ich jetzt auch nicht mehr hin.«

»Na gut, aber ich brauche eine Viertelstunde.«

Ehe ich zugucken konnte, wie sie das anstellte, hatte sie das Bullauge aufgekriegt und war in Thor drin. Quietschend fiel das Bullauge zu.

Wenigstens spielte mein Vater immer weiter. Seine Musik wehte fast still über den Flur. Sie war wie die Dünung von einem Meer. Aber den andern sage ich das nicht, weil mein Vater eine Musik spielt, die wir unmodern und langweilig finden. Man kann auch nicht mitsingen, aber vor allem, sagt Shaleh, kann man nicht zu ihr tanzen.

»Hast du Kaninchen?«

Die Frage riss mich heraus, so plötzlich und brutal kam sie. Ich war nämlich eingeschlafen und saß gar nicht vor Thor, sondern lag in meinem Bett.

Aber Thors Licht schimmerte unter dem Zelt durch. Offenbar stand der Bulldeckel auf.

Tatsächlich war Frau Schneider wieder herausgekommen.

»Ich brauche dringend Kaffee ... oder Blut«, sagte sie.

Das ist schwierig mit Frau Schneider. Kaum hat man sich so an sie gewöhnt, dass man Angst um sie hat, zeigt sie einem, dass sie eigentlich ein Geschöpf ist, vor dem man selber Angst haben muss.

Unheimlich gierig sah sie aus.

Vielleicht war es die Musik von meinem Vater, dass ich davor nicht wirklich erschrak. Doch dachte ich einen Moment lang, dass es vielleicht einen echten Grund dafür gab, wenn Herr Niebel hinter Frau Schneider so her war. Vielleicht gab es auch einen Grund für das KEN. Und weil wir das irgendwann alle dachten, kam es zu den, wie Kaiser sie nannte, diplomatischen Verhandlungen mit dem KEN.

Zu der Blutsache passten vor allem die beiden Wellensittiche von Herrn Niebel. Eigentlich hatte schon das mit dem Klavier im Baum dazu gepasst. Das nämlich dann im Baum hing. Wofür wir nichts konnten, weder Rulle noch Shaleh oder Kaiser und ich. Während wir an der Straßenbahnsache alle beteiligt gewesen sind und absolut zu gleichen Teilen. Ich meine, das war geplant gewesen, weil wir von da an kein Quartett mehr gewesen sind, sondern ein Quintett. Von da an waren wir Freunde dann wirklich zu fünft.

Aber das kommt alles später.

34

Jetzt hing erst mal das Klavier im Baum. Natürlich hing es nicht, sondern stand – nämlich drüben im Park ganz oben zwischen drei stammdicke Äste geklemmt. Das war gleich an dem Morgen, nachdem mein Vater Frau Schneider ein blödes Hirngespinst genannt hatte. Jedenfalls erfuhren wir zum ersten Mal, wie gefährlich Frau Schneider ist.

Es war der Morgen nach unserem Streit. Weil Frau Schneider nämlich nachtragend ist. Da ist sie ganz anders als mein Vater. Der war nach dem Streit an mein Bett gekommen, um wieder Frieden zu schließen. Aber mit Frau Schneider schloss er ihn nicht, weil er Frau Schneider eben nicht sieht. Das macht ganz viele Sachen schwierig, wenn man etwas nicht sieht.

Es gilt bei uns eine Abmachung. Kein Streit, wie schlimm er auch ist, darf länger dauern, als bis man einschläft. Wenn ein Tag zuende geht, geht mit ihm auch der Streit zuende. Wenn man danach aufwacht, ist man wieder gut miteinander. Mein Vater sagt, dass Streite auf keinen Fall in die Träume dürfen. Sonst verhärten sie sich, sagt er, und verkapseln sich unten in einem, sodass man sie vergisst. Sie sind aber deshalb nicht weg, sondern machen einem von da aus schlechte Gefühle, von denen man nicht begreift, woher sie eigentlich kommen. Begreift man das aber nicht, kann man gegen schlechte Gefühle nichts tun.

»Du hast dann nicht schlechte Gefühle«, sagte mein Vater, »sondern sie haben dich und sperren dich ein, als wenn du ins Gefängnis kommst.«

Deshalb muss jeder Streit, wenn wir freibleiben wollen, immer am Abend zuende gehen. Wer das beherzigt, sagt mein Vater, wird sein Leben darum immer lieben und nicht werden wie unser Nachbar Herr Welsen oder wie, denke ich mir, Herr Niebel, der überhaupt nicht richtig weiß, was ein Spaß ist. Dass er alles immer so ernst nimmt, hängt sicher mit seinem Agentenberuf zusammen, weil ein Agent irgendwann nicht mehr zwischen Wahrheit und Lüge unterscheiden kann, sodass er nicht weiß, woher sein schlechtes Gewissen eigentlich kommt.

Aber Frau Schneider, nachdem ich eingeschlafen war, wurde immer saurer, weil mein Vater sich nicht bei ihr, sondern nur bei mir entschuldigt hatte und weil sie das so ungerecht fand, dass sie gar nicht einschlafen konnte. Und weil sie sogar noch immer saurer wurde, je weniger sie darum einschlafen konnte, deshalb stand Vaters Klavier erst morgens in dem Baum und nicht schon gleich, als der Streit war.

Er merkte das nach dem Frühstück.

»Wo ist mein Klavier?«, schrie mein Vater.

Wirklich war, wo immer das Klavier gestanden hatte, der Platz im Musikzimmer leer. Man sah nur noch die Vertiefungen im Teppich, wo die Füße mit den Rollen dringestanden hatten.

»Das kann doch nicht sein! Ein Klavier verschwindet nicht einfach!«

Wenn ihr deshalb immer noch glaubt, dass ich mit Frau Schneider geschwindelt habe und in Wirklichkeit alles nicht wahr ist, dann seht ihr jetzt den Beweis. Es ist nämlich nicht leicht, ein Klavier aus dem zweiten Stock eines Wohnzimmers in einen Baum zu kriegen, der ganz woanders steht. Erstens passt ein Klavier nicht durchs Fenster und zweitens würde das einen solchen Riesenlärm machen, dass mein Vater davon garantiert aufgewacht wäre.

Wir waren aber nicht wachgeworden, weder ich noch mein Vater, der gleich nebenan schläft, wo es keine Tür zwischen den beiden Zimmern gibt.

Ich hatte deshalb sofort eine Ahnung. Weil mein Vater Frau Schneider aber nicht glaubt und schon gar nicht, nachdem er sie ein blödes Hirngespinst genannt hatte, konnte ich meinem Vater wieder die Wahrheit nicht sagen. Ich kam mir schon vor wie Herr Niebel.

»Das Klavier muss doch irgendwo sein!«, rief mein Vater und merkte gar nicht, wie lächerlich er sich machte, wenn er nicht nur noch einmal in seinem Schlafzimmer, sondern jetzt sogar in der Küche und im Bad nachguckte. Er war zu keinem klaren Gedanken mehr fähig. Da hätte ihn Frau Schneider erst so richtig durcheinandergebracht.

Aber natürlich hatte er zuerst an der Wohnungstür

nachgeguckt, ob es da irgendwelche Spuren gab. Die gab es nicht. Weswegen es auch sinnlos gewesen wäre, die Polizei zu rufen. Trotzdem hatte er den Hörer schon in der Hand und starrte, während er wählte, aus einem Fenster. Schon schrie er auf.

»Da!!«, schrie er. »Da … da …!«

Mein Vater stottert sonst nicht. Jetzt tat er es aber.

»Da! d… d… da!«

Mit ausgestrecktem Arm zeigte er aus seinem Schlafzimmerfenster in den Park.

Ich stellte mich zu ihm und starrte mit.

Da war das Klavier. Ganz oben in der Krone von dem alten Ahornbaum. Es war gut zu sehen, weil die Zweige noch keine Blätter hatten.

Die Sache ist sogar in die Zeitung gekommen.

Aber erst mal kam die Feuerwehr. Dabei hatte mein Vater sie gar nicht gerufen. Dann kamen Leute für den Klaviertransport. Sogar die Polizei ist gekommen. Aber alles das kriegte ich erst mittags mit, weil mich mein Vater, nachdem er auf seiner Couch zusammengesunken war, in die Schule geschickt hatte. Doch mittags hing das Klavier noch immer im Baum, weil man nicht genau wusste, wie man es da runterkriegen konnte, ohne dass was kaputtging.

Natürlich waren Shaleh, Kaiser und Rulle bei mir.

Vorsichtig fuhr ein zweites Feuerwehrauto an den Baum ran. Dazu musste es über die Wiese rollen, weshalb auch jemand vom Umweltschutz da war. Langsam fuhr man die Leitern aus. Der Baum war jetzt absolut eingekreist. Ein langes rotweißes Plastikband sperrte ihn ab, wo sich unterdessen Massen von Leuten drängten, die zugucken wollten. Einige lachten. Andere waren einfach nur aufgeregt. Darunter, unter den Neugierigen und den Feuerwehrleuten und Polizisten, mein noch viel aufgeregterer Vater. Er fuchtelte mit den Armen und rief dauernd, dass man vorsichtig sein soll. Dass das ein ganz wertvolles Instrument ist.

Kaiser aber sagte besonnen: »Wenn Frau Schneider auch noch zaubern kann, dann ändert das alles.«

35

Aber Frau Schneider behauptet, dass das nicht stimmt.

»Ich kann nicht zaubern«, behauptete sie. Dabei stritt sie das mit dem Klavier nicht ab. »Es tut mir leid! Wirklich! Aber solche Sachen passieren, wenn ich sauer auf wen bin. *Was* denen aber passiert, das kann ich vorher nicht wissen. Es passiert einfach.«

Deswegen konnte sie das Klavier von meinem Vater auch nicht selbst vom Baum runterholen. Den Leuten passieren nämlich genau die Sachen, vor denen oder um die sie am meisten Angst haben. Bei meinem Vater ist das absolut das Klavier. Natürlich hat er auch um mich Angst. Aber das ist unnötig, sagte Frau Schneider, weil ich ihr Freund bin und deshalb vor ihrem Sauersein sicher sein kann. Was wirklich ein Glück ist, weil nämlich das Sauersein von Frau Schneider auch nicht vor Lebewesen haltmacht. Das konnten wir zwei Tage später an den Wellensittichen von Herrn Niebel sehen. Sodass wir ziemlich deutlich vor Augen geführt bekamen, an wem Herrn Niebel am allermeisten gelegen war.

Ausgerechnet für Rulle, der momentan noch nicht mitbeschatten konnte, war das schlimm, viel mehr als für mich das mit dem Klavier. Das war vor allem für meinen Vater schlimm, weil er unheimlich viel Geld zahlen musste, nachdem man das Klavier endlich vom Baum runter- und zurück in Vaters Arbeitszimmer geschafft hatte. Für ein Klavier im Baum kommt keine Versicherung auf. Es gibt aber auch keinen Schuldigen, weil Frau Schneider für die Polizei nicht gilt. Deshalb musste mein Vater alles alleine bezahlen, den Einsatz der Feuerwehr, die Fachleute für den Klaviertransport und wirklich einfach alles.

Wenigstens war es heile geblieben. Trotzdem wurde mein Vater sehr komisch davon. Ziemlich lange hat er sich von dem Klavier im Baum nicht mehr erholt. Manchmal guckt er mich heute noch komisch an. Sodass ich annahm, jetzt ahnt er was von Frau Schneider.

Ob ich ihm vielleicht irgendwann doch noch von ihr erzählen, alles erzählen konnte, ohne dass er gleich ausrastete? Aber den Namen von Frau Schneider konnte ich nicht mehr benutzen. Weil jeder jetzt dachte, dass das die Freundin von Mama ist und ich was gegen die habe.

Sie hatte nämlich meinem Vater von ihr erzählt, weil sie das komisch fand, dass Frau Schneider gar keinen Vornamen hat. Sie nennt sich, erzählte meine Mama, auch ihr gegenüber Frau Schneider.

»Sie ist vielleicht ein bisschen verrückt«, sagte sie, »aber muss Rulle deshalb gleich Sachen über sie erzählen, die richtiggehend gehässig sind?«

Dass ich von Frau Schneider viel früher erzählt hatte, als dass sie Mamas Freundin geworden war, merkte weder sie noch mein Vater. Der das doch besser wissen musste. Also nicht nur, dass Frau Schneider sauer auf meinen Vater gewesen war, dass sein Klavier in dem Baum stand, sondern jetzt war auch meine Mama sauer auf mich, weil ich gegen ihre Freundin was hatte. Wie hätte ich da noch erzählen können, wer an dem Klavier im Baum in Wahrheit schuld war?

Dass Frau Schneider schuld an den Wellensittichen von Herrn Niebel war, konnten wir aus einem anderen Grund nicht erzählen und nicht etwa, weil der uns in seiner Eigenschaft als Lehrer bestraft hätte. Sondern er hätte als Agent von KEN ganz sicher auf einer, sagte Kaiser, *Auslieferung* von Frau Schneider bestanden. Dann wäre es mit Frau Schneider zuende gewesen, ein für alle Mal, sagte sie. Da wäre der mit dem Todesblick tätig geworden.

Bei allem, was man gegen Frau Schneider einwenden kann, das konnten wir nicht zulassen. Außerdem brauchten wir sie für die Mafia. Die war nicht vorbei, sondern erst, als der ihre Autos allesamt zu Knoten wurden.

Auch dazu hat Frau Schneider gesagt, dass sie das nicht im Griff hat. Das konnte sie schließlich nicht wissen, dass für die Mafia das Kaputtgehen ihrer Autos das Schlimmste war, was sie sich vorstellen konnte.

Ganz unschuldig waren wir freilich daran nicht, auch wenn es ein bisschen übertrieben war. Vor allem passierte es absolut gleichzeitig in derselben Minute. Aber bis sie wirklich kurz und klein verknotet und dabei bis auf den letzten Rest kaputtgegangen waren, verging über eine

Stunde. Auch das hat in der Zeitung gestanden, dass man zugucken konnte, wie überall, wo in der Stadt ein Mafia-Auto stand, es plötzlich anfing, sich selbst zu verdrehen und dann wie ein Schnürband zusammenzuziehen, das keiner mehr aufkriegt. Es war auch egal, ob jemand drinsaß. Man wurde einfach mit festgezogen. Weshalb diese ganze Stunde lang die Mafias in ihren Autos um Hilfe geschrien haben sollen, bis das eben keine Autos mehr waren, sondern Knoten aus Metall. Die standen noch tagelang herum. Aber weil aus ihnen Öl und Benzin herausliefen, musste wegen Frau Schneider die Feuerwehr schon wieder anrücken.

»Das Blut läuft natürlich auch raus«, sagte Frau Schneider und leckte sich die Lippen. Dann wollte sie unbedingt ein neues Kaninchen. Kaiser fand, dass sie sich das verdient hatte. »Denn wenn wir das jetzt richtig machen«, sagte er, »dann holen wir uns mehr als nur die Vergeltung für Rulles Laden. Oder das mit den Autos passiert der Mafia auch in anderen Städten und Ländern. Das wollen die ganz bestimmt nicht riskieren. Das könnt ihr mir glauben.«

Auch damit hatte er recht.

36

Ich muss aber noch mal zurück in die Nacht, als Frau Schneider von der Verfolgung durch Herrn Niebel zurückgekommen war. Wovon sie mir da erzählt hat. Also das ist noch vor den Wellensittichen und den Autoknoten von der Mafia passiert.

Frau Schneider saß an meinem Bett wie in der allerersten Nacht. Ich war ja wieder eingeschlafen.

»Hast du Kaninchen?«, hatte sie gefragt, was mich furchtbar aus dem Schlaf gerissen hatte, weil ich gar nicht mehr vor Thor gesessen hatte, sondern in meinem Bett gelegen, während in seinem Zimmer mein Vater immer noch weiterspielte und das Thorslicht das Zelt geheimnisvoll erschimmern ließ.

Ganz unheimlich sah Frau Schneider da aus.

»Ich brauche dringend Kaffee«, hatte sie gesagt, »oder Blut.«

Erst als ich mich etwas besonnen hatte, konnte ich ihr die Sache mit Rulles Hausarrest erklären und dass er deshalb zurzeit schlecht was oüten konnte. Er durfte nicht von dem Laden weg – »deinetwegen«, sagte ich.

»Meinetwegen? Hab ich euch etwa gebeten, die ganze Nacht auf mich zu warten? Nein, hab ich nicht! Ich finde nämlich auch, dass ihr rechtzeitig ins Bett müsst, jetzt, wo ich euch wegen der Schule nicht mehr helfen kann.«

Denn das war klar, dass wir Frau Schneider dorthin erst wieder mitnehmen konnten, wenn Herr Niebel ausgeschaltet war. – Hatte mir Frau Schneider eben einen Vorwurf gemacht?

Einen Moment lang war ich baff.

Sie lenkte sofort ab.

»Ich muss mich unbedingt stärken«, sagte sie. »Ich bin noch völlig fertig.«

»Von der Verfolgung?«

»Na klar! Fast die ganze Nacht lang ist mir dieser Herr Niebel mit seiner entsetzlichen Nase nach!«

»Wieso Herr Niebel?« Noch wusste ich nicht, was passiert war. »Was hat der denn mit den Vietnamesen zu tun?«

»Der ist auch dort gewesen!«

»Bei den Vietnamesen?«

»Unter denen war auch einer vom KEN.« Und sie erzählte vom Todesblick.

Aber sie hatte auch etwas herausbekommen.

»Was ganz sicher ist«, sagte sie, »ist, dass der Eigentümer von dem Restaurant zu den Mafialeuten gehört. Der lockt die armen vietnamesischen Ladenbesitzer zu sich, um sie auszuspionieren. Dann verrät er sie an die Mafia. Darum weiß die immer so gut Bescheid.« Aber so was habe sie sich auch vorher schon gedacht.

»Deswegen wolltest du unbedingt an dem Treffen teilnehmen?«

»Dass die Mafia mit dem KEN zusammenarbeitet, wusste ich nicht. – Wirklich, Menne, ich brauche jetzt dringend Kaninchen!«

»Und wo soll ich das hernehmen?«

»Hat dein Vater nicht wenigstens irgend ein anderes Fleisch im Kühlschrank?«

Jetzt musste ich also doch in die Küche. Wenn da morgen was fehlte, gab das ganz bestimmt neuen Ärger. – Egal. Denn dass Frau Schneider Hunger hatte, sah ich ein.

Ich schlich das kleine Stück Flur entlang. Dabei konnte ich etwas Schatten von meinem Vater sehen, weil eine Tür halb aufstand. Gott sei Dank ist die Küche bei mir gleich nebenan.

Blöderweise gab es nur Wurst.

Wurst blutet natürlich nicht. Deshalb sagte ich, als ich zurückkam: »Das ist echt Scheiße, dass momentan Rulle nicht helfen kann.«

»Vielleicht sollte ich mal mit seinen Eltern sprechen«, sagte Frau Schneider und drehte die Wurst misstrauisch in ihren Pranken.

»Bist du verrückt?«

»Das soll ich essen?«

Immerhin tat sie's, wenn auch unter grässlichem Verziehen ihres Wolfsgesichts.

Danach erzählte sie endlich, wie Herr Niebel sie verfolgt hatte.

»Und der mit dem Todesblick?«

Sie schüttelte den Kopf.

»Nein«, sagte sie, »der nicht. Der ist im Restaurant geblieben.«

»Das ist aber komisch, weil nur der dir wirklich etwas hätte tun können.«

»Klar war nur, ich durfte nicht direkt zu euch. Sonst hätte Herr Niebel endgültig Bescheid gewusst und sofort auch das KEN.«

»Und die Mafia. Schließlich ist das ganz leicht rauszukriegen, dass Rulle und ich befreundet sind.«

»Dafür müssen jetzt wir rauskriegen«, sagte Frau Schneider, »wo das KEN seinen Sitz hat.«

»Und wir müssen die Vietnamesenfreunde von Rulles Vater warnen, dass der Besitzer von dem Restaurant sie betrügt. Dazu brauchen wir aber Beweise.«

Deswegen nahm ich an, wir müssen nun auch ihn beschatten. Sodass wir, wenn jetzt die Nachmittagsbeschattung von Herrn Niebel nicht mehr ausreichte, überhaupt nicht mehr in die Schule gehen konnten, logischerweise. Denn allein an den Nachmittagen war so viel absolut nicht zu schaffen.

Das gab auch Kaiser zu. »Jedenfalls nicht«, sagte er, »bis Rulle wieder mitmachen kann.«

Da aber zu befürchten war, dass nach zwei-, dreimal Fehlen unsere Eltern informiert werden würden, musste alles unheimlich schnell gehen. Deshalb teilten wir uns wieder auf. Morgens beschatteten wir den Restaurantbesitzer, nachmittags Herrn Niebel. Nur Shaleh ging in die Schule, damit wir mit ihr zusammen den Lehrstoff nachholen konnten, den wir verpassten. Denn auch Rulle schwänzte jetzt mit. Er hatte sonst keine Möglichkeit, von zuhause und dem Laden wegzubleiben. Zumal ging es nicht nur noch um Herrn Niebel und jetzt auch diesen Restaurantbesitzer, sondern da waren eine ganze Reihe von sonst noch Leuten mitzubeschatten.

Kaiser nannte das *Kurzzeitbeschattungen*. Meistens waren das Mafias, die als Lebensmittellieferanten verkleidet waren oder als Wäscherei für die Tischdecken und Servietten von dem Restaurant, manchmal auch verdächtige Mittagsgäste. Viele von denen stellten sich schnell als harmlos heraus, bei anderen waren wir nicht so sicher. Während die Ladenbesitzer, die sich in dem Restaurant trafen, natürlich alle Opfer der Mafia waren, nur nicht der mit dem Todesblick. Wer aber von all diesen Menschen war es?

»Ich komme einfach noch mal mit«, sagte Frau Schneider. »Dann kann ich ihn euch zeigen.«

»Das ist zu gefährlich«, sagte Shaleh, »weil der dich bestimmt wiedererkennt.«

»Vor allem solltest du dich«, sagte ich, weil die Gelegenheit so günstig war, »jetzt auch erst mal nicht mehr mit meiner Mutter treffen.« Insofern war mir die Sache absolut recht. Außerdem liegt das Balzac genau so nahe an Rulles Gemüseladen wie das Vietnamrestaurant.

37

Dann entdeckten wir den Porsche, also Rulle entdeckte ihn, weil wir doch beschlossen hatten, bei Herrn Niebel einzubrechen – zur *Beweissicherung*, wie Kaiser sich ausdrückte. Wir mussten nur in dem Seitenfenster den Kippmechanismus aushaken, weshalb wir weder einen Nachschlüssel noch einen Dietrich brauchten und auch nichts kaputtmachen mussten. Weil wir die Schule schwänzten, hatten wir nicht mehr abwarten müssen, bis der Hausarrest von Rulle vorbei war. Nur er nämlich passte durch das Fenster durch.

Jedenfalls hatten wir nun den letzten Beweis gegen Herrn Niebel in der Hand. Die Frage war gewesen, was machte der mit dem vielen Geld, das er als Agent verdiente, außer dass er sein Haus bezahlte? Er durfte dieses Gehalt niemandem zeigen, sonst wäre er als Agent überall aufgeflogen. Also kaufte er teure Autos, von denen er eines in seiner Garage versteckt hatte. Shaleh, die sich auskennt, bestätigte sofort, dass das ein ganz seltener Oldtimer war.

»Was für ein geiles Auto!«, rief sie aus.

Das aber so alt war, dass es, sagte Shaleh, nicht einmal einen Kat hat: das ist eine Vorrichtung im Auspuff, die sehr giftige Abgase in weniger giftige umwandeln kann. In Wirklichkeit schreckte Herr Niebel also nicht einmal vor der Schädigung seiner Mitmenschen zurück. Was Shaleh eigentlich nicht schlimm fand, wenn man das zum Beispiel mit der Industrie verglich. Aber wenn man sich vor Augen führte, wie heftig Herr Niebel im Unterricht immer auf die Autofahrer schimpfte, wovon Shaleh wegen des Maseratis von ihrem Vater schon ein ganz schlechtes Gewissen bekommen hatte, dann stellte sich das jetzt völlig anders dar.

Aber die Frage war, wie wir das öffentlich machen konnten. Denn die Polizei hatte wegen Rulles Laden viel zu viel zu tun und kam schon da nicht voran. Während uns mein Vater sowieso nichts mehr abnahm, auch nicht der Vater von Shaleh und von Kaiser, und Rulles schon gar nicht. So was glaubt einfach keiner, dass ein Lehrer, der so sehr für den Umweltschutz ist wie Herr Niebel, einen Porsche versteckt hält. Wahrscheinlich war alles gelogen, was Herr Niebel uns beigebracht hatte über Menschlichkeit und so. Sogar dass er, obwohl er das als Lehrer nicht darf, immer demonstrieren ging. Dafür hätte man ihn natürlich rankriegen können. Aber besser das, dachte Herr Niebel, als dass ich als Agent auffalle. Da waren solche Demonstrationen sogar die perfekte Tarnung.

»Das ist nämlich die heimtückischste«, sagte Kaiser, »*Raffinesse* seiner Tarnung, dass er sich an einer ganz falschen Stelle verdächtig macht.«

»Klar«, sagte ich, »Agenten gehn nicht demonstrieren.«

»Die wollen eben nicht auffallen«, bestätigte auch Rulle. »Und schon gar nicht, wenn sie auf Demonstrationen verhaftet werden.«

So eine Demonstration sollte in der nächsten Woche stattfinden. Die Leute, mit denen sich Herr Niebel immer nachmittags traf und die bei ihm diese Plakate malten, waren nämlich auch Demonstranten. Das hatten wir ziemlich schnell herausbekommen, dass Herr Niebel sogar seine Freunde betrog.

»Niemanden lässt er an sich heran«, sagte ich, »weshalb er eben auch keine Frau hat. Sondern die einzigen Lebewesen, die er liebt, sind seine Wellensittiche.«

»Klar«, sagte Rulle. »Weil die ihn nicht verraten können.«

Darum hatte er auch zwei von ihnen, weil nämlich zwei Wellensittiche, sagte Kaiser, nicht sprechen können, während ein einzelner immer alles nachplappert. Das kann für einen Spion schrecklich gefährlich werden.

Immer, wenn die Demonstranten von Herrn Niebel weggegangen waren, nahm er seine Wellensittiche aus dem Käfig und schmuste mit ihnen. Jedenfalls sah das so aus. Er gab Köpfchen, streichelte ihnen übers Gefieder und ließ sie um sich herumfliegen. Manchmal ließ er sie sogar aus dem Fenster fliegen. Sie kamen immer wieder zurück. Zwischendurch setzte er sich an seinen Schreibtisch und korrigierte Hefter, damit er weiter als guter Lehrer gelten konnte.

Dass wir den Porsche entdeckt hatten, ahnte er natürlich nicht.

»Aber das ist immer so«, sagte Kaiser, »dass einen irgendeine Schwäche verrät. Man muss eben nur lange genug suchen.«

So beratschlagten wir. Wozu wir uns vor der Kaaba versammelten. Dann zerstreuten wir uns wieder für die Beschattungen und trugen die Ergebnisse nachher im Katastrophenbuch ein. Vieles erledigten wir natürlich mit den Handys. Was einen neuerlichen Wutanfall meines Vaters wegen der Telefonrechnung zur Folge hatte. Er hatte sowieso schon so viel zu bezahlen wegen des Klaviers im Baum.

Eigentlich war mein Vater richtig ein bisschen verzweifelt.

Dass das so nicht weitergehen konnte, wussten wir alle. Das wiederum bekam Frau Schneider mit, deren Wut auf Herrn Niebel deshalb größer und größer wurde.

Wenn das geschieht, passiert immer etwas Schlimmes. Wir mussten nicht lange drauf warten.

Nämlich als Rulle, als sein Hausarrest gerade vorbei war, seine Frühstücksbox aufmachte, lagen die beiden Wellensittiche von Herrn Niebel drin und waren einfach tot.

Mit offenem Mund starrte Rulle sie an.

Das war noch vor der ersten großen Pause, in NaWi, sodass Herr Niebel selbst mit im Raum war. Er behielt uns sowieso dauernd im Blick. Im Grunde beschatteten wir uns gegenseitig. Wir rochen wahrscheinlich auch ein bisschen nach Frau Schneider: Bestimmt ist das bei Leuten mit Wölfen genau so wie bei Leuten mit Hunden.

Herr Niebel bemerkte Rulles Erstarrung sofort. Der hatte einfach nicht schnell genug reagiert.

Da stand Herr Niebel schon bei ihm. Und sein Mund ging auf.

Nicht einen Ton bekam er heraus.

Beide starrten in die Frühstücksbox. In der Klasse huschte Gewisper von Tisch zu Tisch.

Ganz langsam streckte Herr Niebel eine Hand aus und vor allem den Zeigefinger. Der zeigte auf die toten Wellensittiche in der Box. Herr Niebel konnte immer noch nicht sprechen.

Dann stammelte er was. Und dann fing er zu weinen an.

Von da an war Herr Niebel als Agent nicht länger zu gebrauchen.

38

Die beiden toten Wellensittiche hatten aber Frau Schneiders Wut auf Herrn Niebel noch nicht genügt. Auch wenn er geradezu stumm war, als er die beiden Vögel vorsichtig mit beiden Händen aus der Brotbox nahm. Rulle hielt sie ihm hin. Er war selbst ganz blass, weil uns sofort klar war, dass es sich wirklich um die Wellensittiche von Herrn Niebel handelte.

Er tat uns fast leid.

Dann drehte er sich um, die beiden Vögel sanft an seine Brust gedrückt. Seine Tasche ließ er einfach im Schulzimmer und ging hinaus. Er ging nicht etwa ins Lehrerzimmer oder um die Sache irgendwo zu melden. Dazu war er viel zu, sagte Kaiser, *erschüttert*. Sondern er ging über den Schulhof und verließ das Gelände. Nicht einmal einen Mantel hatte er angezogen, auch keinen Schal.

Kaiser, der sich als Erster gefasst hatte, tröstete Shaleh, die ebenfalls zu weinen angefangen hatte.

»Was konnten denn die armen Vögel dafür?«, fragte Shaleh, und die Tränen liefen ihr immer weiter aus den Augen. »Die hatten doch mit dem KEN nichts zu tun.«

»Ich geh ihm nach«, sagte Kaiser. »Ich erkläre ihm, dass wir das mit den Wellensittichen wirklich nicht wollten.« Er lief Herrn Niebel sofort hinterher.

Dass Frau Schneider zu weit gegangen war, fanden wir alle. Auch wenn sie hinterher jede Absicht abstritt, wieder einmal. »Ich weiß doch wirklich nie, was passiert, wenn ich wütend bin!«, rief sie aus. Aber sie sah nicht bekümmert aus, sondern grinste ihr Wolfsgrinsen. »Außerdem«, sagte sie, »ist Herrn Niebel damit erledigt. Das wolltet ihr doch.«

»Das stimmt«, sagte Kaiser. »Ein Agent, der weint, ist berufsunfähig geworden.«

Trotzdem hatte ich überhaupt keine Lust mehr auf Frau Schneider. Keiner von uns hatte die. Auch Kaiser nicht.

»Ihr seid so was von undankbar!«, schrie sie wütend, sog sich in die Waschmaschine und knallte den Bulldeckel dermaßen hinter sich zu, dass mein Vater hereinkam, weil er dachte, dass was Schlimmes passiert ist.

Schlimm war nur, also wirklich schlimm, dass ausgerechnet Rulle bestraft wurde, der schon den Hausarrest hatte absitzen müssen. Obwohl er so wenig Schuld hatte wie wir, an denen die Wellensittiche aber auch nicht ohne Strafe vorübergingen.

»Ihr seid ein solches Katastrophen-Quartett!«, rief Frau Klicker. Dass wir in Wahrheit ein Quintett sind, konnte sie nicht wissen. Ungerecht war es trotzdem.

Als jedenfalls Herr Niebel mit seinen beiden toten Wellensittichen in der Hand bei sich zuhause ankam, hatte sich eine riesige Menge vor seinem Haus versammelt und starrte auf das Dach seiner Garage. Manche zeigten sogar mit den Fingern hoch. Weil da nämlich, erzählte Kaiser, der Herrn Niebel eingeholt hatte, der teure alte Porsche oben draufstand. Das war für die Leute nun genauso unfassbar wie für meinen Vater sein Klavier in dem Baum.

Die Polizei war auch schon da. Sie fand das Garagenfenster ausgehakt. Weil aber Rulle drinnen was aus der Tasche gefallen war, fand man das jetzt. Und die Nachbarn von Herrn Niebel hatten gesehen, dass wir fast eine Woche lang vorm Haus, so nannten sie das, *herumgelungert* hatten … »– von wegen *gelungert*!«, rief Kaiser, der echt sauer war.

Jedenfalls erkannte man ihn wieder, als er dicht bei Herrn Niebel mit auf das Garagendach starrte, der das aber nicht tat, sondern diese ganze Menge offenbar erst gar nicht bemerkte. Sondern er ging mit über den toten Vögeln gesenktem Kopf ganz still in sein Haus.

39

Jetzt wurde es für uns nicht nur unangenehm, sondern scheußlich. Zwar konnte man uns mit dem Porsche nichts nachweisen, weil wir genauso wenig wussten, wie der aufs Dach gekommen war. Also wir wussten es schon, aber das hätte mal wieder keiner geglaubt. Sondern weil die Innentür von der Garage zum Haus nie abgeschlossen ist und weil drinnen der Vogelkäfig immer noch aufstand, dachten jetzt alle, wir hätten die Wellensittiche da rausgenommen und ermordet. Einige behaupteten, dass wir das getan hätten, um uns für schlechte Zensuren zu rächen. Dabei konnte das jedenfalls nicht für Kaiser und Shaleh stimmen. Weil aber Rulle der Einzige war, der durch das Fenster überhaupt durchpasste, bekam er den meisten Ärger. Vor allem zuhause. Zusätzlich flog es jetzt auf, dass wir fast drei Tage lang die Schule geschwänzt hatten.

Dabei versuchten wir alles, was nur ging, um den Leuten die Hintergründe zu erklären. Nur von Frau Schneider schwiegen wir. Aber wir erzählten vom KEN und dass Herr Niebel in Wahrheit ein Agent ist und mit der Mafia zusammenarbeitet, die Rulles Laden abgebrannt hat.

Wir konnten reden und reden, es war sinnlos. Aber das Schlimmste war, dass jetzt nicht nur die Lehrer gegen uns waren, sondern auch die andern aus unserer Klasse, ja die gesamte Schülerschaft, weil die mit den Wellensittichen alle so ein Mitleid hatten. Obwohl doch nun wenigstens klar war, dass Herr Niebel mit seinem Porsche die ganze Welt betrogen hatte. Aber das interessierte niemanden mehr.

Herr Niebel log und log weiter.

»Dreist!«, rief Kaiser und kriegte sich nicht mehr ein.

Herr Niebel behauptete nämlich, den Porsche von seinem Vater geerbt zu haben, und weil der diesen Porsche so sehr geliebt habe, habe er sich, Herr Niebel, nach dem

Tod seines Vater von dem Auto nicht trennen können. Aber er habe den Wagen niemals gefahren, nicht mal zur Probe. Er fahre wirklich nur Fahrrad.

»Schon wegen des Umweltschutzes. Das können alle bezeugen!«, rief er so verzweifelt, dass ihm die Leute das abnahmen. Während wir als erbärmliche Lügner dastanden. Denn das fanden die Menschen sogar rührend, wie sehr Herr Niebel die Erinnerung an seinen Vater wertgeschätzt hatte.

Wäre aber mein Vater nicht gewesen, dann hätte man Rulle für die Wellensittiche sogar vor Gericht gestellt. Und uns als, sagte mein Vater, Mitläufer gleich mit. Aber Kaiser sagte, dass das sowieso eine leere Drohung war, weil wir noch nicht, sagte Kaiser, *rechtsfähig* waren. Jedoch nur Shaleh, weil sie bei der Niebelbeschattung nicht dabei war, kam mit einem blauen Auge davon. Hausarrest kriegte aber auch sie, ja, ihr Vater untersagte ihr den weiteren Umgang mit uns. Trotzdem ließ er sich von Shaleh bereden, unsere Sache zu vertreten, weil er Rechtsanwalt ist. Auch der Vater von Rulle, der schon wieder Hausarrest bekam, war natürlich dabei. Selbst Kaiser, den so was sonst nie trifft, kriegte was ab, weil sein Vater plötzlich richtig streng wurde und Kaiser nach Lucknow geben wollte.

»Was ist das, ein Lucknow?«, fragte Rulle.

»Ein Internat«, sagte Kaiser. »Internate sind Gefängnisse. Ich verstehe überhaupt nicht, wieso als Einziger ich ins Gefängnis soll!«

Woraufhin Frau Schneider wieder sauer wurde, denn wir hatten uns heimlich an der Kaaba getroffen.

»Denkt ihr eigentlich immer nur an euch? Habt ihr völlig vergessen, worum es hier geht? Das ist doch ganz klar, dass das alles nur einem hilft, nämlich dem KEN! Und auch die Mafia wollt ihr einfach so davonkommen lassen?«

Das brachte uns auf den Boden der Tatsachen zurück.

»Außerdem«, sagte Frau Schneider, »könnt ihr nicht einmal sicher sein, ob diese Wellensittiche überhaupt echt gewesen sind. Ich glaube nämlich, dass das Sonden waren ... kleine mechanische Roboter-Spione. Weil nämlich das KEN so was hat. Auf Wölflingsthor fliegen davon Tausende rum.«

Ich gebe zu, dass uns diese Vorstellung einen Moment lang Erleichterung verschaffte. Jedenfalls machte sie uns einen klaren Kopf.

»Wir müssen den Kampf, Frau Schneider hat recht«, sagte Kaiser, »in jedem Fall weiterführen, so hart das auch ist. Leute, wir können uns unser Gejammer nicht leisten.« Er zog das Katastrophenbuch von der Kaaba herunter und schlug es auf. »Sagen wir mal so«, sagte er, »wir haben einen kurzzeitigen Rückzug antreten müssen. So was kommt vor. Trotzdem haben wir Herrn Niebel besiegt und damit dem KEN eine empfindliche Niederlage bereitet.« Damit legte er seine rechte Hand auf das Buch, und jeder von uns musste, um zu schwören, seine eigene rechte Hand darauf legen, also erst einer die seine und dann jeder Nächste wiederum seine, oder ihre – also Shaleh. Obendrauf legte Frau Schneider ihre rechte Pranke.

»Was, Freunde«, fragte Kaiser, »ist unser nächster Schritt?«

»Das Komitee zur Abschaffung«, sagte ich, »der Naturgesetze.«

Und Kaiser sagte: »Richtig.«

40

Obwohl wir jetzt quasi unausgesetzt unter Beobachtung standen und Herr Niebel als Agent ausgeschaltet war, musste er, wenn wir die Zentrale des KEN finden wollten, irgendwie weiterbeschattet werden. Denn das war uns klar, dass er dem KEN wenigstens Bericht erstatten müsste, und wenn es nur darum ging, dass er seinen Agentenberuf an den Nagel hing. Aber viel wahrscheinlicher war, dass ihm das KEN jetzt von sich aus kündigen würde.

»Wenn man seinen Job verliert«, sagte Kaiser, »muss man da mindestens einmal noch hin, um seine persönlichen Sachen abzuholen.«

Insofern war es ein ziemliches Glück, dass sich mein Vater die Schlüssel nicht zurückgeben ließ, die wir zu unserem Hauptquartier alle noch hatten. Wahrscheinlich hatte er sie einfach vergessen. Dafür traf sich meine Mama wieder mit Frau Schneider. Mir war das zwar nicht recht, aber Kaiser sagte, dass das ziemlich gut ist, weil sich nämlich Freundinnen immer alles erzählen. Deshalb bekamen wir indirekt mit, was meine Mama mit meinem Vater besprach und auch, was die anderen Eltern verabredeten, weil die untereinander dauernd wegen uns telefonierten. Natürlich telefonierten sie mit meinem Vater auch, aber der sagte nichts. Nur Shalehs Vater wollte mit keinem Kontakt haben, außer dass er natürlich noch immer unser Rechtsanwalt war. Er war aber der Einzige, der sich nicht bei Herrn Niebel entschuldigt hat. Trotzdem telefonierte er, erzählte Shaleh, mit Herrn Niebel, damit der gegen uns keine Anzeige erstattete. Stattdessen vereinbarte er mit ihm, dass wir plötzlich Herrn Niebels Garten machen und in seinem Haus putzen mussten. Jeder zweimal pro Woche, Kaiser, Rulle und ich, und Shaleh einmal pro Woche. Das sollte ganze drei Monate gehen, wenn es nach Herrn Niebel und Herrn Sayed gegangen wäre.

Drei Monate waren wirklich hart.

Aber es war eine Gelegenheit.

»Besser«, sagte nämlich Kaiser, »konnte es gar nicht kommen!«

Denn jetzt konnten wir uns das Beschatten völlig sparen, weil wir sowieso immer in der Nähe von Herrn Niebel waren. Deshalb war das sogar ein richtiges Wunder, dass Herr Niebel dem zugestimmt hatte. In seinem Haus lagen alle Papiere und standen alle Ordner ganz offen herum. Da mussten wir nur noch die Augen offenhalten, um die Adresse von dem KEN zu finden.

Außerdem sollten wir Herrn Niebel zwei neue Wellensittiche von unserem Taschengeld kaufen. Die sollten wir ihm mitbringen, wenn wir das erste Mal zu ihm gingen.

Herr Niebel wollte diese Vögel aber nicht.

»Das sind Lebewesen, die man lieb hat«, sagte er. »Die kann man nicht einfach ersetzen. Man kann auch einen gestorbenen Freund nicht ersetzen.«

Mit den zerknirschtesten Gesichtern, die ihr euch

vorstellen könnt, hatten wir bei ihm geklingelt. Am schlimmsten war das für Rulle. Immerhin stand die Schande von Herrn Niebel immer noch sichtbar auf dem Dach der Garage. Das entschädigte uns etwas. Wahrscheinlich kamen die Demonstrantenfreunde von Herrn Niebel deshalb auch nicht mehr zu ihm, weil der Porsche wenigstens denen gezeigt hatte, was von Herrn Niebel zu halten war. Den guten Öko nahmen sie ihm jetzt nicht mehr ab.

Herr Niebel war aber sehr freundlich zu uns, ganz anders als früher in der Schule. Er kaufte sogar Kuchen. Was wir ziemlich seltsam fanden.

»Weshalb habt ihr eigentlich so eine Irrsinnswut auf mich?«, fragte er. »Ich meine, was hab ich euch getan? Bin ich im Unterricht wirklich so ein … ja, sagt es nur! *Ekel?*«

Dann sollten wir alles aufzählen, was uns an ihm störte. Er nahm dazu sogar seinen Schreibblock her und schrieb sich das auf, jedes einzelne Wort.

»Er will uns in Sicherheit wiegen«, sagte Kaiser.

Vielleicht wollte er sein Ansehen bei dem KEN wiederherstellen, indem er uns dazu brachte, Frau Schneider zu verraten. Aber ein Teil seiner plötzlichen Freundlichkeit kam sicherlich von der Traurigkeit über die Wellensittiche. Diese Traurigkeit war echt. Daran zweifelte keiner von uns. Wobei er den Porsche allerdings niemals erwähnte. Wir taten es besser auch nicht.

Aber mein Vater erwähnte ihn.

Wir hatten uns wieder vertragen. Ich habe ja erzählt, dass ein Streit nie in den Schlaf hineindarf. Obwohl das natürlich nicht heißt, dass ich deshalb nicht mehr zu

Herrn Niebel putzen gehen musste. Die Folgen von etwas, sagt mein Vater, sind etwas anderes als der Streit darüber. Konsequenzen, sagt er, muss man auch dann ziehen, wenn der Anlass lange zurückliegt. Nur darf man nicht weiter sauer aufeinander sein. Sondern die Konsequenzen sind eine Frage der menschlichen Haltung, sagt er. Wenn jemand seine Strafe annimmt, ohne zu murren, dann gibt ihm das Würde. Und auf Würde ist niemals einer sauer.

Jedenfalls hatte mein Vater nachgedacht.

»Das ist schon komisch«, sagte er, als er mir zum Einschlafen wieder aus dem langweiligen Lederstrumpf vorlesen wollte, »dass plötzlich mein Klavier im Baum steht und gleich darauf Herrn Niebels Porsche auf einem Dach.«

Sozusagen war er an der Wahrheit ganz nahe dran. Er *saß* sogar nahe daran, weil er auf dem Bett in meinem Zimmer saß, wo Frau Schneiders Kaaba mitten drinsteht.

Was sollte ich ihm antworten?

»Papa«, sagte ich deshalb nur, »mir tut das alles ganz leid.«

»Also irgendwas stimmt nicht«, sagte er, »weder mit diesen komischen Sachen noch mit euch. Ich mache mir wirklich Sorgen, Junior.«

»Wir wollten doch nur den Brand von Rulles Laden aufklären«, sagte ich, »weil die Polizei das nicht schafft und Herr Niebel darin verwickelt ist.«

»Herr Niebel? Wie kommst du denn darauf?«

»Weil er doch ein Kenner ist ... ich meine: ein Agent und außerdem für die Mafia arbeitet!«

Da musste mein Vater lachen.

»Der arme Herr Niebel«, sagte er. »Ausgerechnet! Der

kann doch keiner Fliege was zuleide tun. Was geht nur in euren Köpfen vor, Junior? Ist dir nicht klar, was Herr Niebel alles auf sich nimmt? Nicht nur, dass seine Frau gestorben ist. Nein, er nimmt wirklich Opfer auf sich, weil er zu den wenigen Menschen gehört, die noch an etwas glauben. Er ist ein ängstlicher Mann mit ganz viel Mut. Wie kann ich euch nur dazu bringen, dass ihr ihn achtet, statt dass ihr ihn dauernd derartig quält?«

Konnte das sein, dass Frau Schneider da in ihrer Waschmaschine vor sich hinkicherte?

Richtig bedrückt schritt mein Vater über den Flur in sein Arbeitszimmer zurück, nachdem er mir die Decke zum Kinn hochgezogen und den Gutenachtkuss gegeben hatte. Er hatte auch nicht mehr vorgelesen, sondern wie in Gedanken das Buch auf meiner Bettdecke liegen lassen.

Und was, dachte ich, wenn er recht hat?

Andererseits war es derart offensichtlich, dass Herr Niebel einfach nur alle getäuscht hatte und immer noch weitertäuschte, sogar meinen Vater, der sonst Menschen immer gut einschätzen kann.

»Dein Vater hat einfach zu viel Gefühl«, sagte Kaiser. »Da ist mein Vater anders. Den interessiert das nämlich nicht, ob einer traurig ist oder nicht. Mein Vater ist eben Geschäftsmann. An so wen kommen Kenner wie Herr Niebel nicht ran, Leute wie meinen Vater interessiert das auch nicht.«

Aber Frau Schneider sagt, das kommt von der harten Ausbildung von den Agenten. Für die gilt nur das Ziel. Deshalb war dem Unglück von Herrn Niebel auch nicht wirklich zu glauben.

41

Um uns zu, sagte Kaiser, *rehabilitieren*, brauchten wir dringend einen Erfolg. Die Mafia war dazu momentan zu weit weg. Denn wegen der Putzerei bei Herrn Niebel war ans Beschatten von etwas andrem nicht mehr zu denken. Trotzdem wäre die Mafia jetzt wichtiger gewesen als das KEN, weil es an ihr keinen Zweifel gab. Sie hatte Rulles Laden niedergebrannt, das wusste jeder, und jeder wusste auch von der Schutzgelderpressung. Mein Vater wusste es, die Schule wusste es, die Polizei wusste es. Dabei spielte Frau Schneider gar keine Rolle, auch wenn sie natürlich eine Rolle bei der Aufklärung spielte. Aber das wussten nur wir.

Und dann fanden wir in dem Arbeitstisch von Herrn Niebel tatsächlich einen Brief vom KEN in einer der Schubladen. Herr Niebel war kurz was einkaufen gegangen.

Ganz groß stand das draußen auf dem Umschlag drauf:

KEN

Der Umschlag war aufgerissen und der Brief wieder hineingesteckt.

Nun war uns schon ein bisschen komisch, an fremder Leute Post zu gehen. Zumal Herr Niebel so nett geworden war. Aber das war eben zur Tarnung. Denn natürlich wollte er das Vertrauen des KEN zurück, allein weil er anders nicht wusste, wie er das sonst bezahlen sollte, den Porsche vom Garagendach wieder herunterzukriegen. Der stand immer noch drauf. Seit dem Klavier in dem Baum weiß ich ziemlich genau, wie teuer so etwas ist. Ohne sein Agentengehalt konnte es sich Herr Niebel nicht leisten, das Auto da runterholen zu lassen.

Shaleh und Kaiser waren trotzdem dagegen, in den Brief reinzuschauen. Denn auf dem Umschlag stand auch die Adresse vom KEN. Da mussten wir den Brief gar nicht lesen. Aber vielleicht stand eine neue Anweisung drin?

»Vielleicht soll Herr Niebel jetzt sogar wen töten«, sagte Rulle. »Wir sind doch die Einzigen, die wissen, was für ein Mensch er ist.«

»Trotzdem gibt es«, sagte Kaiser, »*Grundrechte.* Das Briefgeheimnis gehört dazu.«

Während Shaleh mittlerweile von Herrn Niebel seiner dauernden Freundlichkeit schon so eingewickelt war, dass sie die auf keinen Fall mehr kaputtmachen wollte. Denn Herr Niebel hatte uns angeboten, dass wir nachmittags bei ihm unsere Hausaufgaben machen können. Er wollte gar nicht mehr, dass wir putzten.

»Dann kann ich euch vielleicht auch mal helfen«, sagte er. »Vor allem Menne und Rulle kann das nicht schaden.«

»Ich mache sowieso keine Hausaufgaben«, sagte Kaiser.

»Dann putzt du eben weiter oder jätest das Unkraut im Garten.«

»Immer noch besser«, sagte Kaiser, »als Hausaufgaben zu machen.«

»Ganz deine Entscheidung«, sagte Herr Niebel.

Aber vor allem tat Shaleh das mit den Wellensittichen

immer noch weh. Sie konnte einfach nicht vergessen, wie Herr Niebel geweint hatte.

»Das kann doch gar nicht sein«, sagte sie, »dass einem ein Mensch so was vormacht.«

Weil Herr Niebel jetzt also sogar schon Shaleh täuschen konnte, waren Rulle und ich besonders dafür, den Brief aufzumachen. Das musste aufhören, dass Herr Niebel alle täuscht.

Das beste Argument hatte diesmal Rulle.

»Wenn das KEN und die Mafia zusammengehören«, sagte er, »dann müssen wir sogar wissen, was in dem Brief steht. Nur dann können wir das Schlimmste verhindern. Deshalb ist das auch in Herrn Niebels Interesse. Denn wir schützen ihn davor, dass er hier eines Tages mit Handschellen abgeführt wird.«

Das überzeugte fast auch Shaleh. Aber eben nur fast. Sodass wir einen Euro warfen, weil es sinnlos ist, zwei gegen zwei abzustimmen. Die Zahl. Wir durften den Brief also herausziehn und lesen. Das Schicksal hatte entschieden.

»Verschlüsselt«, sagte Kaiser. »Das war zu erwarten.«

Lieber Herr Niebel,

nach Abschluss der Behandlung darf ich Ihnen für die letzten zehn Sitzungen 1000 Euro in Rechnung stellen. Ich bitte um Überweisung auf folgendes Konto.

»1000 Euro!«, rief Rulle. »Was für schrähfich viel Geld!«

»Das muss er nämlich nicht bezahlen«, sagte Kaiser, »sondern das Geld bekommt er. Ich bin ganz sicher, dass das angegebene Konto Herrn Niebel selbst gehört.«

»Das lässt sich überprüfen«, sagte ich.

»KEN«, sagte Shaleh und las vor, was direkt darunter auf dem Briefkopf stand: »Kommunale Einrichtung für Neurologie, Psychologische Praxis Dr. Heinrich Müller.«

»Also wenn ihr mich fragt«, sagte Kaiser, »dann ist das der offizielle Tarnname für das Komitee. Das lässt sich nämlich ganz leicht«, sagte er, »*dechiffrieren*. Zum Beispiel bedeutet *Nach Abschluss der Behandlung* in Wirklichkeit *nach Beendigung des Auftrags*, und die angegebenen Sitzungen sind die Anzahl der Einsätze, die für den Auftrag nötig waren.«

»Logisch«, sagte ich.

Nur Shaleh zweifelte noch.

»Vielleicht war Herr Niebel wirklich in einer Behandlung«, sagte sie. »Ich meine, so schlecht, wie er immer drauf war.«

In dem Moment hörten wir ihn durch die Haustür zurückkommen. Rasend schnell stopften wir den Brief in den Umschlag und schoben die Schublade zu. Die Adresse vom KEN hatte der flinke Rulle aber schon abgeschrieben.

42

Frau Schneider war absolut der Meinung, dass Kaiser recht hatte. Sie wurde schon wieder wütend, jetzt, da sie von uns erfahren hatte, wo das KEN seinen Sitz hat.

»Ich bin jahrelang von den Kennern verfolgt worden!«, rief sie. »Immer wieder habe ich flüchten müssen!

Schließlich habe ich mich aus Thor gar nicht mehr herausgetraut … bis ihr gekommen seid, um mir zu helfen.«

Da wussten wir, es würde das nächste Schlimme passieren, etwas Übertriebenes, das viel zu weit ging. Und wir würden davon in eine weitere miese Situation geraten, wo sowieso schon alle gegen uns waren.

Vielleicht konnte man mit dem KEN sprechen, dass es Frau Schneider in Ruhe ließ. Vielleicht würde das Frau Schneider beruhigen.

»Wir müssen verhandeln«, sagte Kaiser. »Aber das erfordert höchstes diplomatisches Geschick.«

Vor allem wegen der Mafia.

Erst einmal mussten wir Kontakt aufnehmen, und zwar nicht mit irgendeiner Vorzimmerdame, sondern gleich, wollte Kaiser, mit dem Herrn Dr. Müller persönlich.

»Keine Frage«, sagte Kaiser, »dass das der Einsatzleiter von Herrn Niebel ist.«

»Ist das nicht gefährlich?«, fragte Rulle. »Vielleicht sagt der seinen Mafiafreunden Bescheid.«

»Dann sind wir am Arsch«, sagte ich.

»Wir müssen nicht gleich mit der Tür ins Haus fallen«, sagte Kaiser. »Wenn das KEN wirklich als Psychologe getarnt ist, dann sagen wir eben, dass wir gerade Schwierigkeiten mit unseren Eltern haben.«

»Genau!«, rief Rulle. »Das stimmt sogar.«

»Wir können auch sagen«, sagte ich, »dass wir Schwierigkeiten mit der Schule haben.«

Was sich aber gewaltig verbessert hatte, und zwar wegen der Beschattungen. Da war immer so viel Wartezeit gewesen, dass wir sie einfach zum Vokabellernen benutzt hatten, um die Zeit zu überbrücken. Wir hatten uns sogar abgefragt. Was mein Vater zum Beispiel gar nicht begreifen konnte, das war, dass ich ausgerechnet in dieser Zeit die ersten Zweien auf dem Gymnasium schrieb, sogar in Mathe. Auch Rulle war besser geworden, trotz seines Ladens.

»Da seht ihr mal, wie gut ich euch tue«, sagte Frau Schneider und grinste so böse, dass einem die Haare zu Berge standen. Weshalb ich insgeheim schon angefangen hatte, mich zu fragen, ob uns Frau Schneider wirklich so guttat. Andererseits war sie eben auch unsere Freundin – oder unser Freund, wie ihr nun wollt.

Trotzdem hat uns Frau Schneider auch bei der Schule geholfen. Sogar sehr und nicht nur beim Spicken. Sie hat nämlich gesagt, dass wir den vielen Ärger ein bisschen begrenzen müssen. Ich meine, ausgerechnet sie.

»Aber das mache ich nicht für euch«, sagte sie, »sondern für mich. Denn je besser ihr in der Schule seid, desto zufriedener sind eure Eltern. Wenn die nämlich zufrieden sind, kann ich in Ruhe hierbleiben.«

Sofern natürlich nicht das KEN was herausfand. Wobei wir zwar vor Herrn Niebel keine Angst mehr haben mussten, aber zum Beispiel war es durchaus nicht sicher, ob nicht neulich die beiden Zeugen von Jehova, was eine Bibelgruppe ist, vom KEN beauftragt worden waren. Die hatten nämlich geklingelt und so getan, als ob sie meinem Vater etwas vom lieben Gott erzählen wollten. Er schickte sie gleich wieder weg, aber ich konnte noch sehen, wie sie an meinem Vater vorbei durch den ganzen Flur lang bis in mein Zimmer blickten. Allerdings kann man von der Wohnungstür aus Thor nicht erkennen. Trotzdem bekamen die beiden diese furchtbar langen witternden Nasen, die ich so gut kannte. Sie streckten sich den ganzen langen Flur entlang. Plötzlich sahen die beiden wie Zwillinge von Herrn Niebel aus. Kenner haben einen viel zu guten Geruchssinn. Erschrocken machte ich meine Tür zu.

43

Um zu dem KEN hinzufahren, konnten wir, die alle Hausarrest hatten, jetzt nur noch die Zeit direkt nach der Schule nutzen, wenn zum Beispiel Englisch ausfiel. Das passierte Gott sei Dank ein paarmal, weil Frau Tommtomm, wie wir sie nennen, krank war. Das ist sie oft, und weil wir Lehrermangel haben, klappt es selten mit einer Vertretung. Das war für uns günstig. Oder wir mussten nachts weg, aus dem Fenster zum Beispiel, was aber nur geht, wenn man wie Rulle im Erdgeschoss wohnt oder höchstens im ersten Stock wie Shaleh. Die läuft nicht nur schnell, sondern kann auch ziemlich gut klettern. Weil aber mein Vater manchmal abends in der Oper sein muss, kam sogar ich weg. Aber abends hat das KEN nicht auf. Und Kaisers Vater erwartete einfach, dass Kaiser daheim blieb, aber überprüfte das nie.

Dass das KEN nur tagsüber aufmacht, fanden wir seltsam. Seit wann hatten Agenten Feierabend? Die werden doch nachts erst immer so richtig lebendig! Wenn die nicht schlafen, schläft ein KEN schon gar nicht. Trotzdem war an der angegebenen Adresse ab acht Uhr abends zu. Nicht mal ein Pförtner saß da.

Doch gab es einen Sondereingang für die Agenten, und zwar versteckt in einer Nebenstraße. Davor standen Kranken- und auch zwei Polizeiwagen. An denen kamen wir unbemerkt nicht vorbei. Für Erwachsene wäre das kein Problem gewesen. Aber für Kinder ist das eben nachts nicht so gut.

Genau deshalb entschlossen wir uns, eine ausfallende Englischstunde zu nutzen. Da hatte das KEN ja auf.

Mit den Fahrrädern fuhren wir hin. Das KEN ist nicht so weit weg. Wir brauchten eine knappe Viertelstunde, schlossen die Räder direkt neben der Eingangstür ab, dann gingen wir hinein.

Eine Frau saß am Empfang, was ein kleines Zimmer mit Glasseite war, in der es eine Sprechanlage gab.

»Was möchtet ihr denn?« Die Frau maß uns genau mit den Augen.

Wir schoben Kaiser vor, der immer am besten auftreten kann.

»Guten Tag«, sagte er, »wir möchten Herrn Dr. Müller sprechen.«

»Soso«, antwortete die Empfangsfrau. Sie war für ihren Beruf viel zu schick angezogen. Außerdem trug sie am Ringfinger einen Diamanten, den ihr bestimmt ein Star-Agent geschenkt hatte, damit sie mit ihm Wein trinken geht. »Und was wollt ihr von ihm?«

»Wir hätten gern einen Termin.«

»Für eine Behandlung?«, fragte sie.

»Das ist«, sagte jetzt ich, »weil wir uns so schuldig fühlen.«

Kaiser drehte sich um und sah mich erstaunt an. Aber auch Rulle und Shaleh sahen mich erstaunt an. Ich ließ mich nicht beirren.

»Weil wir doch dem seine Wellensittiche umgebracht haben.«

Die Frau kriegte ein ganz betroffenes Gesicht, vor allem weil Rulle ihr jetzt auch noch heftig zunickte.

»Jaja, das stimmt«, sagte er, »Sie können sich gar nicht vorstellen, wie grausam wir sind.«

»Die armen kleinen Dinger«, sagte außerdem Kaiser. »Meine Freundin hat so sehr geweint«, dabei legte er seinen linken Arm um Shaleh, »als wir die Vögel gegessen haben.«

Ich habe einen Onkel, der immer mit einem Muskel in seinem Gesicht zuckt. Eine Zeitlang habe ich versucht, ihm das nachzumachen.

Irgendwann klappte das auch. Um der Empfangsfrau richtig deutlich zu machen, wie geisteskrank wir waren, setzte ich den Trick jetzt ein. Spätestens da wurde ihr klar, wie dringend wir eine Behandlung brauchten. Wir mussten nur aufpassen, dass sie es nicht mit der Angst bekam und nach der Polizei rief, die draußen in den Autos saß.

»Kennt ihr Herrn Dr. Müller denn?«, fragte sie gefasst.

»Nein«, sagte ich und wagte den nächsten Vorstoß. »Aber Frau Schneider kennt ihn. Sie kennt ihn sogar gut. Und er kennt auch sie.«

»Wer ist Frau Schneider?«

»Das dürfen wir Ihnen nicht sagen«, sagte Kaiser. »Das fällt unter die ärztliche Schweigepflicht.«

»Weil das nämlich geheim ist«, bestätigte Rulle, um ihr Kaisers geschwollenes Reden verständlicher zu machen. Aber er flüsterte das und beugte sich ganz nahe an die Sprechanlage.

»Ich verstehe«, sagte die Empfangsfrau, die natürlich gar nichts verstand. Trotzdem sagte sie: »Dann will ich mal schauen, ob er auch da ist. Setzt euch bitte da drüben hin.«

Das war der Wartebereich. Drei schwarze Bänke, vier schwarze Stühle und ein Tisch. Es saß niemand außer uns dort. Auf dem Tisch lagen Prospekte von Krankenkassen.

Es dauerte nicht lange, da wurden wir aufgerufen. Wir sollten in den rechten der Gänge gehen und von dort zwei Etagen mit dem Fahrstuhl hochfahren. Dort würde uns, sagte die Empfangsdame, die Sprechstundenhilfe von Herrn Dr. Müller abholen.

Das war eine schon sehr alte Frau, mindestens fünfzig. Sie trug einen weißen Kittel und bekam es nicht hin, uns zur Begrüßung anzulächeln. Wir wurden durch den oberen Gang bis fast ganz ans Ende geführt, dann bat uns die Frau, die sich nicht einmal vorgestellt hatte, in das Behandlungszimmer.

Mir war plötzlich mau zumute. Aber dazu gab es, wie sich herausstellte, überhaupt keinen Grund. Hinter uns schloss die Frau diese Tür. Wäre das nicht eine Agentenzentrale gewesen, ich hätte sie für eine echte Hexe gehalten. Denn wenn Frau Schneider möglich ist, sind es Hexen allemal. Obwohl ich an so was natürlich nicht glaube.

Der Raum sah überhaupt nicht wie ein Arztzimmer aus. Wahrscheinlich musste man sich hier oben, tief im Zentrum des KEN, nicht mehr tarnen. Ein Computerbildschirm stand auf dem Schreibtisch, und in den Regalen, die zwei Wände füllten, standen viele Bücher und Figuren: lauter so Köpfe und kleine Krieger aus Holz. An der dritten Wand hing ein Bild von der Art, die mein Vater ›abstrakt‹ nennt. Die vierte Wand war die Fensterseite.

»Womit kann ich euch helfen?«, fragte der große, aber sehr schmale Mann, der hinter dem Schreibtisch saß. Ich bemerkte ihn jetzt erst. Kaiser hatte mich in die Seite geknufft.

Der Mann hatte buschiges braunes Haar und trug eine so schwarze Brille, dass sie nach einer Sonnenbrille aussah. Das kannte ich von den Men in Black, obwohl der Film erst ab zwölf ist.

Auch einen Kittel hatte der Mann nicht an.

»Ihr kommt, habt ihr Schwester Gisela gesagt, wegen Frau Schneider?«

Schwester Gisela war entweder die Empfangsfrau oder die Hexe.

»Eigentlich wegen der Schule«, sagte Kaiser. »Wir haben da große Probleme.«

»Mit unseren Eltern aber auch«, sagte Rulle.

»Was für Probleme?«, fragte Herr Dr. Müller.

»Frau-Schneider-Probleme«, sagte ich.

»Das finde ich interessant. Setzt euch doch bitte hin! Du da …«

»Rulle«, stellte Rulle sich vor.

»… nimm den Stuhl von da hinten. – Na prima. Und wie heißt ihr andern?«

Wir stellten uns vor, worauf er so freundlich sagte, dass wir es für ein Lauern halten mussten: »Ich bin Heinrich Müller und leite diese Praxis. – Also, was ist mit dieser Frau Schneider? Wer ist das eigentlich?«

Offensichtlich hatte sich Kaiser entschieden, die Sache frontal in Angriff zu nehmen. Denn er antwortete: »Sie wissen genau, wer Frau Schneider ist.«

»Soso.«

»Wegen Frau Schneider«, sagte jetzt Rulle, »haben Sie Herrn Niebel gekündigt.«

»Kinder!«, rief Herr Dr. Müller aus. »Ihr sprecht in Rätseln! Wer ist nun wieder Herr Niebel?«

Konnte das wirklich sein, dass er keine Ahnung hatte?

»Na unser NaWi-Lehrer«, sagte ich, »den Sie rausgeworfen haben, weil er versagt hat.«

»Was hat denn ein Lehrer mit dem KEN zu tun?«, fragte Herr Dr. Müller und sagte wirklich die Abkürzung: KEN. Was unvorsichtig von ihm war. Aber er schien sich darüber nicht im Klaren zu sein.

»Oder er weiß wirklich nichts«, gab Shaleh nachher zu bedenken.

Da war Frau Schneider ganz anderer Meinung: »Selbstverständlich weiß der von mir!« Sie fing schon an, sich wieder schrecklich zu blähen. »Der hat dich um den Finger gewickelt! Erst Herr Niebel und nun der! Wie könnt ihr so was geschehen lassen?«

Da war es längst wieder Nacht. Ich hatte schon lange im Bett gelegen, als das typische Bulldeckelquietschen losging, wenn sich Thor öffnet. Drüben spielte mein Vater mit dem Dämpfer Klavier.

Ich erstattete Frau Schneider Bericht.

»Ihr habt mich verraten!«, schimpfte sie.

»Da irrst du dich. Denn Herr Dr. Müller hat uns in die Hand versprochen, dass man dich von nun an in Ruhe lässt.«

So war das nämlich wirklich gekommen. Weshalb Kaiser dann gesagt hat, dass die sehr genau gemerkt haben, wie gut wir Bescheid wissen. »Weil nämlich«, sagte er, »eine Agentenzentrale selbstverständlich kein Interesse daran hat, entdeckt zu werden.« Denn bei Kindern schrecken Agenten davor zurück, sie einfach aus dem Weg zu räumen.

Das war unser großer, aber vielleicht auch unser einziger Vorteil.

Die Mafia schreckt davor aber nicht zurück, wie wir sehr genau ahnten. Deshalb warnte uns Herr Dr. Müller auch davor, die Mafia weiterzubeschatten. Dass aber das KEN zur Mafia gehört, hat er absolut bestritten.

»Wisst ihr«, sagte er, »das KEN ist eine demokratische Einrichtung. Da geht das gar nicht.«

»Trotzdem ist Herr Niebel an dem Abend bei den Vietnamesen gewesen! Das hat Frau Schneider mit eigenen Augen gesehen! Und dann hat Herr Niebel Frau Schneider verfolgt.«

»Das kann alles sein«, sagte Herr Dr. Müller. »Aber das war auch sein Auftrag. Doch dass er da in das Restaurant gekommen ist, das lag bestimmt nur daran, dass er Frau Schneider beschattet hat.«

»Er wusste aber doch gar nicht, dass Rulle Frau Schneider da hinbringen würde«, wandte ich ein.

Da musste Herr Dr. Müller lächeln.

»Habt ihr nicht selbst erzählt, dass Herr Niebel Frau Schneider sehr gut riechen kann?«

Das stimmte natürlich.

»Also das mit der Mafia und meinem KEN ist einfach nicht richtig. Von meinen Agenten hat auch keiner den Todesblick, weil nämlich auch wir uns an die Gesetze halten. Dazu sind wir verpflichtet. Vielleicht geht das nicht immer, das gebe ich zu. Aber ein Todesblick ist beim KEN nicht erlaubt. Bei der Mafia ist das anders. Deshalb überlasst die Ermittlungen wirklich besser der Polizei. Versprecht ihr mir das? Dafür verspreche ich euch, dass ich weder euren Eltern von eurem Besuch hier erzählen werde, noch werde ich Frau Schneider weiterhin verfolgen lassen. Darauf habt ihr mein Wort.«

Wenn so etwas der oberste Einsatzleiter einer Agentenzentrale verspricht, dann konnte sich, meinten wir, Frau Schneider wirklich nicht mehr beklagen.

»Wie ich euch das gesagt habe«, sagte Kaiser, als wir das KEN wieder verließen, »wenn wir mit Diplomatie vorgehen, können wir gar nicht verlieren. Denn in der Politik«, fügte er stolz hinzu, »ist Diplomatie das Höchste.«

Was ich Frau Schneider aber nicht erzählt habe, das ist, wozu wir Herrn Dr. Müller außerdem noch gebracht haben. Wir haben ihm nämlich erzählt, dass Frau Schneider immer so wütend wird und dass dann Sachen wie mit Herrn Niebels Wellensittichen passieren und mit dem Klavier meines Vaters im Baum.

»Da habt ihr recht«, sagte Herr Dr. Müller, »euch vor eurer Freundin ein bisschen zu fürchten. Ich meine, wir sind ... *waren* nicht grundlos hinter ihr her. Vielleicht versteht ihr das jetzt, wenn ihr mal ein bisschen nachdenkt. Andererseits akzeptierten wir das jetzt, dass sie von euch eine Freundin ist. Aber passt bitte ein bisschen auf sie auf, damit wir nicht doch wieder tätig werden müssen. Versprecht ihr mir das?«

Wir nickten. Wir waren wirklich glücklich.

»Und nun, meine jungen Freunde, muss ich mich leider um andere Aufträge kümmern. Aber wenn das KEN wieder einmal etwas Schlimmes verhindern soll, dann ruft mich bitte an.« Aus einer schmalen Drahthalterung, die auf seinem Schreibtisch stand, zog er seine Visitenkarte und reichte sie uns. »Da habt ihr meine Telefonnummer. Ah ja ...«, er schrieb noch etwas auf die Rückseite, »in Notfällen könnt ihr mich auch persönlich erreichen. Aber bitte nur in Notfällen. Und jetzt muss ich mich wieder um meine Agenten kümmern.« Jedem von uns gab er persönlich die Hand. Doch als wir schon fast wieder draußen waren, rief er uns noch hinterher: »Wisst ihr ... das solltet ihr eurer Frau Schneider mal sagen: dass sie wahrscheinlich gar nicht weiß, was für tolle Freunde ihr seid!«

Wir drehten uns um und sahen ihn erstaunt an.

»Ja«, sagte er. »Und außerdem solltet ihr Herrn Niebel einmal ganz direkt nach Frau Schneider fragen. Vielleicht weiß er gar nichts von ihr.«

44

Dass wir ihre Freunde sind, sah Frau Schneider nach meinem Bericht völlig anders. Sie war sogar absolut sauer darüber, dass wir mit dem KEN so einen, sagte sie, *Kuhhandel* geschlossen hatten. Dass das ein typischer Mafiatrick ist, schimpfte sie. Wir hätten sie dem KEN vollkommen ausgeliefert.

Sie hatte sich bis zur Zimmerdecke aufgeplustert, sodass ihr Wolfskopf direkt unter dem Haken schwebte, an dem das rosane Zelt eingehakt ist. Und ihre gelben Augen glühten vor Wut.

»Habt ihr das ganz vergessen, dass wir das KEN kaputtmachen müssen?!« Von ihrem Wüten wurde sie zwar nicht mehr größer, weil das wegen der Zimmerdecke nicht ging, aber breiter und breiter, als sie sowieso schon war. »Kaputtmachen, kaputtmachen!«, rief sie.

Dieses Mal ließ ich mich nicht einschüchtern. Die Wellensittiche hatten gereicht und dass wir jetzt so viele Monate bei Herrn Niebel putzen mussten. Obwohl wir da dauernd Kuchen aßen und eigentlich nur Hausaufgaben machten. Alleine Kaiser musste noch schuften.

»Du hörst jetzt sofort mit dem Schimpfen auf!«, befahl ich und erhob mich, während ich hoch zu Frau Schneider und ihr direkt in die Augen sah. Dann, bevor ich unter der Zeltdecke hervor wieder zu meinem Bett ging, zeigte ich auf Thor und rief: »Rein da! Sofort! Und du kommst erst wieder raus, wenn du dich beruhigt hast.«

Verdutzt starrte Frau Schneider mich an. Sie war wirklich baff. Davon ging die Luft aus ihr raus. Sie verstummte, wurde kleiner und saugte sich in die Waschmaschine weg. Den Bulldeckel, über ihr, schlug ich selbst zu.

Das war nun das zweite Mal, dass mir Frau Schneider ohne einen Widerspruch gehorcht hatte. Das ist kein Zufall, dachte ich. Das kann gar kein Zufall sein. Es war ein tolles Gefühl.

»Ich hab doch gesagt, dass das ein Dschinn ist!«, rief Shaleh, als ich am nächsten Tag in der Schule davon erzählte. »Der Dschinn muss tun, was du sagst, weil du ihn aus der Waschmaschine befreit hast.«

Aber Frau Schneider, auch nachdem wir uns wieder vertragen hatten, bestritt das erneut.

»Das seht ihr doch an Thor«, rief sie, »dass ich von Wölflingsthor komme! Bei uns sehen alle Raumkapseln aus wie bei euch die Waschmaschinen! Ein Flaschengeist in einer Waschmaschine, das glaubt ihr doch selbst nicht!«

Außerdem hatten wir jetzt vielleicht einen Waffenstillstand mit dem KEN erreicht, sodass Frau Schneider wieder sicher war. Doch blieb nach wie vor die Mafia offen. In diesem Punkt dachten wir gar nicht daran, Herrn Dr. Müllers Rat zu befolgen. Schließlich kam die Polizei nicht einen Schritt weiter, und Rulles Vater schuftete sich halb tot für den Kredit bei der Bank. Den hatte er aufnehmen müssen, um Rulles Laden wieder aufzubauen. Trotz des Geldes, das Shalehs Vater für ihn erstritten hatte. Allerdings hatte er auch das Ladengeschäft neben dem Gemüseladen neu mit dazugemietet.

»Vielleicht«, sagte Rulle, »hat der Einsatzleiter von Herrn Niebel recht. Vielleicht sollten wir ihn wirklich auf Frau Schneider ansprechen und was er in dem Mafia-Restaurant wollte.«

»Er sollte Frau Schneider beschatten«, sagte ich, »das hat Herr Dr. Müller schon zugegeben.«

»Er hat aber auch gesagt«, sagte Kaiser, »dass Herr Niebel Frau Schneider vielleicht gar nicht kennt. Das ist ein Widerspruch, den wir auflösen müssen. Mir fällt dafür erst mal nichts anderes ein, als wirklich direkt Herrn Niebel zu fragen.«

»Du meinst, dass das alles ein Zufall war?«

Kaiser nickte.

»Es gibt auch noch eine andere Möglichkeit. Über die will ich hier aber nicht sprechen.« Dabei zeigten seine Blicke auf die Kaaba, vor der wir jetzt wieder saßen, aus der aber Frau Schneider noch nicht herausgekommen war. Doch zweifelten wir nicht, dass sie alles mit anhören konnte. Sodass wir allmählich begriffen, dass unser Hauptquartier vielleicht gar nicht mehr der richtige Platz war, um Geheimnisse zu besprechen.

45

Das taten wir jetzt immer in den Schulpausen.

»Vielleicht hat uns Frau Schneider nur was vorgemacht«, sagte Kaiser. »Vielleicht stimmt das mit Herrn Niebel gar nicht.«

»Das hätte uns Herr Dr. Müller gesagt.«

»Nein, der darf keine Auskunft geben über seine Agenten. Also auch nicht darüber, ob jemand gar keiner ist.«

»Und warum sollte Frau Schneider uns belogen haben?«, fragte Rulle.

»Vielleicht will sie einfach nur Unheil stiften«, sagte Shaleh. »Das müsst ihr zugeben, dass sie nicht grade für Frieden sorgt.«

Betroffen sahen wir uns an.

»Überlegt doch mal!«, sagte Shaleh. »Was ist denn bis jetzt von Frau Schneider an Gutem gekommen? Ich meine *wirklich* Gutes. – Nun?«

»Du meinst«, fragte ich, »dass das KEN im Grunde ganz recht hat?«

»Das hat auch Herr Dr. Müller gesagt«, sagte Kaiser.

»Mit Dschinns«, sagte Shaleh, »ist das eben so eine Sache. Man weiß nie, wo man mit ihnen dran ist.«

»Egal, ob Dschinn oder nicht«, sagte Kaiser. »Das stimmt schon, dass uns Frau Schneider dauernd in die Scheiße reitet.«

»Nicht bei der Mafia!«, rief ich. »Da hat sie geholfen.« Ich spürte plötzlich das starke Bedürfnis, Frau Schneider beizustehen.

»Oder sie hat die Vietnamesen nur für ihren Schabernack benutzt«, sagte Shaleh. »Vielleicht ist ihr die Mafia ganz recht für ihr Stiften von Unheil. Deshalb finde ich auch, dass wir einmal offen mit Herrn Niebel sprechen sollten.«

Aber da stand, als wir nach Schule und Mittagessen zu unserem Putzdienst gingen, vor seinem Haus der Vietnamese.

Also ich kann asiatische Menschen nicht richtig auseinanderhalten und weiß nicht, ob wer aus Japan, China oder aus Vietnam kommt. Aber Rulle kann das. Er sagt, dass es seinen Leuten mit uns ganz genauso ergeht.

»Wir können euch zuerst auch nicht auseinanderhalten«, sagte er. Und Kaiser sagt, dass das einfach eine Frage der Gewohnheit ist. Wir würden, sagt Frau Schneider, die Leute von Wölflingsthor auch nicht auseinanderhalten können, sondern denken, dass das alles genauso Wölfe sind wie Frau Schneider.

Jedenfalls stand der Mafia so unauffällig an dem Zaun von Herrn Niebel, dass es besonders verdächtig war. Ein Zufall war das nicht. Er lief auch nicht weg, als er uns sah. Sondern er grinste gefährlich.

Wir mussten ganz nahe an ihm vorbeigehen.

Mir stockte der Atem.

Hatte Herr Niebel also doch mit der Mafia zu tun? Das war das erste Mal, dass Shaleh meine Hand nahm und sich plötzlich an ihr festhielt. Auch sie hatte offenbar Angst.

Nur Kaiser nicht. Sondern er löste sich aus unserer Gruppe und stellte sich direkt vor dem Mafia auf. Wir standen abseits und konnten nicht verstehen, was Kaiser zu ihm sagte. Der starrte Kaiser ebenfalls an. Dann lachte er hämisch. Aber Kaiser sagte noch etwas, woraufhin der Mafia wegging. Dann kam Kaiser wieder zu uns.

»Rulle, du verfolgst ihn. Na mach schon! Eh der Mann verschwunden ist!«

»Warum ich?«

»Na weil der ganz sicher zu seinen Kumpanen geht und du unter Vietnamesen nicht so auffällst wie wir.«

»Was hast du ihm denn gesagt?«

»Ich habe ihm gesagt, dass wir 100 000 Euro von seiner Mafia wollen. Dass wir sie dann in Ruhe lassen. Und dass er das Geld in Rulles Laden vorbeibringen soll. Weil ansonsten was Schlimmes passiert. – Also beeil dich jetzt!«

Sodass Rulle dem Mafia wirklich hinterherlief. Aber ein bisschen zu zögernd erst, sodass er ihn nicht mehr einholen konnte, während wir zu Herrn Niebel reingingen.

Der hatte schon Kakao gemacht.

»Und wie geht es dem Katastrophen-Quartett heute?«, fragte er freundlich. Dann sah er unsere Gesichter. »Ach du Schreck! Was ist los?«

Wir drucksten erst rum, weil uns auch der Kakao nicht schmeckte. Diesmal ergriff aber ich das Wort. Das kam noch von dem tollen Gefühl, das ich wegen Frau Schneider gehabt hatte. Also weil sie mir einfach so folgen musste.

»Wir müssen mit Ihnen über Frau Schneider sprechen«, sagte ich.

»Über wen?«

»Und über die Mafia«, sagte Shaleh bestimmt.

»Die Mafia? Was habt ihr um Gottes willen mit der Mafia zu tun?«

»Na, wegen Rulles Laden doch!«, rief ich.

»Hùng, das tut mir wirklich leid für deine Familie. Aber ich verstehe nicht, welche Verbindung ich damit habe.«

Da platzte mir der Kragen. »Aber Sie haben doch für das KEN gearbeitet!«

»... und Frau Schneider im Auftrag des KEN verfolgt«, setzte Rulle noch nach.

»Ich weiß wirklich nicht, was ihr meint. Ich kenne keine Frau Schneider.«

»Aber das KEN kennen Sie!«

»Ja, natürlich. Aber …«

Er zog ein absolut komisches Gesicht. Dann sah er einen von uns nach dem anderen an. Dann schüttelte er den Kopf.

»Was geht nur in euch vor!«, rief er aus. »Aber gut. Ich rede darüber zwar nicht gern. Doch wenn sich das anders nicht auflösen lässt. Also das KEN … ich habe da eine Therapie gemacht, nachdem meine Frau …« Er schwieg. Sein ganzes Gesicht war plötzlich voll Schmerz. Aber schnell beherrschte er sich. »Dr. Müller hat mir sehr geholfen«, sagte er aber.

»Das ist Ihr Einsatzleiter als Agent«, sagte ich und nickte.

»*Was* ist er?«

»Das können Sie nicht abstreiten. Wir haben mit ihm gesprochen.«

»Herr Dr. Müller, Menne, war mein Therapeut. Unter dem Namen KEN haben sich Ärzte, Psychologen und Sozialarbeiter zusammengetan, um Menschen zu helfen.«

Herr Niebel schien wirklich zu glauben, was er sagte.

»Und weshalb haben Sie neulich Frau Schneider verfolgt?«

»Ich habe niemanden verfolgt, schon gar nicht eine Frau Schneider, die ich nicht einmal kenne. Wer hat euch denn so was erzählt?«

»Aber Sie haben Frau Schneider doch im Unterricht bemerkt, Sie haben doch nach ihr …« Fast hätte ich »nach ihr geschnuppert« gesagt. Aber mir fiel rechtzeitig ein, wie krank das klingen musste.

»Jetzt wird es wirklich toll! Ihr habt eine Frau Schneider mit in den Unterricht gebracht, die ich nicht kenne, und ich soll das zugelassen haben? Rausgeworfen hätte ich so wen. Aber ich habe niemanden rausgeworfen!«

Shaleh, Kaiser, Rulle und ich sahen uns nur an.

Wenn das alles nicht wahr war, was war dann mit Frau Schneider? Und was mit dem Porsche auf der Garage?

»Nun sagt mir aber erst mal«, sagte Herr Niebel, »wer diese Frau Schneider eigentlich ist.«

Was sollten wir tun? Wir konnten nur noch mit der Sprache herausrücken, auch wenn uns Herr Niebel wahrscheinlich ebenso wenig glauben würde wie mein Vater, und vor allem, wenn Frau Schneider davon erst richtig wütend würde.

Wir mussten uns nicht absprechen, um uns vorzunehmen, ihr nichts von diesem Gespräch zu sagen.

»Aus einer Waschmaschine, soso«, sagte Herr Niebel, nachdem wir alles erzählt hatten. »Aus einer Waschmaschine, die ein Raumschiff ist.«

»Kein Raumschiff«, verbesserte ihn Kaiser, »sondern bloß eine Landekapsel.«

»Ihr seid noch bei Sinnen, oder?«

»Sind wir«, sagte Kaiser und nickte.

»Sehen Sie«, sagte ich. »Das mit dem Klavier im Baum können Sie so wenig bestreiten wie den Porsche auf dem Dach.«

Das sah Herr Niebel ein. Da kam er auch gar nicht

drumrum. Weshalb er einen Vorschlag machte, mit dem wir niemals gerechnet hätten und der dann alles verändern sollte.

»Dann bringt doch Frau Schneider einfach mal mit«, sagte er nämlich. »Nicht in die Schule, nein, bestimmt nicht. Aber hierher, zu mir.«

Wir sahen ihn verblüfft an.

»Zu Ihnen?«

»Na ja«, sagte er, »ich will nicht die Fehler der anderen wiederholen. Das mit dem Porsche ist nicht zu bestreiten. Da muss ich nur rausgehen und nachgucken. Ein Naturwissenschaftler sollte sich auch nie auf seinen Glauben verlassen, sondern alles so hinnehmen, wie er es beobachten kann. Schließlich ist es auch ein Glaube, dass es so etwas wie Frau Schneider nicht gibt. Wenn ihr mir das Gegenteil beweisen könnt, dann will ich ohne Vorurteil sein. Immerhin bin ich euer Lehrer.«

Jetzt sah ich Kaiser an, Kaiser sah mich an, dann Rulle, der mich ansah, sodass ich dann Shaleh ansah.

»Was meint ihr?«, fragte Rulle.

»Das müssen wir beraten«, sagte Kaiser.

46

Natürlich konnte das eine Falle sein. Natürlich konnte Herr Niebel das so mit seinem Einsatzleiter Müller abgesprochen haben.

»Ein Winkelzug des KEN«, gab Kaiser zu bedenken.

»Und der Mafia«, sagte Rulle.

Es war eine schwierige Situation.

Frau Schneider, natürlich, tobte, als ich ihr den Vorschlag von Herrn Niebel unterbreitete.

»Eine Falle!«, schrie sie. »Eine Falle!«

Sie schrie so laut, dass ich es wieder mit der Angst bekam, mein Vater würde uns hören. Denn es war schon Nacht.

Ich war allein mit Frau Schneider, die sich abermals vor Wut unter der Zimmerdecke ausbreitete. Im Funzellicht meiner Nachttischlampe sah sie wie eine Gewitterwolke aus, die die Form eines Atompilzes hatte. Nur das Wolfsgesicht bleckte erkennbar die Zähne herab. Aber das ganze Thorszelt, über ihren monströsen Schultern, hing unter der Decke.

Seit ich Frau Schneider in Thor zurückbefohlen hatte, war sie nicht mehr herausgekommen, sondern erst wieder, als ich sie rief. Sodass sich meine Mama darüber beklagte, dass ihre Freundin sie versetzt hatte. Jedenfalls rief ich Frau Schneider heraus.

Sie folgte meinem Ruf. Das hieß aber nun nicht, dass sie irgendwie dankbar oder besonders freundlich gewesen wäre, wie man das von einem Dschinn, sagte Shaleh, erwarten muss. Sondern im Gegenteil. Sie war schon stinkig, noch bevor ich ihr das mit Herrn Niebel erzählt hatte.

»Nun komm mal wieder runter«, sagte ich und hatte dabei den Kopf im Nacken, um zu Frau Schneider hochzusehen. »Oder ich schicke dich wieder in deine Kapsel zurück – wenn es überhaupt eine ist.«

»Wie meinst du das?« Sie klang drohend.

»Wie ich es sage. Du hilfst uns mit der Mafia. Dafür sind wir dir dankbar. Das ist aber kein Grund, dich ständig so irre aufzuführen.«

»Wer bist du denn, mir Befehle zu erteilen? Ein Kind bist du, ein kleiner Junge, und noch grün hinter den Ohren.«

»Also gut.« Ich hob meine Stimme leicht, streckte den linken Arm aus und den linken Zeigerfinger an meiner linken Hand. So zeigte ich auf Thor.

»Rein da!«

Das war vielleicht ein Fluchen! Aber sie folgte, sodass die riesige, zugleich schwarze wie schimpfende Wolfswolke kleiner und noch kleiner wurde und sich dann wie ein dünner Faden Rauch in die Waschmaschine zurückzog. Zum zweiten Mal war ich es, der Thors Bulldeckel schloss.

47

»Wenn du sie in die Kaaba befehlen kannst«, sagte Kaiser, »dann können wir sie vielleicht auch in eine Hosentasche zwingen.«

Shaleh nickte. »In den Schulranzen hat sie auch gepasst. Aber da ist sie natürlich freiwillig rein.«

»Wir probieren es einfach aus«, sagte ich. »Morgen gleich nach der Schule, bevor wir zu Herrn Niebel gehen.«

»Also gehen wir das Risiko mit der Falle ein?«, fragte Rulle vorsichtig nach.

»Ja«, sagte ich, »ich glaube, das ist das beste.«

Außerdem hatte mich, ganz unerwartet war das, Herr Dr. Müller angerufen. Wir hatten ihm für seine Visitenkarte unsere Handynummern gegeben. – Er wolle noch einmal fragen, wie es uns gehe und ob sich die Sache mit Frau Schneider geklärt habe. Außerdem fragte er, ob die Polizei mit Rulles Laden weitergekommen sei.

Dazu konnte ich natürlich nichts sagen. Wir hatten die Mafia-Sache etwas aus dem Auge verloren, wegen des Putzens bei Herrn Niebel, wegen unserer Hausarreste und weil wir insgesamt über unsere Nachmittage und Abende nicht mehr frei verfügen konnten. Vor allem aber war Rulle von dem Mafia ziemlich schnell abgehängt worden, den er verfolgen sollte. Er war einfach nicht flink genug gewesen. Zwar guckten wir jetzt immer mal wieder in dem Vietnamesen-Restaurant nach, ob er da sitzt. Aber sowieso nur Rulle hätte ihn wiedererkannt. Weil mein Vater sagt, dass die verschiedenen Kulturen ihren Menschen immer was ganz anderes beibringen, auf was sie dann automatisch achten. Das ist, sagte er, von den Menschen gar keine Absicht. Sondern sie sind so geprägt und merken dann nicht, wenn sie etwas nicht merken. Deshalb ist es gut, sagt Frau Schneider, dass die Menschen sie immer genau so sehen, wie die Menschen sie sich vorstellen.

Genau das passierte nun Herrn Niebel.

Also Rulle hielt seine rechte Hosentasche auf, vorn an der Jeans, und ich befahl Frau Schneider, da hineinzurauchen. Der Bulldeckel ging auf, der Rauch von Frau Schneider zog raus und in Rulles Hose hinein. Damit sie nicht einfach so wieder rauskonnte, hielt Rulle seine Tasche den ganzen Weg über zu, weshalb er einhändig fuhr.

Wir kamen bei Herrn Niebel an.

»Lassen wir Frau Schneider vorher raus«, fragte Shaleh, »oder erst drinnen?«

»Drinnen«, sagte Rulle. »Das ist sicherer.«

»Aber witziger ist das draußen«, sagte ich. Denn wenn Frau Schneider so groß werden konnte, dass sie bei mir an der Zimmerdecke anstieß, konnte sie bestimmt noch viel größer werden, sodass Herr Niebel schon mal sah, dass es für Frau Schneider ganz leicht war, auf das Garagendach zu fassen. Vielleicht konnte sie den Porsche einfach wieder runterheben.

Herr Niebel öffnete die Tür.

Sprachlos starrte er die haushohe Frau Schneider an, die gar nicht nach einer Rauchwolke, sondern wie ein Wolf aussah, aber wie einer, der die Größe eines Elefanten hatte.

»Das«, sagte ich, »ist Frau Schneider.«

Komischerweise wurde Herr Niebel jetzt rot.

»Ja kommen Sie doch rein«, sagte er und zu uns: »Kommt rein.« Dabei starrte er Frau Schneider tief in die Augen. Er sah in ihr nämlich nicht, wie wir, eine Wölfin, sondern er sah Frau Schneider so, wie meine Mama sie sah. *Genau* so sah er sie. Sodass er sich verliebte. Weshalb mir meine Mama ein paar Tage später erzählt hat, dass ihre Freundin Frau Schneider mit einem neuen Mann geht. »Aber weißt du, Menne, was witzig ist? Das ist dein Mathelehrer! Glaubt man das? Frau Schneider und er wollen sogar schon zusammenziehen.«

48

Das war sogar für mich neu. Davon hatte Frau Schneider nichts gesagt. Aber sie hatte Herrn Niebel so sehr geblendet, dass er sie überhaupt nicht mehr riechen konnte. Wenn das wirklich vom KEN als Falle geplant war, schnappte sie jedenfalls falsch zu. Wir aßen wieder Kuchen und tranken Kakao, während Herr Niebel und Frau Schneider Kaffee tranken und auch Herr Niebel Kuchen aß. Frau Schneider isst nur Sachen, die blutig sind. Wenn man von Kaugummis absieht, aber die isst man auch nicht. Das mit dem Blut, sagte Kaiser, wird Herr Niebel noch merken. »Spätestens«, sagte er, »wenn er sie mal zum Essen einlädt.«

Aber auf diese Weise lernte mein Vater Frau Schneider eben doch noch kennen, weil nämlich meine Mama zu einem Abendessen einlud, und zwar ihre Freundin Frau Schneider und deren neuen Freund, Herrn Niebel, sowie eine andere Freundin und meinen Vater. Weil das klug ist, sagte sie, wenn sich Eltern mit den Lehrern ihrer Kinder befreunden, vor allem nach dem, was mit den Wellensittichen passiert war. Deshalb sollte ich an dem Abend auch nicht bei meinem Vater schlafen, sondern der sollte bei dem Essen dabeisein. Obwohl auch Gelmund dabeiwar, den mein Vater nicht leiden kann.

Schon deshalb wäre ich lieber in meinem Zimmer bei meinem Vater geblieben und hätte mich mit den anderen drei da getroffen. Aber das sagte ich nicht, weil ich wusste, dass es ganz dringend nötig war, an diesem Abend auf Frau Schneider aufzupassen, damit sie kein neues Unglück anstellte. Natürlich hätte ich ihr den Ausgang auch verbieten können. Denn wenn sie ein Dschinn ist, wie Shaleh behauptete, musste sie mir gehorchen. Andererseits sagt Kaiser, dass es darauf ankommt, die Menschen zu – Kaiser-Wort – *integrieren*. Dann muss man eben auch, sagt er, Frau Schneider integrieren.

»Vielleicht wird sie dann nicht immer gleich so wütend, dass diese schlimmen Sachen passieren.«

Wir fanden sowieso, dass Herr Niebel eigentlich gut zu ihr passt. Aber Frau Schneider sagte, sie verstelle sich nur. »Ich kann mich nämlich«, sagte sie, »genauso gut verstellen wie ein Agent vom KEN.«

Als ich aber versuchte, Herrn Niebel vor Frau Schneider zu warnen, hörte er einfach nicht zu. Er wurde nur ein bisschen stutzig, als sie unbedingt wollte, dass wir Thor in die Wohnung von Herrn Niebel schaffen lassen. Klar, dass wir dagegen waren. Man konnte das Ding sowieso nicht bewegen. Aber wir wollten unsere weiße Kaaba nicht verlieren. Herr Niebel hatte an einer Waschmaschine in seinem Wohnzimmer auch absolut kein Interesse.

»Das ist meine Raumkapsel!«, schimpfte Frau Schneider.

»Na«, sagte Kaiser, »warum fliegst du dann nicht mit ihr weg?«

»Weil sie eben ein Dschinn ist«, sagte Shaleh.

»Ich bin kein Dschinn!«, rief Frau Schneider und stapfte mit dem Fuß auf. Sodass ich, um wenigstens etwas zu tun, Herrn Dr. Müller vom KEN anrief und ihn bat, ob er vielleicht einmal mit Herrn Niebel sprechen kann.

»Das tut mir leid, mein Junge«, sagte er, »aber Herr Niebel kommt nicht mehr her. Die Behandlung ist längst abgeschlossen.«

Doch da ging wieder das mit der Mafia los. Was Frau Schneider auf ihre Weise zu einem Ende brachte, von dem in jeder Zeitung noch wochenlang die Rede war. Ich hab ja schon von den verknoteten Autos erzählt.

49

Etwas Ungeheuerliches ging dem voraus.

Shaleh, Rulle und ich saßen bei Herrn Niebel am Wohnzimmertisch und machten unsere Hausaufgaben, während Kaiser im Garten herumwerkelte. Es war richtig Frühjahr geworden, die Blumenbeete mussten aufgelockert werden, damit die Wurzeln Luft bekamen.

Ich wollte mal eben aufs Klo.

Schon im Flur hörte ich ein seltsames Geräusch, das aus dem Schlafzimmer von Herrn Niebel kam. Da hing jetzt, seit sie tot waren, der leere Käfig der Wellensittiche. Klar, dass ich neugierig war.

Ich schlich mich an und schaute durch die Tür. Da stand Herr Niebel am offenen Fenster, durch das der selbe Vietnamese hereinschaute, den Rulle neulich verfolgen sollte.

Ich war mir da absolut sicher, obwohl ich ihn natürlich nicht wiedererkennen konnte. Also hatte Herr Niebel doch mit der Mafia zu tun? Hatte er uns abermals getäuscht?

Herr Niebel reichte dem Mafia einen Geldschein hinaus und nahm dafür ein Päckchen entgegen, das so groß war wie die kleinen Holzkisten für die Zigarren meines Vaters. Es war in Zeitungspaper eingewickelt, ein fettes Gummiband drumrum.

Wortlos verschwand der Kopf des Mafias. Dann sah ich ihn über das kurze Rasenstück laufen. Aber Kaiser sagte später, dass er ihn nicht gesehen hat, obwohl er draußen im Garten war.

Herr Niebel wickelte das Päckchen aus und öffnete es. Erst nahm er einen neuen Wellensittich heraus, dann den anderen. Aber erst, nachdem er den ersten Wellensittich aufgezogen hatte. Das machte er an den Füßen des Vogels. Sofort fing der zu flattern und zu tschilpen an. Herr Niebel nahm den zweiten Wellensittich aus dem Kästchen, zog auch den auf, gab ihm Köpfchen, wobei er seine Lippen spitzte und piepende Geräusche machte. Dann setzte er den zweiten Wellensittich zu dem ersten in das Bauer und schloss es.

Er sah äußerst zufrieden und durchtrieben aus. Ich musste sofort an Frau Schneiders Worte denken, dass die Wellensittiche von Herrn Niebel gar keine waren, sondern dass sie in Wirklichkeit Roboter für Herrn Niebels Spionage sind.

Weil ich nicht entdeckt werden wollte, huschte ich schnell aufs Klo.

Als ich zurück ins Wohnzimmer kam, war auch Kaiser wieder bei uns, und Herr Niebel hatte den Kakao gebracht. Er stellte Plätzchen vor uns hin.

»Wisst ihr«, sagte er, »ich habe mich jetzt doch für neue

Wellensittiche entschieden. Ich halte es ohne so liebe Vögelchen einfach nicht aus.«

Dabei war er doch gar nicht mehr einsam, sondern hatte sich in Frau Schneider verliebt. Dass sie aber zu ihm ziehen wollte, das war nur zum Schein. Sagte sie. Jedenfalls stellte sich ihr Verdacht gegen Herrn Niebel nun als absolut berechtigt heraus.

»Wollt ihr die Wellensittiche sehen?«, fragte Herr Niebel. »Man hat mir die Vögel gerade gebracht.«

»Aber wir wollten sie Ihnen doch schenken!«, sagte Shaleh.

Herr Niebel lächelte. »Ist schon gut«, sagte er. »Ich finde, ihr tut mehr als genug für mich.« Dabei war mittlerweile der Einzige, der wirklich was tat, Kaiser, weil er keine Hausaufgaben machte und stattdessen im Garten arbeiten musste. Sodass wir, obwohl Herr Niebel ein offensichtlich falsches Spiel mit uns trieb, in der Schule richtig gut wurden. Also aus Schulsicht war unsere Bestrafung ein ziemlicher Erfolg. Dass ich das nicht zugeben mag, ist klar. Trotzdem war es so. Letzten Endes wurde Frau Schneider für uns zu einem großen Erfolg in der Schule. Ohne sie und ihr dauerndes Unheil wäre ich sitzengeblieben. Das ist mal sicher. Denn was die Wahrheit ist, sagt mein Vater, das muss auch gesagt werden. Er hat den Satz aber nicht von sich, sondern Shalehs Vater sagt ihn immer in seiner Kanzlei. Mein Vater sagt ihn erst, seit er dortgewesen ist, um uns wegen der Wellensittiche zu helfen. Da waren auch Rulles und sogar Kaisers Vater dabei. Dann fingen die an, sich privat zu treffen. Weshalb plötzlich gar keine Rede mehr davon war, dass wir Kinder uns nicht mehr treffen sollten. Aber ich glaube, dass auch die Schule eine Rolle spielte, weil wir plötzlich alle so gut waren. Nicht nur Shaleh und Kaiser. Shaleh sowieso und Kaiser erst recht, der aber nicht zählt, weil er so ein Genie ist. Sondern eben auch Rulle und ich. Und mal trafen sich unsere Väter bei Rulle, mal bei mir, mal auch bei Kaiser. Nur bei dem Vater von Shaleh trafen sie sich nie. Weil er nicht will, erklärte Shaleh, dass ihre Mutter mit anderen Männern Kontakt hat.

50

»Wir müssen die Wellensittiche in unsere Hände bekommen, damit wir etwas vorlegen können, das als Beweis gilt.« Das sagte nun ausgerechnet Shaleh.

»Aber wir können nicht schon wieder was mit den Wellensittichen von Herrn Niebel machen«, wandte ich ein.

»Wieso ›schon wieder‹?«, fragte Rulle. »Wir haben noch nie was mit ihnen gemacht!«

»Aber die Leute denken das alle«, sagte Kaiser. »Nur darauf kommt es an.«

»Aber wenn wir doch beweisen können, dass das Roboter sind?«, rief Rulle.

»Und wenn wir es nicht beweisen können? Den toten Wellensittichen sah man das auch nicht an.«

»Stimmt«, sagte ich. »Die sahen wie absolut richtige Vögel aus.«

»Eben«, sagte Kaiser. »Aber wir können was anderes machen. Wenn das nämlich Roboter sind, dann wird

Herr Niebel sie zum Spionieren ausfliegen lassen. Das hat er mit seinen anderen Wellensittichen auch so gemacht.«

»Sogar aus dem Fenster«, sagte Rulle.

»Na klar aus dem Fenster. Die sollen ja nicht in Herrn Niebels Wohnung spionieren, sondern irgendwo anders.«

»Man müsste an den Wellensittichen einen Sender anbringen«, sagte ich, weil ich das einmal bei Kaiser in einem Krimi gesehen habe. Aber da waren das nicht Wellensittiche, sondern Tauben gewesen.

»Und wo willst du den herkriegen?«

»Och«, machte Rulle, »den oüte ich schon.«

»Für Wellensittiche«, sagte Kaiser, »ist ein Sender zu schwer.«

»Nicht, wenn man einen Chip aus dem Handy nimmt«, antwortete Rulle. »Der hat fast gar kein Gewicht.«

»Und wie empfangen wir die Signale? Da braucht man einen unheimlich genauen Empfänger«, sagte Kaiser.

»Na ja«, sagte ich, »dann kann doch Frau Schneider mal zeigen, ob Thor wirklich eine Raumkapsel ist.«

»Das ist die Idee!«, rief Rulle aus.

»Nur müssen wir sie dann wieder einweihen«, sagte Shaleh.

»Sie hat sowieso schon alles mit angehört.«

»Stimmt auch wieder.«

Kaiser wandte sich zu Thor und sagte: »Komm raus, Frau Schneider.«

Zwar ging daraufhin drinnen das Licht an und auch der Bulldeckel auf. Frau Schneider kam aber nicht raus, sondern fauchte unsichtbar: »Lasst mich in Ruhe!«

Erst als ich es war, der sie rauszukommen aufforderte,

folgte sie. Wie widerwillig sie das tat, war ihr ziemlich gut anzusehen.

»Keinen neuen Wutanfall jetzt«, sagte ich.

»Ich will hier sowieso weg«, sagte sie. »Besser zum Feind desertieren, als bei falschen Freunden zu bleiben.«

»Wer erzählt es ihr?«, fragte Kaiser.

»Es kann sein, dass du recht hattest«, sagte Shaleh, indem sie aufstand, um Frau Schneider direkt ins Gesicht zu sehen.

»Wie: *recht*?«

»Mit Herrn Niebel und seinen Wellensittichen. Menne hat was beobachtet.«

Frau Schneider drehte ihren Wolfskopf zu mir und knurrte: »Was hast du beobachtet?« Sodass ich ihr das mit den neuen Wellensittichen, die man aufziehen konnte, erzählte.

»Da bist du dir sicher?«

Ich nickte.

»Soso«, machte Frau Schneider. Und nochmal: »Soso.« Dabei schürzte sie die Lefzen und zeigte ihre weißen Reißzähne. »Und was soll ich da jetzt machen?«

Rulle stellte ihr sofort unsere Idee mit dem Chip vor. »Wir glauben nämlich«, sagte er, »dass das mit der Mafia zu tun hat …«

»… weil doch ein Mafia ihr die Roboter gebracht hat«, fiel ich ihm ins Wort.

»Also brauchen wir einen Empfänger«, sagte Kaiser, »für die Signale. Dann wissen wir, wohin die Wellensittiche fliegen.«

»Und weil das ein Raumschiff ist«, sagte Shaleh, die

immer noch stehenblieb, »hat es bestimmt einen Empfänger an Bord ...«

»... den ich oder ... na ja«, machte Rulle, »*wir* auf die Frequenz des Senders einstellen könnten ...«

»... oder mein Bruder«, sagte Kaiser. »Der kennt sich nämlich mit so etwas aus.«

»Ich soll einen Fremden in meine Raumkapsel lassen?!«

»Nicht, wenn du das selber kannst.«

Frau Schneider sagte dazu nichts, sondern sah nur einen von uns nach dem anderen an. »Ich kann es aber nicht«, sagte sie dann.

»Seht ihr!«, rief Shaleh. »Das ist nämlich gar keine Raumkapsel und Frau Schneider ist nicht von einem anderen Planeten. Sonst hätte sie so was nämlich gelernt!«

»Pscht!«, rief ich, denn ich hatte etwas gehört. »Leise!«

Tatsächlich kam mein Vater, der längst geschlafen hatte, über den Flur. Aber er blieb stehen und ging ins Bad. Er musste nur auf die Toilette, wahrscheinlich.

Bis er wieder in seinem Zimmer war, mussten wir schweigen. Wir unterdrückten sogar unser Atmen. Über uns schwebte Frau Schneiders riesiger Wolfskopf. Aus Thor glomm das Licht. Aber es war nicht stark genug, um unter dem Türspalt durchzuscheinen; außerdem wurde es von einem Teil des Thorzeltes richtiggehend abgefangen.

Mein Vater brauchte nicht lange.

»Das ist bei euch Menschen genauso«, sagte Frau Schneider.

»Was ist genauso?«, fragte Kaiser.

»Dass ihr mit Autos fahrt, die ihr nicht reparieren

könnt – anders als Herr Niebel, der Autos reparieren kann, aber nicht mit ihnen fährt, und den ich für diesen neuen Verrat aufessen werde.«

51

Dass sie ihn aufessen wird, sagte Frau Schneider mit einer so leisen Stimme, so ganz ohne Drohung, dass mir wieder einmal ein Schauer den Rücken hinunterlief. Den anderen ging es ähnlich, gaben sie nachher zu.

»Ich kann natürlich versuchen«, sagte Kaiser, »dass mir Gor zeigt, wie das geht.« Gor ist Kaisers Bruder, wie ihr wisst. »Aber ich bin mir nicht sicher, ob ich das auf die Schnelle kapiere. Dass ich dafür nicht zu blöd bin, ist klar. Wir haben nur so wenig Zeit.«

»Vor allem wissen wir nicht, als was er Frau Schneider sehen wird. Immerhin ist er schon siebzehn«, sagte ich.

»Aber er will zur NASA«, sagte Kaiser, »da ist er für Frau Schneider vielleicht richtig offen. Außerdem halte ich ihn für sowieso geeignet, weil er dauernd Fantasy spielt, wenn er nicht an seinem Motorrad bastelt.«

»… oder an seiner Freundin«, hämte ich.

»Die ist wirklich scharf«, sagte Kaiser. Aber Shaleh sagte seufzend: »Das glaub ich jetzt nicht.«

Natürlich war Frau Schneider dagegen.

»Dann erlaube ich dir nicht«, sagte ich, »dass du zu Herrn Niebel umziehst.«

»Wie willst du mir das verbieten?«

»Indem ich es *sage*«, sagte ich.

»Weil du nämlich«, sagte Shaleh, »kein Raumfahrer, sondern ein Flaschengeist bist.«

»Ein Geist aus der Waschmaschine«, setzte Rulle gehässig nach.

»Welch ein Unglück«, rief Frau Schneider aus, »dass ausgerechnet ihr mich befreien musstet! Nur Schwierigkeiten macht ihr mir!«

»Also«, fragte ich, »wie ist es? Bist du einverstanden?«

Wie sie mit den Zähnen knirschte, als sie uns das Zugeständnis machte! Doch blieb ihr nichts anderes übrig. Jetzt würde sich herausstellen, dachten wir, ob Thor eine Raumkapsel war.

52

»Was ist das denn?«, fragte Kaisers Bruder und holte ein kleines silbernes rundes Ding aus Thors Trommel heraus, ganz unten vom Boden der Trommel. Dann wurde er hineingesaugt und war weg.

53

Er kam auch nicht wieder. Gor ist nämlich immer noch weg.

Der Einzige, der ruhig blieb, war natürlich wieder Kaiser.

»Das kommt allein von seinen Computerspielen«, sagte er.

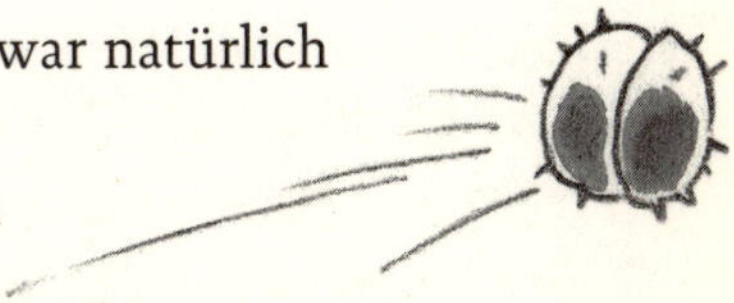

»Wie bei Tron«, sagte Rulle. Tron ist ein Fantasyfilm, der damals grad herausgekommen war, also ich meine den zweiten, weil es da schon einen ersten gab, den ich aber nicht gesehen habe.

»Aber Gor hat ihn gesehen«, sagte Kaiser. »Und da hat er jetzt ebenso was in Thor gesehen, wie sonst alle in Frau Schneider etwas sehen.«

Die sich nicht äußern wollte.

»Was ist da passiert?«, fragte ich.

»Ich will zu Herrn Niebel ziehen«, sagte sie.

Jedenfalls hatte Kaiser seinem Bruder von Thor und Frau Schneider erzählt, und Gor hatte zugestimmt, sich die Sache anzusehen. Er kannte Kaiser und wusste, dass sein kleiner Bruder alles andere als ein Spinner ist.

»Und dann kommt Gor zurück, wenn ich dich zu Herrn Niebel ziehen lasse?«, fragte ich Frau Schneider.

Sie schwieg.

»Nun?«

»Ich weiß es nicht«, sagte sie. »Ich weiß es wirklich nicht.« Sie wirkte ehrlich verzweifelt. »Warum habe ich es nur erlaubt, dass ihr ihn hineingucken lasst?«

»Weil ich es dir befohlen habe«, sagte ich.

»Warum hast du mir das befohlen? Ich bin so sehr dagegen gewesen!«

Es war nicht etwa nachts geschehen, sondern am helllichten Tag. Gor war auch nicht durch unsere Geheimtür gekommen, wie wir meine eigene Tür zu nennen begannen, sondern ganz offiziell durch die Haustür. Mein Vater hat ihn gesehen und ihm sogar einen Kaffee gemacht, als Gor ihm erklärt hatte, wozu er hier war.

»Die Bande«, hatte Gor gesagt, »möchte, dass ich mir Ihre Waschmaschine ansehe, Herr Liebkind.«

»Ah ja? Na dann mal zu, Gor.«

»Tolles Hauptquartier habt ihr«, sagte Gor, als wir ihn in mein Zimmer führten. »Echt abgefahren. Nur … *rosa*?« Er nahm ein bisschen Vorhang in die Hand.

Das war schon peinlich. Shaleh sagte aber, dass sie das Zelttuch schön findet.

»Das ist also euer … eure … Kaaba. Meine Güte, ist das ein altes Monstrum! – Könnt ihr den Vorhang mal weghalten? Und wer soll da immer rauskommen?«

»Frau Schneider«, sagte ich.

»Jetzt auch?«

»Wenn ich sie rufe«, sagte ich.

»Aber das klappt nicht immer. Also dass man sie sieht«, sagte Rulle.

»Mein Vater zum Beispiel sieht sie nicht.«

»Und Herr Niebel sieht was anderes als wir.«

»Tatsächlich? Was denn?«

»Das ist das Problem«, sagte Kaiser. »Er hat sich in Frau Schneider verliebt …«

»… und jetzt will Frau Schneider zu ihm ziehen«, ergänzte Rulle mit einem Unterton, den ich empört nennen muss.

»Dann lasst sie doch.«

»Wir brauchen sie aber …«

»… wegen der Mafia«, sagte Shaleh.

»Der Mafia?«

»Und wegen des KEN«, ergänzte ich.

»Was ist denn das KEN?«

»Hab ich dir doch erzählt!« sagte Kaiser mit leicht erhobener Stimme. »Das Komitee zur Einhaltung der Naturgesetze.«

»Eine vernünftige Einrichtung, scheint mir«, sagte Gor.

»Ausgerechnet du musst das sagen«, sagte Kaiser vorwurfsvoll, »mit deiner Fantasy immer.«

»Aber Rama! Das ist ein Spiel, nicht die Realität.«

»Nur dass«, erwiderte ich, »auch Frau Schneider Realität ist.«

»Dann möchte ich sie jetzt sehen. Nein, glaubt mir, ich habe keine Vorurteile.« Damit sagte er fast dasselbe, was auch Herr Niebel gesagt hatte. Dass man als Naturwissenschaftler erst einmal abwarten und hingucken muss, bevor man sein Urteil fällt.

Ich weiß nicht, als was er Frau Schneider sah, als ich sie herausgerufen hatte. Aber er bekam einen ganz ähnlichen Ausdruck wie Herr Niebel ins Gesicht, als der sie zum ersten Mal sah. Er wurde richtig *verklärt* – so hat das Kaiser nachher genannt. Dabei war Frau Schneider ganz das Monster geblieben, als das wir sie kannten, ja sie fletschte sogar ihre furchtbaren Zähne, als sie Gor sah. Obendrein sagte sie: »Das ist aber ein hübsches Kaninchen. Ist das für mich?«

Weshalb wir nicht ganz von der Hand weisen konnten, dass Frau Schneider, was immer sie jetzt auch beteuert, Kaisers Bruder aufgegessen hat.

54

So haben wir das auch zu erklären versucht, als Gor aus Thor nicht mehr rauskam. Da nahm ihn Frau Schneider nämlich mit rein. Nicht gern, nein, aber sie wollte unbedingt zu Herrn Niebel ziehen, und wir hatten sie vor die Wahl gestellt, dass sie entweder hierbleiben muss oder Gor mal drinnen nach dem rechten sehen lässt. Das war, Kaiser hatte zur Uhr gesehen, um drei Uhr nachmittags gewesen. Aber noch um vier waren die beiden nicht wieder herausgekommen. Da wurden wir unruhig. Und um sechs alarmierte ich meinen Vater.

»Gor ist in Thor …«

»… *wo* ist er?«

»Na in der Waschmaschine!«

»Menne, bitte!«

»Wirklich, Papa! Er ist mit Frau Schneider hinein und seitdem …«

»Frau Schneider? Fängst du schon wieder damit an?«

Er hatte Frau Schneider in der Zwischenzeit schon kennengelernt, weil doch das Essen bei meiner Mama gewesen war.

Der reine Albtraum war das gewesen, wie Frau Schneider da wolfsriesig mit an unserm Tisch im Wohnzimmer saß, über dem sie halsaufwärts wie eine dunkle Wolke hing, um auf ihn quasi vom Himmel herunterzusehen. Mir war so was von schlecht! Aber die anderen sahen sie eben ganz anders als ich. Sogar mein Vater fand sie eine, wie er sagte, »ausgesprochen angenehme Person«. Auch wenn er sich nachher mit meiner Mama und Gelmund darüber stritt, ob sie – wie er meinte – grünes oder – wie Gelmund und meine Mama meinten – kastanienbraunes Haar hat. Sie habe auch kein Lippenpiercing, behauptet meine Mama. Das war für mich eine ziemlich schwierige Situation, weil meine Mama und mein Vater mich fragten, wer von ihnen beiden recht hatte.

»Hab nicht hingesehen«, sagte ich.

Was blieb mir denn übrig? Dass Frau Schneider in Wirklichkeit ein Wolf ist, glauben mir beide nicht. Ansonsten verlief der Abend aber ganz ruhig. War halt ein normales Essen mit Freunden, und Mama hatte wirklich toll gekocht. Ich war immerhin ziemlich froh darüber, dass sich die beiden nicht wieder wegen Gelmund in die Haare kriegten.

Meine Mama glaubt, dass ich Frau Schneider so wenig leiden kann wie mein Vater ihren neuen Freund Gelmund. Erwachsene begreifen einfach zu selten, worum es in Wirklichkeit geht.

»Bitte hör mit dieser Frau Schneider auf!« rief mein Vater also wieder. »Und erzähl in Ruhe, was passiert ist.«

Was sollte ich ihm sagen? Dass Gor in der Waschmaschine war, glaubte er nicht. Tatsache war aber, dass Kaisers Bruder nicht zurückkam. Noch nachts war er nicht wieder da und nicht am nächsten, nicht am übernächsten Tag. Da hatte Kaisers Vater schon eine Vermisstenanzeige aufgegeben, obwohl Gors Motorrad drüben in dem Parkhaus stand. Gor ließ es bestimmt nicht zurück.

Dann mussten wir alle vier zur Polizei, das ganze Katastrophen-Quartett. Wieder mussten wir lügen, weil wir wussten, dass die uns sowieso nicht glauben würde.

»Ich glaube, dass uns, wenn überhaupt, nur ein einziger helfen kann«, sagte Kaiser und rief Herrn Dr. Müller vom KEN an. Weshalb es zwischen ihm und meinem Vater an einem der nun kommenden Abende, wo auch meine Mama dabei war und der Vater von Kaiser, zu einem Treffen kam. Offenbar hatte Herr Dr. Müller meinen Vater doch von unserem Treffen im KEN erzählt.

Sie setzten sich nicht, wie mein Vater das sonst tut, wenn er Besuch hat, in die Küche, sondern ins Klavierzimmer. Das war, weil sie nicht wollten, dass ich etwas von dem Gespräch mitbekam.

Ich hörte es trotzdem. Wir hörten es alle – außer Rulle, der es von zuhause nicht wegschaffte. Sogar Frau Schneider hörte es mit. Die immer weiter beteuerte, dass sie nicht wisse, wo Gor hin sei. Aber wir merkten natürlich, dass sie uns etwas verschwieg. Trotzdem beschwor sie es: »Nein, ich habe dieses Kaninchen nicht aufgegessen!«

»Das war kein Kaninchen, sondern mein Bruder«, sagte Kaiser.

»Es sah aber wie ein Kaninchen aus«, beharrte Frau Schneider. »Ich würde aber niemals ein Haustier von euch aufessen, das ihr liebhabt.«

»Und was war mit den Wellensittichen?«

»Erstens waren das keine Wellensittiche, sondern Spionage-Maschinen, und zweitens waren das nicht eure, sondern die von Herrn Niebel.«

»Mit dem du zusammenziehen willst.«

»Damit ich ihn immer im Blick habe.«

Man konnte rein wahnsinnig werden.

Wir brauchten Frau Schneider aber wegen der Mafia. Und dann … ich meine, in Wahrheit konnten wir uns das gar nicht mehr vorstellen, wieder ohne sie zu sein.

55

Sozusagen im Schatten von Frau Schneider, die kaum durchpasste, schlichen wir den Flur lang bis vor die Tür vom Klavierzimmer meines Vaters und hockten uns dahin, um zu lauschen. Natürlich war das gefährlich. Es hätte nur mal einer von denen auf die Toilette gemusst, um uns zu bemerken.

Es gefiel uns gar nicht, was wir zu hören bekamen. An Frau Schneiders Stelle hätte auch ich da die Zähne gefletscht.

So ein Verräter!

Ich meine Herrn Dr. Müller.

»Ich weiß nicht, was Ihre Kinder durchmachen müssen, dass sie sich in so eine Fantasiewelt geflüchtet haben«, erklärte er nämlich meiner Mama, meinem Vater und dem Vater von Kaiser. »Tatsache ist aber, dass sie sich ein System gebaut haben, aus dem sie aus eigener Kraft wahrscheinlich nicht mehr herausfinden können.«

»Sie meinen, dass die Kinder behandelt werden müssen?«

»Ich meine, dass man sie vielleicht erst mal wieder mit der Realität in Kontakt bringen sollte.«

»Vielleicht Ferien auf dem Bauernhof«, schlug mein Vater vor.

Es war nicht zu fassen.

Es reichte uns. Mehr mussten wir nicht hören, um zu begreifen, wohin die Sache lief.

Wir huschten in mein Zimmer zurück, um uns an der Kaaba zu beraten.

Was eigentlich wollten diese Erwachsenen von uns? Wir waren in der Schule gut geworden, wir alle vier, und wir hatten den Kampf mit der Mafia aufgenommen, während sie immer nur darauf warteten, dass die Polizei etwas tat, die aber nur gelähmt herumsaß. Wir hatten außerdem Herrn Niebel enttarnt, was diese Erwachsenen aber nicht wahrhaben wollten, weil sie zu nichts anderem gut sind, sagte Kaiser, als die Wirklichkeit zu, wie er das nannte, *verleugnen*. Denen reichten nicht mal das Klavier im Baum und der Porsche auf dem Garagendach. Was für Beweise brauchten sie noch?

Stattdessen hielten sie uns für übergeschnappt.

Am meisten empört war Kaiser, weil ihm das gegen seine Königswürde ging. Er musste sowieso schon das Lucknow befürchten. Aber Frau Schneider sagte, wir sähen nun selbst, dass es viel besser wäre, wenn wir sie zu Herrn Niebel ziehen ließen.

»Dann seid ihr mich los und müsst euch keine Sorgen mehr machen. Dass man dem KEN nicht vertrauen darf, habe ich euch oft genug gesagt.«

56

Nur hatten wir aber gleichzeitig das Gefühl, auch Frau Schneider nicht richtig vertrauen zu dürfen. Die einzigen, auf die Verlass war, waren offenbar alleine wir selbst.

»Soll sie doch zu Herrn Niebel!«, rief Shaleh.

»Auf keinen Fall!«, rief ich.

Das war auf dem Schulhof, wo uns Frau Schneider nicht zuhören konnte.

»Ich finde das auch schwierig«, sagte Kaiser, »weil Menne dann die Macht über Frau Schneider aufgeben müsste. Und was sie dann alles anstellt, malen wir uns besser nicht aus.«

»Aber vielleicht«, sagte Shaleh, »muss das so nicht sein. Vielleicht kann Menne Frau Schneider an Herrn Niebel auch nur ausleihen. Ich glaube nämlich nicht, dass ein Flaschengeist so was entscheiden kann.«

»Aber Gor …«, sagte Kaiser. »Das ist eigentlich das Hauptproblem. Wenn wir Frau Schneider zu Herrn Niebel lassen, was wird dann mit der Waschmaschine, in der mein Bruder jetzt so drinsteckt?«

»Ich hab's!«, rief ich. »Das mit dem Ausleihen ist gar nicht so dumm. Wir lassen Thor einfach bei mir. Ich meine, das ist doch sowieso unsere Kaaba. Das ist ein Heiligtum. So was gibt man nicht weg. Wenn Frau Schneider zu Herrn Niebel zieht, also nur mal angenommen, dann muss sie wahrscheinlich immer wieder in die Waschmaschine zurück, schon weil da alle ihre Sachen drin sind.«

»Ich habe aber keine Sachen gesehen«, sagte Kaiser, der sich wohl dran erinnerte, wie er in Thor nachgeschaut hatte.

»Und wenn es da eine Tür drin gibt?«, fragte Rulle.

»Wie meinst du das?«

»Na, wenn man da drin so was wie eine Tür öffnen kann, durch die Frau Schneider überhaupt erst in ihre Wohnung kommt?«

»Du meinst, das ist so was wie ein Schwarzes Loch?« fragte Kaiser.

»Genau!«, rief Shaleh. »Das würde erklären, wieso man Gor nicht mehr sieht, wenn man reinschaut. Der ist *hinter* der Waschmaschine …«

»… in einer anderen Dimension!«, rief Rulle. »Das ist total rulle!«

»Könnte sogar sein«, sagte Shaleh, »dass man da direkt nach Wölflingsthor kommt.«

»Wisst ihr was«, sagte Kaiser, »wir sollten uns echt überlegen, ob wir uns nicht alle ebenfalls dahin absetzen … also wenn das jetzt so hart auf hart geht und man uns ins Irrenhaus bringen will und mich ins Gefängnis.«

Aber all das stand erst einmal hinter Gors Verschwinden zurück. Das fast ein so großes Aufsehen machte wie meines Vaters Klavier im Baum. Hingegen hatte erstaunlicherweise Herrn Niebels Porsche auf dem Garagendach nur ganz hier und da mal Erwähnung in der Presse gefunden. Die BILD-Zeitung zum Beispiel, die für so was als Allererstes zuständig ist, brachte die Angelegenheit überhaupt nicht, weil sie erst zu spät Bescheid bekam. Bei dem Klavier hingegen war sie rechtzeitig vor Ort gewesen.

Das fiel mir jetzt ein. Und dass mir eine Reporterin, als die Sache mit dem Klavier war, Fragen gestellt und mir ihre Visitenkarte gegeben hatte.

»Wieso rufen wir nicht diese Tante von der BILD-Zeitung an?«, fragte ich.

Kaiser wollte mit der BILD-Zeitung aber nichts zu tun haben, genauso wenig wie mein Vater. Im Grunde war nur Rulle dafür.

»Die wissen nämlich bestimmt auch über die Mafia Bescheid«, sagte er und nickte heftig mit dem Kopf. »Ich habe bei meinem Vater gelesen, dass die BILD-Zeitung einfachen Leuten hilft, wenn die Probleme haben.«

Jedenfalls war das ein Einstieg, weil wir einer Pressetante von Frau Schneider schon gar nichts erzählen durften, wenn uns nicht einmal unsere eigenen Eltern glaubten. Was wiederum Frau Schneider beruhigte. Trotzdem hatten wir vor, auch das KEN auf diese Weise auffliegen zu lassen, um den Verrat von Herrn Dr. Müller zu rächen.

»Wenn das KEN auffliegt«, gab Shaleh zu bedenken, »fliegt aber vielleicht auch Frau Schneider auf … ich meine automatisch.«

Dieses Risiko mussten wir in Kauf nehmen.

57

Imke – »ihr könnt Imke zu mir sagen«, sagte Imke –, also Imke, was die Reporterin von der BILD-Zeitung ist, war sofort bereit, sich mit uns zu treffen, weil sie natürlich auch von Gors Verschwinden gehört hatte. Deswegen war die halbe Welt in Aufregung. Die Polizei suchte, aber, was uns sowieso nicht und nicht mehr wunderte, ohne Erfolg. Auch die zwei Tageszeitungen unserer Stadt hatten darüber geschrieben. Es war sogar im Fernsehen gekommen. Aber das war alles unter falschem Vorzeichen, weil nämlich alle glaubten, dass Gor nur abgehauen war. Obwohl dann seine Freundin die Erste gewesen wäre, die etwas drüber wissen musste. Vor allem stand sein Motorrad noch da. Was Kaisers Vater aber nicht sagte, weil Gor erst siebzehn war.

Gors Freundin wusste wirklich nichts. Die Einzigen, die den Hintergrund kannten, waren Frau Schneider und wir.

Jedenfalls ließ sich Imke so viel wie möglich erzählen.

Sie war eine richtig schicke, fand Shaleh und war so was von entzückt ... also richtig schicke Frau mit blonden Locken und vielen Sommersprossen auf der Nase. Vor allem fuhr sie ein Auto, wie Shaleh es mag, so einen Zweisitzer, von dem man das Dach abnehmen kann.

»Also, wo ist dein Bruder jetzt hin?«, fragte sie Kaiser. »Gib es nur zu, dass er sich abgesetzt hat.«

»Na ja«, machte Kaiser. »Sie haben doch sicher von dem Porsche auf dem Garagendach gehört ...«

»Hab ich.«

»Und von dem Klavier im Baum wissen Sie sowieso.«

»Sehr seltsame Geschichte ... Da hat sich überhaupt noch nichts geklärt, oder?«

Wir schüttelten alle vier die Köpfe.

»Vor allem«, sagte Rulle, »hat sich das mit der Mafia noch nicht geklärt.«

»Wieso Mafia?«

»Du musst das«, sagte ich, »im Zusammenhang sehen.«

»Die Mafia mit dem Klavier im Baum?«

»Vor allem mit dem Verschwinden von Gor«, sagte Shaleh.

»All das hat erst angefangen«, sagte ich, »seit es Frau Schneider gibt.«

Das war unsere Trumpfkarte. Jetzt spielte ich sie aus. Wir hatten beschlossen, Imke richtig neugierig zu machen, sodass sie von sich aus recherchierte.

»Was für eine Frau Schneider?«

Man konnte die Uhr danach stellen, dass diese Frage kam.

»Das dürfen wir dir nicht sagen«, sagte ich, »weil du uns sowieso nicht glaubst. Deswegen ist es besser, du findest das selbst heraus.«

»Und es lohnt sich«, sagte Rulle und nickte wieder heftig.

Imke musste lachen.

»Ihr seid ziemlich geheimnisvoll.«

»Ist es auch«, sagte Kaiser, »voller Geheimnisse. Spendierst du uns eine Cola? Ach ja, was wir herauskriegen müssen, das ist, wo die Mafia ihren Hauptsitz hat. Das gäbe deiner Zeitung bestimmt viele neue Leser.«

Von diesem Bündnis mit der BILD-Zeitung durfte ich meinem Vater auf keinen Fall etwas sagen. Er wäre sonst ein nächstes Mal furchtbar sauer geworden. Aber auch Frau Schneider erzählten wir besser nichts. Mit der kam es aber zu einer Abmachung, für die Kaiser die Idee hatte.

»Wenn uns Frau Schneider weiter bei der Mafiasache

hilft, und wenn wir sie zu Ende kriegen, dann sollten wir sie zu Herrn Niebel ziehen lassen«, sagte er.

Was mir natürlich nicht gefiel. Andererseits würde so wieder Ruhe eintreten, dachte ich, wobei sich Shaleh, Rulle und ich schon etwas darüber wunderten, dass Kaiser wegen Gors Verschwinden so völlig ruhig blieb.

»Ich glaube nicht«, antwortete er, als wir ihn fragten, »dass mein Bruder grad etwas erlebt, das er nicht auch erleben will.«

Das verstanden wir erst nicht.

»Schaut mal«, sagte Kaiser. »Es ist doch so: Die Leute sehen Frau Schneider in einer Gestalt, die ihnen gerade einfällt. Und ihnen fällt das ein, was sie sich am meisten wünschen oder wovor sie sich fürchten, ohne dass sie das wissen. Ich gehe davon aus, dass Gor grade was erlebt, was er immer schon erleben wollte. Ihr wisst doch, wie er Frau Schneider angeguckt hat, der hatte doch gar keinen Schrecken. Im Gegenteil, der war ganz benommen von Frau Schneider. Und so was wird er in Thor halt auch gesehen haben und immer jetzt noch weitersehen. Gerade dafür will er doch Astronaut werden, zum Beispiel.«

»Und weswegen sagt uns Frau Schneider das dann nicht?«

»Da würde ich aber auch gern mal hin«, sagte Rulle, »wo jetzt Gor ist.«

»Würden wir alle«, sagte ich.

»Ich nicht«, sagte Kaiser. »Ich find das hier schon in Ordnung – es sei denn, dass wir wegen der Klapse und meinem Gefängnis abhauen müssten. Das wäre etwas anderes.«

»Frau Schneider müsste uns aber lassen«, sagte ich. »Denn uns ist das ja nicht passiert, damals, als wir in Thor reingeschaut haben. Bei Gor hat Frau Schneider ganz bestimmt was gedreht.«

»Sofern sie ihn nicht einfach nur gegessen hat«, sagte Rulle.

Worüber wir nun wieder ein wenig – Kaiser-Wort – *diskutierten*, ob also Frau Schneider eigentlich böse ist oder ob sie einfach nur zu – noch ein Kaiser-Wort – *grobem Unfug* neigte. Genau darauf einigten wir uns schließlich, und selbst ich sah ein, dass solch ein grober Unfug bei Herrn Niebel viel mehr am Platz war als bei uns. Nur Shaleh, die ihr schlechtes Gewissen wegen der Wellensittiche einfach nicht verlor, tat Herr Niebel weiterhin leid. Dabei war längst heraus, dass das eben gar keine richtigen Wellensittiche, sondern kleine Roboterspione gewesen waren, also Maschinen, die gar nicht fühlen und deshalb auch nicht sterben können. Wie jetzt auch die neuen.

Sodass wir nunmehr die zweite, sagte Kaiser, *Beobachtungs-Phase* einleiten mussten. Wenn es denn schon, aus welchen Gründen auch immer, unmöglich war, den Vietnamesen direkt auf die Spur zu kommen und auch die Beobachtung von Herrn Niebel bislang keinen Erfolg erbracht hatte, war vielleicht etwas über die zwei neuen Sittichroboter herauszubekommen.

»Kein Mensch«, sagte Kaiser, »lässt seine Wellensittiche einfach aus dem Fenster fliegen. Das hätte uns damals schon ein Zeichen sein sollen, dass die etwas ganz anderes sind. Ich wette, die stellen den Kontakt mit dem

Mafiazentrum sicher. Da muss sich Herr Niebel gar nicht selbst auf den Weg machen.«

»Na ja«, wandte ich ein, »vielleicht halten die auch nur den Kontakt mit dem KEN.«

»Aber sie wurden Herrn Niebel von einem Vietnamesen gebracht.«

»Das stimmt.«

»Seht ihr. Worauf es jetzt ankommt, ist also einfach, den Wellensittichen zu folgen, wenn Herr Niebel sie nach draußen fliegen lässt.«

Da das nicht vorkam, wenn Herr Niebel nicht zuhause war, weil er morgens in der Schule war, mussten wir wenigstens nicht mehr schwänzen. Trotzdem ist es nicht leicht, Vögel zu verfolgen. Es ist sogar sauschwer, wenn man nicht fliegen kann wie sie. Sodass wir wieder auf die Idee mit dem Chip kamen. Jetzt konnte uns aber niemand mehr helfen. Weil Kaisers Bruder nach wie vor verschwunden blieb.

58

Dass auch Frau Schneider uns nicht helfen konnte, war der Beweis dafür, dass es sich um echte Wellensittiche gar nicht handelte. Wären sie nämlich echt gewesen, hätten sie Frau Schneider entweder als Katze gesehen, vor der sie dann eine riesige Angst gehabt hätten, oder sie hätten sie ebenfalls als einen Vogel gesehen. Wenn das so gewesen wäre, sagte Frau Schneider, dann hätte sie auch fliegen können.

»Das ist nämlich auf Wölflingsthor so«, erklärte sie und dass sie sich deswegen mit dem Fliegen eigentlich ganz gut auskannte. Also das wäre nicht das Problem gewesen.

Jedenfalls habe sie sich, als sie von einem Besuch in Herrn Niebels Wohnung wieder zurückkam, mehrmals vor dem Vogelbauer aufgestellt und darauf gewartet, dass die Wellensittiche sie verwandelten. Aber das hätten die Tiere nicht getan. Sie hätten sie gar nicht wahrgenommen. Was der zweite Beweis dafür war, dass es Maschinen waren, weil nämlich Maschinen eine Frau Schneider überhaupt nicht sehen können, egal in welcher Gestalt. »Für die gibt es Wölflingsthor nicht«, sagte sie. Was Kaiser in seiner Auffassung bestärkte, dass erwachsene Menschen immer mehr zu Maschinen werden. Nun ist aber mein Vater keine Maschine. Da war ich mir sicher.

»Je älter man wird«, sagte aber Kaiser, »um so schlimmer wird das mit einem. Deshalb glaube ich eben, dass es mein Bruder ziemlich gut getroffen hat.« Allmählich kapierten wir, weshalb er die Aufregung um Gors Verschwinden eigentlich nur amüsiert mit ansah.

Verglichen mit unserem Mafia-Kampf war es auch wirklich nur eine Kleinigkeit. Das fanden wir letztendlich alle. Weshalb wir zu dem Entschluss kamen, uns um Gors Wiederfinden erst wieder dann zu kümmern, wenn die Mafia restlos erledigt war.

»Wir müssen jetzt einfach«, sagte Kaiser in seinem typischen Ton, »*Prioritäten* setzen.«

Immerhin bestand die Gefahr, dass Frau Schneider plötzlich bockig wurde, wenn wir zu sehr darauf bestanden, dass sie uns wegen Gor die Wahrheit sagte. Aber wir kamen ihr eben wegen der eigentlichen Sache entgegen.

»Also hör zu«, sagte ich. »Wenn wir die Mafia zur Strecke gebracht haben und Rulles Vater eine Entschädigung erhalten hat, lasse ich dich ganz zu Herrn Niebel ziehen. Nur Thor bleibt hier, zumal Herr Niebel sie auch nicht will.«

»Außerdem«, sagte Kaiser, »steht sie nachher doch wieder hier … wenn wir sie überhaupt wegbekommen. Oder kannst du das ausschließen?«

Frau Schneider pumpte, pumpte quer unter der Decke, aber sie erwiderte nichts. Offensichtlich sah Kaiser das völlig richtig.

»Oder du müsstest Herrn Niebel die Waschmaschine schenken«, sagte Shaleh später. »So ist das nämlich bei Dschinns. Solange man ihre Flasche nicht wegschenkt, bleiben sie an einen gebunden.«

Sodass gar keine Gefahr bestand, wir würden Frau Schneider verlieren, wenn sie zu Herrn Niebel zog.

»Wir bringen sie nur aus dem«, sagte Kaiser, »*Schussfeld*. Sowieso«, sagte er, »verstößt diese Waschmaschine nämlich gegen sämtliche«, Kaiser-Wort, »Umweltauflagen, die man sich nur denken kann. Allein, was die an Strom verbraucht, wenn man sie laufen lässt!«

»Darf ich denn«, fragte Frau Schneider, »bei Herrn Niebel wenigstens mal übernachten?«

»Bitte?«

»Das wünscht er sich so sehr. Ich könnte ihn dann eben auch beobachten, wenn ihr schlafen müsst.«

Dass das der Anfang einer großen Veränderung war, die

mit Herrn Niebel vor sich ging, habe ich schon angedeutet. Sie gehört aber in ein anderes Buch, das Kaiser schreiben will oder Shaleh, während Rulle sagt, dass er sich das noch nicht so richtig zutraut. Überhaupt sind wir über die Reihenfolge noch nicht einig. Für jetzt müsst ihr nur wissen, dass Gor für ein ganzes Jahr verschwunden blieb. Da glaubte außer uns eigentlich niemand mehr, dass er noch am Leben war. Aber dann fand man ihn im Stadtwald. Er war von einem Kastanienbaum heruntergefallen und steckte in einem stacheligen Fruchtbecher, der so riesig war, dass ein Mann hineinpasst. Von dem Aufprall war er aufgeplatzt, als er vom Baum fiel. Doch gehört das eben nicht mehr in dieses Buch, sondern erst in das nächste. Auch, dass Kaisers Bruder nicht etwa älter, sondern jünger geworden war, gehört da erst hinein und was dann für eine Jagd auf Thor losging, als das bekanntwurde.

59

Jedenfalls fingen wir jetzt an, den Wellensittichen hinterherzujagen, sowie Herr Niebel sie freiließ. Oft flatterten sie nur bis zum Baum gegenüber, was eine der vielen gestutzten Platanen war, die die Kapellenstraße raufstehn. Also wo das Haus von Herrn Niebel steht, während meine Mutter und ich, Shalehs Familie und auch mein Vater und ich in der Malteser Allee wohnen. Nur Rulle wohnt im Gralsweg, wo auch der Gemüseladen ist. Ich hab euch mal eine Zeichnung gemacht, wo ihr ganz oben am Rand auch die Kapellenstraße seht. Das Haus von Herrn Niebel hat aber nicht mehr draufgepasst, weil es sich ganz am oberen Ende der Kapellenstraße befindet.

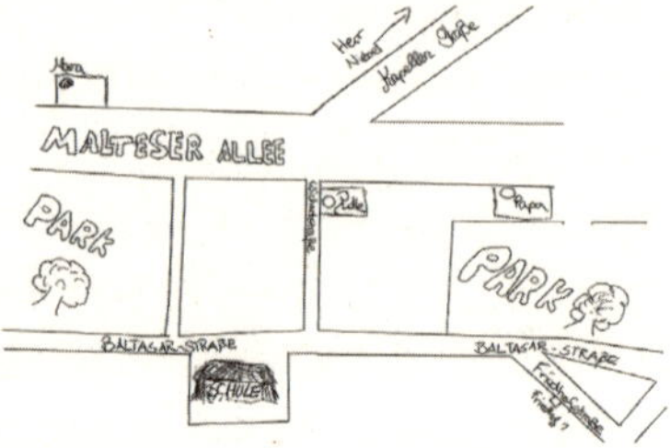

Nun hätte es aber sein können, dass die Zentrale der Mafia gar nicht in unserem Stadtteil war, was ärgerlich gewesen wäre, »weil«, sagte Kaiser, »Wellensittiche nicht so weit fliegen können. Außerdem können die ganz sicher *senden*. Die müssen gar nicht direkt hin.«

Das war ein wirkliches Problem. Bis Rulle auf eine Idee kam.

»Die Vogelspione sind doch von einem Vietnamesen gebracht worden?«

Kaiser nickte.

»Na ja, wenn die, sagen wir, mal kaputtgehen … so was kommt vor bei Maschinen, oder?«

»Je komplizierter ein Mechanismus«, sagte Kaiser, »desto anfälliger ist er.«

»Na ja«, druckste Rulle.

»Was meinst du?«, fragte ich.

»Ja«, sagte Shaleh, »du hast doch was im Kopf …«

»Ich meine, wenn so ein Ding ausfällt, dann muss Herr Niebel es entweder selbst zur Mafia in Reparatur bringen, oder es wird halt von einem Vietnamesen wieder abgeholt. Das genau wäre die Chance.«

Wir schwiegen einen Moment. Wir waren echt geschockt.

»Wir sollen den Tieren was antun?«

»Also ich nicht, ich mach so was nicht!«, rief ich.

Am meisten empört war Shaleh.

»Das könnt ihr nicht im Ernst meinen!«

»Shaleh«, versuchte Kaiser sie zu beschwichtigen. »Das sind doch nur Maschinen. Das sind sozusagen Quarzuhren.«

»Das ist ganz egal«, widersprach Shaleh, »wenn doch Herr Niebel sie liebhat.«

»Aber Herr Niebel ist ein Agent und arbeitet mit der Mafia zusammen. Der hat gar nichts lieb.«

»Das wissen wir doch nicht!«

»Warum wohl hat ihm der Vietnamese die Roboter gebracht? Außerdem geht es gerade um einen Beweis.«

»Wirklich, mir gefällt das nicht.«

»Na ja«, sagte ich, »wenn das herauskommt, sind wir echt am Arsch. Das ist schon ziemlich riskant.«

»Wer sagt denn«, sagte Kaiser, »dass wir das selbst machen müssen?«

»Du meinst …?«

Er nickte.

»Frau Schneider«, sagte Rulle.

»Frau Schneider«, sagte Kaiser.

»Dann gehn die nicht nur kaputt«, sagte Shaleh, »sondern dann sterben die gleich.«

»Maschinen können nicht sterben«, sagte Kaiser.

»Aber Frau Schneider muss bei Herrn Niebel sein«, sagte Rulle, »wenn die Mafia den kaputten Vogel abholt.«

Frau Schneider fand das natürlich eine gute Idee. Sie war richtiggehend aus dem Häuschen.

»Da habt ihr euch wirklich kluge Gedanken gemacht«, sagte sie. »Dann will ich mal packen.«

Keine fünf Minuten brauchte das, schon kam sie mit einem riesen Koffer aus Thor heraus. Keine Ahnung, wo sie das ganze Zeug in der Maschine verstaute. Na ja, *Ahnung* irgendwie schon. Schließlich hatte auch Gor da hineingepasst.

»Aber einmal pro Woche muss ich immer mindestens zurückkommen können«, sagte sie.

»In Thor?«

Sie nickte, gab aber keine weitere Auskunft.

»Ob sie sich da drinnen auftanken muss?«, fragte Rulle.

Da war Frau Schneider schon weg, da hatten wir sie schon zu Herrn Niebel gebracht, aber nur bis zu seiner Straße, den Rest war Frau Schneider allein gegangen, nachdem ich sie aus meinem Rucksack rausgelassen hatte. Es sah absolut komisch aus, wie sie den Bürgersteig entlangging, mindestens drei Meter hoch. Der Koffer, den sie hinter sich herrollte, sah wie eine Tigerente aus. Aber obwohl es mitten am Tag war und lauter Menschen auf der Straße waren, fiel Frau Schneider keinen Fatz auf.

Wir folgten ihr im Schutz der Bäume, weil wir sehen wollten, wie Herr Niebel reagierte, wenn sie so plötzlich mit ihren ganzen Klamotten vor seiner Tür stand.

Es war nicht zu fassen! Das Bild verfolgte uns noch den ganzen Tag, wie Herr Niebel sie erst ganz starr ansah und wie er ihr dann um den Hals fiel und sie küsste und sogar, wir konnten das deutlich sehen, auf diese fiese, ständig sabbernde Schnauze küsste. An sich wäre das gar nicht gegangen, er hätte eigentlich hochspringen müssen, um an Frau Schneiders Schnauze zu kommen. Aber sie hatte sich hinuntergebeugt.

Hand in Hand begaben sich die beiden hinein. Dann fiel die Tür zu.

60

Schon am nächsten Tag war es passiert. Da hatte der eine Wellensittich, erzählte uns Frau Schneider, mit einem gebrochenen Flügel im Vogelbauer gelegen. Wir ahnten das aber schon morgens in der Schule, weil Herr Niebel wieder so ein verweintes Gesicht hatte.

»Der Mann hat wirklich kein Glück mehr«, kommentierte Kaiser. »Kaum denkt er, dass er es wieder hat, passiert schon wieder den Sittichen was.«

Und Rulle sagte zu mir: »Weißt du, wahrscheinlich kannst du froh sein, dass Frau Schneider jetzt nicht mehr bei dir wohnt.«

In jedem Fall war jetzt *höchste Aufmerksamkeit* gefordert – Kaisers Ausdruck natürlich.

Erst mal nur auf Verdacht begaben wir uns nach Schulschluss Herrn Niebel hinterher und versteckten uns gegenüber seinem Haus (ich) sowie rund um den Gartenzaun (Shaleh, Rulle und Kaiser).

Die Sonne schien warm, es war noch Mittagszeit, jedenfalls alles ziemlich ruhig. Ein paar kleine Kinder spielten draußen, das war alles. Dennoch bemerkte uns

Frau Schneider sofort, als Herr Niebel die Tür aufschloss. Da erwartete sie ihn nämlich schon und nahm ihn in den Arm, weil er so mit gesenktem Kopf dastand und nichts als ein Haufen Elend war. Keine fünf Minuten später kam sie alleine wieder heraus. Ein Einkaufsbeutel schlabberte an ihrem haarigen riesigen Arm.

Sie pfiff vor sich hin, was bei einem Wolf ziemlich rulle aussieht, und ging die Straße Richtung Müllerplatz lang. Es war klar, dass sie mich aufforderte, ihr zu folgen.

Ich guckte, ob ich die anderen sah. Aber sie waren zu gut versteckt.

Am Ende der Straße gibt es einen Kiosk. Da blieb Frau Schneider stehen, um auf mich zu warten. Damit ich mit ihr sprechen und ihr dabei ins Gesicht sehen konnte, musste ich meinen Kopf ganz in den Nacken legen.

Sie stand da und stützte den einen Ellbogen auf das Kioskdach.

»Erledigt«, sagte sie.

»Das dachten wir uns schon. – Und jetzt?«

»Ihr habt eure Positionen eingenommen?«

»Na klar. – Was ist mit den Vögeln?«

»Och, nur ein Flügel ... Es war eure Idee, nicht meine!«

Wieso war sie so aufgeregt? Und spuckte beim Sprechen. Mehrmals musste ich mir mit dem Ärmel Spritzer aus dem Gesicht wischen. Hatte sie ein schlechtes Gewissen?

»Ich kann wirklich nichts dafür, dass mich das Biest als Katze gesehen hat! Ich wollte es wirklich nur etwas erschrecken, mehr nicht.«

»Hör schon auf. Der Vogel hat dich gar nicht gesehen. Das hast du selbst erzählt.«

Da guckte mich der Kioskbesitzer ziemlich verdutzt über seine Zeitungen hinweg an. Er hörte damit gar nicht mehr auf. Nicht, dass er Frau Schneider als was anderes sah, als sie ist, sondern er sah sie so wenig wie die Wellensittiche.

»Mit wem sprichst du da, Junge?«

Was sollte ich ihm sagen? »Ich probe für unser Schülertheater.«

»Ah ja. Ob du das auch woanders tun kannst? Das ist hier nämlich ein Geschäft, von dem ich leben muss.«

Das hätte er nicht sagen sollen. Aber er sah Frau Schneider nicht, deren Kopf sich jetzt von ganz oben runterbeugte und mit der nassen Nase an dem Mann herumschnüffelte. Dabei knurrte sie sogar.

Und weil sie sich ärgerte, fielen im Kiosk sämtliche Flaschen aus den Regalen. Das gab ein irres Geschepper und Klirren.

»Um Gottes willen!«

Er war derart entsetzt, dass er gar nicht merkte, dass es nur die Flaschen waren, alles andere blieb nämlich stehen. Aber die Flaschen, wirklich alle, gingen kaputt. Plötzlich stank es schrecklich nach Alkohol.

Mit hochrotem Gesicht drehte der Mann sich wieder zu mir.

»Das warst du! Das warst du Lümmel!« Und dann rief er: »Hilfe! Hilfe!«

Sodass ich Frau Schneider bei der Pranke nahm und davonsprintete. Hinter mir hörte ich den Mann immer lauter schimpfen. Dann schrie er sogar. Darum kamen alle Leute hergelaufen, die in der Nähe waren. Frau Schneider sagt, dass Menschen nichts toller finden, als wenn sie sich ein Unglück ansehen können.

»Ich habe keine Ahnung, wie er das gemacht hat. Aber er hat es gemacht.«

»Wieso *der*?«, hörte ich noch. »Das sind doch *zwei* ... zwei Lauser!«

»Zwei? Nein, das war nur einer ... nun lauft doch hinterher!«

Wir waren selbstverständlich schneller. Jedoch konnten wir zu Herrn Niebels Haus nicht mehr zurück, sondern mussten einen riesigen Bogen laufen. Da konnte ich nur hoffen, dass die Freunde aufmerksam blieben. Was Frau Schneider hoffte, weiß ich nicht. Aber sie rannte schwer stapfend neben mir her, als wäre sie wirklich in Gefahr. Weil sie so riesig war, hörte ich sie hoch über mir keuchen.

Hatte auch sie etwa Angst? Wovor denn? Doch wurde sie mit einem Mal absolut kleiner davon, immer kleiner, und schließlich war sie nur noch genau so groß wie ich und auch gar kein Wolf mehr, aber auch nicht etwa wieder Welpe, sondern sie wurde zu einem – wirklich! – Jungen, und zwar einem von genau meinem Alter, an dem auffällig eigentlich nur sein knallegrünes Haar war.

»Halt!«

Ich habe keine Ahnung, woher dieser Mann plötzlich aufgetaucht war. Es war ein Bär von Mann, mit kantigem Kopf und Stoppelhaar und in Cordhosen und Lederjacke. Er musste eine Abkürzung genommen haben. Und hatte Frau Schneider und mich an den Ohren.

»Dann kommt mal mit!«

»Lassen Sie mich los!«

Warum wehrte Frau Schneider sich nicht?

Der Mann führte uns den ganzen Weg zurück, den wir hergerannt waren.

»Ich habe nichts getan!«, rief ich.

»Jaja, dann guck dir mal die Bescherung an, die du nicht getan hast. Der arme Jänne.« Womit der Kioskbesitzer gemeint war.

Der uns schon erwartete, die Hände in den Hüften. Eine Reihe von Leuten umstand ihn. Ich hatte keine Ahnung, wie sie denn meinten, dass ich von draußen das Chaos da drinnen angerichtet hatte. Dass ich jetzt nichts von Frau Schneider sagen würde, war klar.

Frau Schneider sah nur hilflos aus. Sie blieb einfach ein Junge. Mir fiel auf, was für gelbe Augen sie hatte. Grünes Haar und gelbe Augen. Wieso sahen die andern Leute das nicht?

»Was ist los?«, zischelte ich ihr zu.

»Ich muss dringend in Thor«, zischelte der Junge, der Frau Schneider gewesen war. »Ganz dringend!«

»Was ist denn los?«

»Ja *siehst* du es denn nicht? Schau mich doch an!«

Aber da war jetzt nicht die Zeit, über das zu reden. Da konnte nur versucht werden, den Leuten zu entwischen.

»Kannst du nicht wütend werden?«, fragte ich den Jungen Frau Schneider. »Richtig wütend, sodass wieder etwas passiert?«

»Was soll denn passieren?«, fragte der Mannbär, der den Satz mitbekommen hatte.

»Wir sollten bei denen ihre Eltern anrufen«, sagte der

Kioskbesitzer, »damit die für den Schaden aufkommen können.«

Das hätte nun noch gefehlt. Mein Vater hatte wirklich genug zu bezahlen.

Aber ich verstand Frau Schneider nicht. Sie tat nicht nur nichts, sondern stand vollkommen hilflos als ein so kleiner Junge da, wie selbst ich das absolut nie gewesen bin.

Zu unserem Glück hatten jetzt ein paar der Gaffer angefangen, ihrerseits die Vorwürfe des Kioskbesitzers seltsam zu finden.

»Wie solln die zwei Jungs das denn getan haben? Wie? Alle Flaschen sind kaputt, wirklich alle? Ja, das ginge doch nicht mal, wenn man mit Zwillen Steine verschießt.«

Es sah wirklich entsetzlich in dem Kiosk aus. Die Scherben standen knöchelhoch. Da gab es für den Kioskbesitzer gar keine andere Möglichkeit, als dass wir schuld waren. Wobei er aber nur mich meinte, weil er behauptete, der andere Junge – mit dem er Frau Schneider meinte – sei vorhin noch gar nicht dagewesen. Andere beteuerten aber, sie hätten ihn gesehen. Daran war wirklich gespenstisch, dass jetzt alle, und eben auch ich selbst, Frau Schneider in dieser neuen Erscheinung sahen.

Die Erwachsenen diskutierten weiter. Die einen sagten, er war dabei, die anderen, dass sie nichts gesehen haben, und der Kioskbesitzer gab alleine mir die Schuld. Es wurden auch immer mehr Erwachsene. Dann kam sogar die Polizei, weil die wer gerufen hatte.

Nur ein Polizeiauto.

Eine Frau und ein Mann.

Sie sahen sich den Schaden an, dann schrieben sie Namen von den Ausweisen ab, die sie sich geben ließen. Frau Schneider und mich nahmen sie mit, was absolut die schlimmste aller Möglichkeiten war, die ich mir vorstellen konnte, weil ich nämlich sofort dachte, dass ich wegen der Wellensittiche von Herrn Niebel sowieso schon in den Akten der Polizei stand.

Das kam Gott sei Dank nicht zur Sprache.

Ich bestritt natürlich alles, weil ich auch wirklich nichts getan hatte. Frau Schneider aber, die die Schuldige war, schwieg einfach. Sie hat nicht ein einziges Wort gesagt, als mein Vater uns von der Wache abholte.

Er wirkte gar nicht sauer. Und wer Frau Schneider war – also der Junge bei mir –, das fragte er überhaupt erst, als wir wieder zuhause waren. Da saßen übrigens auch schon Kaiser, Rulle und Shaleh, weil sie sich Sorgen gemacht hatten, dass ich so plötzlich verschwunden war. Deshalb war mein Vater von dem Anruf der Polizei nicht überrascht gewesen.

»Jetzt sag doch mal: Wer bist denn eigentlich du?«, fragte er Frau Schneider.

»Ja, wer bist du?«, fragten die Freunde.

Da lachte Frau Schneider, die immer noch als ein stummer Junge dagesessen hatte, plötzlich laut auf und streckte meinem Vater die Zunge raus. Sprang auf, der Stuhl kippte nach hinten, und sie fegte wie ein geölter Blitz durch den Flur davon.

Nur ich wusste, wohin sie wollte.

Da war Frau Schneider aber schon in Thor wieder drin.

61

In Gegenwart meines Vaters konnte ich die Freunde nicht aufklären. Aber ich brauchte eine Erklärung, wohin dieser Junge verschwunden war.

»Abgehaun«, sagte ich, »der ist einfach so abgehauen.« Ich zeigte auf die nicht verschlossene Tür in das hintere Treppenhaus und musste dann schon wieder lügen, weil mein Vater natürlich wissen wollte, wie und wo ich den komischen Jungen kennengelernt hatte. Die Wahrheit konnte ich erst erzählen, als wir Freunde wieder allein waren.

Mir war ein Verdacht gekommen.

»Ich glaube«, sagte ich, »dass wir Frau Schneider zum ersten Mal so gesehen haben, wie sie wirklich ist.«

»Du glaubst, dass sie in Wirklichkeit ein Junge ist?«, fragte Kaiser.

»Ja, aber ein seltsamer. Jedenfalls kein menschlicher. Aber eben auch kein Flaschengeist. Sondern etwas ganz anderes.«

»Rulle«, sagte Rulle.

»Und *was* ist er?«, fragte Shaleh.

»Ich habe keine Ahnung«, antwortete ich, »aber ich glaube, dass Frau Schneider jetzt zu dem geworden ist, was sie wirklich ist, weil sie vergessen hat, sich aufzuladen …«

»Du meinst, den Chip in ihrer Stirn aufzuladen?«

Ich nickte. »Wenn das stimmt, was sie uns erzählt hat.«

»Ruf sie doch raus, sie muss doch auf dich hören.«

Sie hörte aber nicht. Sie war, wie sie uns später erklärte, *hintenrum* zurück zu Herrn Niebel geflohen.

»Ich habe einen anderen Ausgang aus Thor benutzt«, sagte sie, »nachdem ich meinen Energator gefüllt hatte.«

»Was ist ein Energator?«, fragte Kaiser.

»Eine Batterie«, sagte Frau Schneider, die jetzt wieder wie der riesige Wolf aussah, als den wir sie kannten.

»Thor hat mehrere Ausgänge?«

»Unendlich viele«, sagte Frau Schneider, »jedenfalls im Prinzip. Die findet man aber immer erst, wenn jemand von draußen sie öffnet, zum Beispiel, indem mich jemand hereinbittet. Wie das Herr Niebel getan hat. Ich muss bei ihm gar nicht mehr durch die Tür.«

»Gilt das für jeden?«, wollte Kaiser wissen.

»Für jeden«, sagte Frau Schneider, »der in Thor einmal drin ist.«

»Also auch für Gor.«

»Deshalb weiß ich eben nicht, wo dein Bruder jetzt steckt. Ich war schon überrascht, dass er in Thor überhaupt reinkam. Das ist eigentlich nicht vorgesehen.«

»Vorgesehen?«

»Man braucht diesen Chip. Sonst ist das für einen nichts als eine alte Waschmaschine oder ein Wasserhahn oder ein Kleiderschrank, ganz egal. Es muss nur eine Öffnung haben.«

Und sie erzählte die wildeste Geschichte der Welt, wobei sie zwar aussah wie ein Wolf, aber wie einer von uns sprach, wie ein Junge also, aber wie einer, der zu viel Computerspiele gespielt hat. Sodass er die Wirklichkeit nicht mehr von der Fantasie unterscheiden kann.

»Ich bin von zuhause ausgerissen«, erzählte Frau Schneider. »Es ist nämlich so, dass mein Papa ein Daten-Astronaut ist.«

Und das erklärte sie so: »Es gibt nicht nur eine einzige Wirklichkeit. Sondern es gibt Millionen und Millionen Wirklichkeiten, so wie es auch Millionen Sterne im Universum gibt.«

»Milliarden«, sagte Kaiser, »viele Milliarden Sterne.«

»Und Planeten«, sagte Shaleh.

»Wir nennen das Welten.«

»Wie Wölflingsthor eine ist?«

Frau Schneider nickte. Dann fuhr sie fort: »Wir haben entdeckt, das heißt, Bertaller hat das entdeckt, das ist ein Physiker, der bei uns vor etwa einhundert Jahren gelebt hat, Hinsum Bertaller ... – also der hat entdeckt, dass diese Welten alle miteinander zusammenhängen. Ich meine, nicht nur über den Raum zwischen ihnen und die Zeit, die man für normale Reisen braucht. Sondern, das ist ganz kompliziert, ich habe das nie richtig kapiert, aber es gibt da eine Formel in der Mathematik, die sagt, dass man auf ganz direktem Weg von einer in die andere Welt kommen kann. Bei uns nennen wir das die Bertaller-Formel. Die war aber lange Zeit nutzlos.«

»Rein theoretisch«, sagte Kaiser, »so wie wir theoretisch Zeitreisen unternehmen können, aber eben nur theoretisch.« Und er nickte.

»Das Problem ist«, sagte Frau Schneider, »dass wir noch nicht so weit sind, dass wir direkt ein Ziel ansteuern können. Sondern wir wissen nie genau, wo wir herauskommen. Das hat den Vorteil, dass man nicht gefunden werden kann, wenn man abhaut. Jedenfalls ist das unwahrscheinlich.«

»Also du bist abgehauen. Und weshalb?«

»Hausarrest«, sagte Frau Schneider. »Da hab ich mich eben gelangweilt.«

»Wieso hattest du Hausarrest?«, fragte ich.

»Weil ich auf unserem Hof Frau Gnatzkes Hund an der Regenrinne festgeklebt habe. So 'ne Art Sekundenkleber. Ich meine, das ist ein echtes Scheißvieh, das den ganzen Tag über kläfft. Meine Eltern finden das auch unerträglich, vor allem, weil Frau Gnatzke das Biest einfach so frei im Hof laufen lässt. Wir wollten da aber Fußball spielen. Da wär der Hund auf uns losgegangen. Deswegen macht Frau Gnatzke das nämlich auch, damit wir da nicht spielen. Also hab ich den Kleber auf die Regenrinne geschmiert. Dann haben wir das Mistvieh angelockt. Dem stand schon der Schaum vorm Maul. Zu fünft haben wir es gepackt und gegen die Regenrinne gedrückt. Da konnte es dann kläffen, wie es wollte. Die haben es auch gar nicht mehr abgekriegt, sondern sie mussten die Feuerwehr rufen. Aber mein Papa ist ausgerastet.«

Mit komischem Stolz sah Frau Schneider uns an. Wir saßen hingerissen vor ihr bei Thor unter der rosanen Zeltdecke und starrten zurück.

»Machst du so was öfter?«, fragte Shaleh misstrauisch. »Hunde festkleben und so?«

»Das Biest hat mich sogar gebissen.« Frau Schneider streckte den linken Arm vor. Man konnte aber vor Fell gar nichts sehen. »Ach so«, sagte sie, fasste sich ans Ohr, und es sah aus, als ob sie dran drehte. Plötzlich saß der grünhaarige Junge wieder bei uns, und Frau Schneider war verschwunden.

»Hier«, sagte er wieder und zeigte seinen Arm. Wirklich konnte man da tiefe Bissspuren sehen.

»Wie machst du das?«, fragte Rulle und zeigte auf Frau Schneiders Ohr.

»Und wie heißt du wirklich«, fragte Shaleh, »wenn du nicht Frau Schneider heißt?«

»Frau Schneider«, sagte Frau Schneider, »ich heiße wirklich Frau Schneider.«

»Das ist doch kein Jungenname!«

»Bei uns schon. Den gibt's sogar oft. Wie bei euch Peter und Jürgen. Wenn ihr euch auf Wölflingsthor Manfred oder Rama oder Shaleh nennen würdet, würden meine Leute euch auslachen. Das ist für uns genauso komisch. Wie wenn ihr zu einer Kaffeemaschine Klobürste sagt. – Ich gebe aber zu, dass ich wirklich Mist gebaut habe. Aber darum gleich Hausarrest?«

»Ein armes Tier an einer Regenrinne festzukleben«, sagte Shaleh, »ist genauso wenig nur Mist gebaut, wie Wellensittiche umzubringen.«

»Das waren Spione!«, rief Frau Schneider aus.

»Ich glaube dir nichts mehr«, sagte Shaleh.

»Lass ihn erst mal weitererzählen«, sagte Kaiser.

»Genau«, sagte Rulle. »Das ist eine völlig rulle Geschichte.«

Sodass uns Frau Schneider das mit dem Chip noch einmal erklärte. Dass der einen fähig macht, von der einen Welt in die andere zu kommen.

»Aber eigentlich ist das verboten bei uns«, sagte Frau

Schneider, »jedenfalls für die meisten. Weil man, sowie man in irgendein anderes System hineingeht, dieses System verändert. Das ist nicht vorgesehen von der Natur, dass man seine Welt verlässt, für die man geschaffen ist.«

»Wenn das nicht vorgesehen wäre«, entgegnete Kaiser, »dann könnte man es nicht tun. Wenn eine Technik entsteht, die das möglich macht, dann ist diese Technik in der Natur vorgesehen.«

»Das meint mein Papa auch. Deswegen ist er Daten-Astronaut geworden. Aber darum haben wir diesen Chip entwickelt. Wenn uns die Leute von den anderen Welten nämlich so sehen, wie sie das glauben, dann sind die Veränderungen nicht so groß, wie wenn sie uns zum Beispiel als Haifische sehen würden, die in einem Kaufhaus spazierengehen.«

»Na ja«, sagte ich, »ein Riesenwolf ist auch nicht viel besser.«

»Wenn ihr mich als Wolf sehen *wollt*, ist das in Ordnung, finde ich. Ich hab ja keinen erschreckt.«

»Aber du kannst trotzdem Sachen machen, die es nicht gibt«, sagte Shaleh. »Zum Beispiel Porsches auf Dächer stellen …«

»… und Klaviere in Bäume«, ergänzte ich.

»Ja, aber das habe ich nicht im Griff. Das ist wirklich nicht Absicht. Das liegt daran, dass man das System einer anderen Welt eben doch verändert, wenn man da auftaucht. Und hier passiert immer das, was die Leute am schrecklichsten finden. Also wenn ich wütend werde. Ich war davon genauso überrascht wie ihr.« Frau Schneider grinste. »Aber es macht Spaß«, sagte sie.

»Schon kapiert«, sagte Shaleh. »Hunde festkleben und so.«

»Und was ist mit dem KEN?«, fragte ich.

»Und die Mafia?«, fragte Shaleh. »Ist die auch nur Einbildung?«

»Du verstehst das immer noch nicht. Gar nichts ist Einbildung. Alles ist wirklich passiert, auch das mit der Mafia. Nur dass eben meine Welt genauso real ist wie eure und Millionen andere Welten.«

»Das Chaos«, fragte Kaiser, »geht also nur immer dann los, wenn die fremden Welten Kontakt miteinander bekommen?«

Frau Schneider nickte.

»Na ja«, sagte ich, »chaotisch ist unsere Welt auch schon für sich alleine, finde ich. Wenn ihr nur mal an die Kriege denkt …«

»… und die Millionen Leute, die in unserer Welt verhungern«, sagte Shaleh.

»Oder die keine Wohnung haben«, sagte Rulle.

»Also wirklich größer«, sagte ich, »kann unser Chaos gar nicht werden.«

»Ist bei uns eigentlich schon ganz dasselbe«, sagte Rulle. »Wenn bei uns verschiedene Völker aufeinandertreffen, gibt's auch immer Chaos.«

»Globalisierung«, sagte Kaiser. Typisches Kaiser-Wort.

»Jedenfalls habe ich mir den Chip auf die Stirn geklebt und bin abgehauen«, sagte Frau Schneider. »Und dann bin ich bei euch aus der Waschmaschine wieder rausgekommen. Ich hatte erst selbst keine Ahnung, wo ich da war.«

62

Nun war immerhin klar, was mit Kaisers Bruder passiert war. Frau Schneider hatte nämlich ein paar von diesen Chips auf Vorrat mitgebracht, weil die immer wieder aufgeladen werden müssen und Frau Schneider so selten wie möglich zurück nach Wölflingsthor wollte. Sie wollte sich die Strafen gar nicht erst vorstellen, wenn ihr Vater sie erwischte, schon weil sie diese Handvoll Chips stibitzt hatte. Einer war ihr wahrscheinlich aus der Hosentasche gefallen. Den hatte Gor gefunden. Und jemand auf einer der anderen Seiten hatte eine Tür aufgemacht, durch die es Kaisers Bruder weggesaugt hatte.

»Der kann *irgendwo* sein«, sagte Frau Schneider, »irgendwo im Universum. Aber ihr müsst keine Angst haben. Denn weil man uns so sieht, wie man uns sehen will, sind wir an andere Systeme auch jedesmal richtig angepasst. Da können wir unter Wasser atmen oder in Lava waten, ganz egal. Trotzdem ist etwas falsch. Das hat aber den Vorteil, dass man in seine Heimatwelt immer wieder zurückkommt. Es ist nur eine Frage der Zeit.«

»Versteh ich nicht«, sagte Rulle.

Aber Kaiser sagte, dass das völlig logisch ist. »Wenn etwas ein System verlässt und in einem anderen dazukommt«, sagte er, »dann taucht da nicht nur etwas auf, das nicht dahingehört, sondern in der alten Welt ist sowas wie ein Vakuum. Da fehlt einfach was, und zwar dauernd. Weil sich aber alles immer ausgleichen will, was ein

Naturgesetz ist, saugt das einen wahrscheinlich immer wieder zurück.«

Frau Schneider nickte.

»Es muss dazu aber irgendwas offen sein. Zum Beispiel die Keksdose in meinem Zimmer. Wenn die jemand zumacht, bin ich geliefert.« Trotzdem lachte Frau Schneider auf. »Ist natürlich keine Gefahr«, sagte sie, »so chaotisch, wie's bei mir immer aussieht. Da findet sich eh keiner durch.«

Das war mir klar. Ich musste nur dran denken, was für Unordnung Frau Schneider in nur wenigen Tagen in mein Zimmer gebracht hatte und noch immer brachte.

»Und was ist da dran«, fragte ich, »dass du mir folgen musst?«

»Wer sagt das denn?«

»Shaleh. Dass du nämlich so ein Flaschengeist bist. Und wirklich hast du mir immer gehorcht, wenn ich dir was befohlen habe.«

Frau Schneider zuckte mit den Schultern.

»Reiner Zufall«, sagte sie, »oder weil's grad gepasst hat. Gehorchen tue ich keinem. Das Einzige, was ich wirklich brauche, ist, dass mir wer eine Tür aufmacht. Wie ihr das mit Thor gemacht habt. In dieser Nacht konnte ich zum ersten Mal zu euch herein.«

Doch die Sache machte ihm richtig Spaß. Ich meine, der festgeklebte Hund zeigte schon, was für ein Charakter Frau Schneider war. Der war als Kind noch viel schlimmer als wir.

»Ich hätte dir«, sagte Shaleh, »auch Hausarrest gegeben, aber einen, den du dir gar nicht vorstellen kannst.«

»Und was ist mit dem KEN?«, fragte ich wieder. »Mit dem Komitee zur Einhaltung der Naturgesetze? Das ist eine Erfindung von dir.«

Frau Schneider schüttelte ihren grünen Haarschopf.

»Nein, ist es nicht. Oder nur der Name. Dass es bei euch wirklich ein KEN gibt, konnte ich nicht ahnen. Aber wenn bei uns einer auf eine verbotene Datenreise geht, schicken meine Leute Agenten aus, um ihn wieder einzufangen und zurückzuholen. Also das ist jetzt nicht offiziell, aber ich glaube, dass wir längst schon Raumstationen in ganz anderen Welten haben. Das soll nur nicht bekanntwerden. Mein Vater kann Geheimnisse eigentlich gut für sich behalten, Berufsgeheimnisse sowieso, aber er hat immer wieder mal Andeutungen gemacht. Und da dachte ich, dass das gar nicht gut wäre, wenn es auch hier so eine Raumstation gibt. Und dass man mich in jedem Fall suchen wird. Deshalb sollte ich so oft wie möglich meinen Standort wechseln. Deshalb will ich zu Herrn Niebel, auch wenn das ziemlich komisch ist, plötzlich eine Frau und erwachsen zu sein. Während ich mich als Wolf echt gut fühle. Solltet ihr auch mal probieren.«

Ich stellte mir vor, wie Gor sich jetzt fühlte, wenn er dort, wo er war, vielleicht als Dinosaurier herumstapfte. Oder wenn er jetzt einfach ein Berg war, weil auf dem anderen Planeten nur Berge leben.

63

Frau Schneider war wieder zu dem Jungen geworden, weil sie die Chips nicht aufgeladen hatte. Und sie hatte sie nicht aufgeladen, weil grad lauter Leute in ihrem Zimmer waren, als sie durch die Keksdose zum Aufladen zurückgewollt hatte.

»Ich habe einen solchen Schreck bekommen, den könnt ihr euch nicht vorstellen! Die durchwühlten alles. Wahrscheinlich suchten sie nach irgendwas, das ihnen dabei hilft, mich wiederzufinden. Ich konnte mich grad noch festhalten und zurückschleudern. Und hab dann eben gehofft, dass in den Chips noch genügend Energie ist, bis die alle wieder weg sind. Da habt ihr mich aber schon zu Herrn Niebel gebracht.«

»Der aber jetzt nicht von Wölflingsthor ist, um dich wieder einzufangen?«, fragte Rulle.

»Das weiß ich eben nicht. Keine Ahnung.«

»Also du weißt gar nicht, ob er ein Spion ist?«

»Aber er hat mich gemerkt, als ihr mich mit in der Schule hattet!«

»*Irgend*was hat er gemerkt«, sagte Kaiser, »aber nicht dich. Weißt du, was ich glaube, Frau Schneider? Ich glaube, du verarschst uns.«

»Wölflingsehrenwort: nein!«, rief der grünhaarige Junge. Er sah jetzt wieder wie ein Wolf aus, weil er erneut an seinem Ohr gedreht hatte. Wenn der Chip ausgeschaltet war, konnte man ihn als silbernes Plättchen gut auf der

Stirn erkennen. Wird er eingeschaltet, wird er hautfarben wie die ganze Stirn und ist kaum mehr zu sehen, und im Fell eines Wolfes dann gar nicht. Wobei es egal ist, erklärte Frau Schneider, wo man den Chip nun trägt. Damit er aber funktioniert und man so gesehen wird, wie die Leute einen sehen wollen, darf er nicht verdeckt sein.

»Fell ist in Ordnung«, sagte Frau Schneider, »aber eine Jacke zum Beispiel nicht.«

»Und du willst immer noch zu Herrn Niebel?«

»Hier ist das jetzt zu gefährlich. Wirklich! Aber ich komme mindestens einmal pro Woche wieder her. Versprochen.«

»Um deine Chips aufzuladen.«

»*Auch*«, gab Frau Schneider zu. »Aber nicht nur. Sondern jetzt, da ihr alles wisst, sind wir doch richtige Freunde. Jetzt haben wir doch eine ganz andere«, sagte sie mit einem echten Kaiser-Wort, wobei sie auch so klang wie Kaiser, »*Basis*. – Außerdem wollen wir doch das mit der Mafia zu Ende bringen.«

Dann brach sie zu Herrn Niebel auf, wozu sie die, wie sie das nannte, Abkürzung durch die Waschmaschine nahm, weil sie sich in der Wohnung von Herrn Niebel selbst eine neue Öffnung geschaffen hatte. Sie verriet uns auch, »für den Notfall«, welche das war: »Unter seinem Waschbecken im Badezimmer gibt es einen toten Wasseranschluss. Ich hab das ausprobiert. Man kann ihn einfach aufdrehen und auflassen. Wenn Herr Niebel ihn doch mal zudrehen sollte, komme ich einfach zu Fuß zu euch.«

Natürlich saßen wir, nachdem Frau Schneider weg war, noch lange zusammen und besprachen die neue Situation. Schon weil jetzt Kaiser auf eine völlig wahnsinnige Idee gekommen war.

»Also nehmen wir mal an«, sagte er, »dass Frau Schneiders Geschichte jetzt stimmt. Sie hat uns ja schon viel aufgetischt.«

»Das kann man wohl sagen«, sagte Shaleh. Sie schien verärgert zu sein. Das mit dem angeklebten Hund fand sie mindestens so schlimm wie die Sache mit Herrn Niebels Wellensittichen.

»Ich habe einen Verdacht«, sagte Kaiser. »Wenn der stimmt, dann müssten wir, falls es so was wie das KEN nicht gibt, selbst so was gründen.«

»Warum denn das?«, rief ich aus.

»Denk doch mal nach! Wahrscheinlich sind die Wellensittiche von Herrn Niebel in Wirklichkeit doch echte Wellensittiche gewesen. Dann hat uns dieser – also wirklich! – *Kobold* was von Roboterspionen erzählt. Und was passiert daraufhin? Herr Niebel kriegt neue Wellensittiche, und die sind nun tatsächlich solche Maschinchen. Fällt euch was auf? Oder dass Herr Niebel ein Agent vom KEN ist. Das ist er wahrscheinlich überhaupt nicht gewesen – bis Frau Schneider das erzählt hat. Und wieder: Was passiert? Herr Niebel wird ein Agent vom KEN. Dann erzählt uns Frau Schneider, dass das KEN mit der Mafia zusammenhängt. Also arbeitet Herr Niebel als Agent vom KEN mit einem Mal für die Mafia. Ich meine, das passiert alles *wirklich*, kaum dass Frau Schneider es erzählt!«

»Du meinst, dass Frau Schneider das alles mit Absicht macht?«, fragte Shaleh.

»Nein. Das glaube ich nicht. Ich glaube, dass Frau Schneider gar nicht weiß, was sie anrichtet. Sie hat die Warnungen ihres Vaters nicht verstanden. Ich glaube, dass die Leute von Wölflingsthor ganz recht damit haben, solche Reisen zu verbieten. Weil die alles echt durcheinanderbringen. Was ist, wenn nicht nur wir Frau Schneider zu dem machen, was sie ist, sondern wenn umgekehrt sie was anguckt, und das wird das, was sie sich vorstellt? Stellt euch das mal vor! Da muss sie das gar nicht wollen, und trotzdem ist die Katastrophe perfekt.«

Rulle pfiff durch die Zähne.

»Also müssten wir«, sagte ich, »Frau Schneider unbedingt wieder nach Wölflingsthor zurückkriegen.«

Kaiser nickte.

»Das ist die«, sagte er, »*Konsequenz.*«

»Dann kann«, sagte Shaleh, »Gor aber alles ändern, wo er jetzt ist.«

»Na klar kann er.«

»Rulle«, sagte Rulle.

»Und wie kriegen wir das hin?«, fragte Shaleh.

»Was?«, fragte ich. »Frau Schneider nach Wölflingsthor zurückzukriegen?«

Shaleh nickte. Sogar Rulle nickte.

Gespannt sahen wir Kaiser an.

»Ich weiß es noch nicht«, antwortete er.

»Ich bin auch dagegen«, sagte ich. »Weil ich finde, dass wir erst mal das mit der Mafia erledigen müssen. Und weil Herr Niebel jetzt zu der Mafia gehört, ob er das weiß und will oder nicht, und weil er diese Roboter hat, können wir das auch.«

»Die Mafia hat meinen Laden bestimmt nicht wegen Frau Schneider angesteckt«, sagte Rulle. Darin waren wir sowieso einig.

»Außerdem finde ich«, sagte ich, »dass Frau Schneider ruhig ein bisschen von dem wiedergutmachen kann, was sie angestellt hat.«

Denn auch darüber waren wir uns einig, dass unsere Streiche gegen die von Frau Schneider absolut verblassten. In dem Gefühl, dass wir richtig gut erzogene Menschen sind, gingen wir auseinander.

64

Das Gefühl hielt nicht lange an. Mir jedenfalls wurde es schnell komisch. Man kann doch absolut nicht ein angepasster Junge werden! Alles, was recht ist, das geht nicht. Deswegen war ich immer weniger damit einverstanden, Frau Schneider einfach so wegzuschicken. Wer hat schon einen Freund, der so etwas kann wie Frau Schneider?

Auch Kaiser hatte darüber nachgedacht, erzählte er uns später. Wollten wir wirklich darauf verzichten, vielleicht selbst einmal so eine Reise zu machen? Bestimmt nicht. Insofern genügte es schließlich, fanden Kaiser, Rulle und ich, wenn Frau Schneider erst mal bei Herrn Niebel blieb. Nur Shaleh war anderer Meinung. Aber das war, bevor auch sie sich – zu unser aller Entsetzen – in Frau Schneider verliebte, in den *Jungen* Frau Schneider, natürlich. Doch das gehört nun schon wieder ins nächste Buch.

Noch in dieses gehört, dass sich Herr Niebel durch Frau Schneider enorm veränderte. Und zwar zu seinem Vorteil. Zum Beispiel fuhr er eines Tages mit seinem Porsche vor der Schule vor und brachte Frau Schneider sogar mit, die für die anderen aber aussah wie die neue Freundin von meiner Mama. Ganz so neu war sie da natürlich schon nicht mehr. Das geschah aber erst, nachdem wir die Mafia erledigt hatten, also: nachdem Frau Schneider sie erledigt hatte. Da war Herr Niebel dann nämlich frei. Dass er für die Mafia tätig gewesen ist, hat er, glaube ich, sowieso nie begriffen. Auch später nicht. Weder wir noch Frau Schneider haben es ihm jemals erzählt. Weil dazu kein Grund mehr bestand, denn danach waren die neuen Wellensittiche auch wieder richtige Vögel.

Noch aber waren sie Roboter. Und wirklich, wie wir es uns gedacht hatten, ließ Herr Niebel den einen kaputten jetzt abholen. Frau Schneider, die das mitbekam, alarmierte uns, indem sie sofort durch Herrn Niebels toten Wasseranschluss in Thor hineinsprang und dann urplötzlich, wieder als Wölfin, in meinem Zimmer stand. Es war ein Glück, dass Nachmittag war und das ganze Katastrophen-Quartett versammelt.

»Beeilt euch!«, rief Frau Schneider. »Es geht los! Der Vietnamesenmafia holt grade den kaputten Roboter ab.«

Der Hammer aber war, dass sie jedem von uns einen Chip in die Hand drückte, und wir sollten uns an den Händen fassen. Dann merkte ich, wie sich um uns alles zusammenzog, ja alles wurde ganz klein, immer kleiner, als würde ich zusammengepresst. Da sauste mir was riesig durch die Ohren. Dann gab es einen Moment lang

wahnsinnige Farben und so ein unangenehmes Pfeifen – schon standen wir alle in Herrn Niebels Badezimmer und brauchten ein paar Sekunden, um wieder zu uns zu kommen. So schwindlig war uns.

Frau Schneider gönnte uns das Auspusten nicht. Rulle musste aus dem Badezimmerfenster klettern, ich selbst sollte den Hinterausgang nehmen, Shaleh vorn durch den Haupteingang, und Kaiser und Frau Schneider wollten direkt durch das Fenster in Herrn Niebels Arbeitszimmer. Da war es natürlich nicht zu vermeiden, dass er uns bemerkte. Aber das war egal. Hauptsache, wir blieben dem Vietnamesenmafia an den Fersen.

Er hatte keine Chance. Zwar bekam er schon mit, dass er verfolgt wurde, aber er wusste nicht, von wie vielen. Und zwar, ja, er telefonierte ganz aufgeregt, aber dann schob sich Frau Schneider vor und schob uns ganz aus dem Sichtfeld, und Frau Schneider jedenfalls schien dieser Vietnamese für einen Kumpel zu halten. Die beiden sprachen sogar miteinander. Frau Schneider konnte wieder fließend Vietnamesisch.

Ich fragte mich kurz, ob sie vielleicht richtig Cello spielen konnte, wenn mein Vater eine Cellistin in ihr sehen würde. Dann hätte er endlich jemanden für Duos gehabt, wie er sich das immer schon gewünscht hat. Aber er sah eben Frau Schneider nicht oder neuerlich nur so, wie meine Mama sie sieht.

Aber so hatten wir die Zentrale von der Vietnamesenmafia tatsächlich gefunden. Und weil ich's am Abend wieder versuchte, meinem Vater das mit Frau Schneider zu erklären, gab er ihr zum zweiten Mal einen ziemlich bösen Namen; das war diesmal sogar schlimmer als das blöde Hirngespinst. Nur gehörte das jetzt zu unserem Plan, meinen Vater wütend zu machen, damit nämlich Frau Schneider auch wütend genug wurde, um den Mafias das mit Rulles Laden endlich richtig heimzuzahlen. Es gehörte sogar zu Frau Schneiders eigenem Plan. Sie überhaupt brachte uns darauf.

»Also, wenn ich richtig wütend werde«, sagte sie, »und das irgendwie in Zusammenhang mit der Mafia steht, dann kann die echt was erleben, was die noch nie erlebt hat.«

Sodass ich meinem Vater erzählte, dass Frau Schneider, die ich kurzerhand »meinen Hauskobold« nannte, ihre Finger bei dem Brand von Rulles Laden mit dringehabt hatte. Deshalb habe sie nämlich auch meine Mama beeindruckt, weil sie von der Angst der anderen Vietnamesen, dass man auch denen ihre Läden ansteckt, richtig viel Geld verdient hat und nun Mama dauernd den Kaffee ausgeben kann. Und Herrn Niebel, erzählte ich, hat sie dazu gebracht, für die Mafia Botengänge zu erledigen. Wir hätten das beobachtet, Kaiser, Rulle, Shaleh und ich. Frau Schneider habe uns grinsend erzählt, dass Herr Niebel jetzt auch für die anzubrennenden Läden, falls also ein Vietnamese nicht bezahlen will, die Ofenanzünder besorgt, weil das bei Vietnamesen auffallen würde, wenn die so viel davon kaufen.

Ich wurde richtig fies mit meinen Anschuldigungen. Sodass ich beobachten konnte, wie absolut mein Vater immer mehr kochte, bis er sich echt nicht mehr im Griff hatte und losbrüllen musste. Als ich dann nämlich noch sagte, dass mir wenigstens Gelmund glaubt, da war es restlos aus. Ich meine, das tat mir wirklich weh, dass ich meinen Vater so benutzen musste, aber es ging nicht anders. Wir brauchten einfach den größten Wutanfall, den man sich überhaupt vorstellen kann. Dafür war bei meinem Vater niemand so gut geeignet wie Gelmund.

»Wie?!«, schrie mein Vater. »Dir ist die Meinung dieses verdammten Arschlochs, der unsere ganze Familie zerstört hat, wichtiger als die deines Vaters?«

Bei ihm schwillt immer eine fette Ader auf der Stirn an. Er weiß dann eigentlich auch gar nicht mehr richtig, was er da sagt. Denn das stimmt nicht, dass Gelmund unsere Familie zerstört hat, sondern der ist einfach aufgetaucht und hat sich in meine Mama verliebt, die sich eben auch in ihn verliebt hat. Mehr ist da eigentlich nicht passiert. Aber darüber, wie gesagt, ist mit meinem Vater nicht vernünftig zu reden. Was mir jetzt ganz recht war, auch wenn das ungeheuer mies ist, so in den Schmerzen von einem anderen herumzuwühlen. Weil mein Vater, glaube ich, meine Mama nämlich immer noch liebt, auch wenn er es nicht zugibt. Er gibt sowieso nicht gerne was zu.

Übrigens saßen die Freunde, als dieser katastrophalste aller katastrophalen Wutausbrüche losbrach, nebenan vor der Kaaba. Das war wichtig, weil wir es hinbekommen mussten, dass Frau Schneiders von der Wut meines Vaters entfachte Wut sich eben nicht auf meinen Vater richten würde, sondern genau auf die Mafia. Deshalb flüsterten, damit mein Vater sie nicht hören konnte, Kaiser, Rulle und Shaleh Frau Schneider unentwegt zu: »Die Mafia … die Mafia … die Mafia.« Damit Frau Schneider keine Gelegenheit hatte, sich darüber klarzuwerden, wer sie eigentlich wütend machte. Außerdem fand dieser katastrophalste aller katastrophigsten Ausbrüche nicht im Arbeitszimmer meines Vaters, sondern gleich nebenan in der Küche statt, damit sichergestellt war, dass Frau Schneider auch jedes Wort hörte. Weshalb ich meinen Vater in die Küche gelockt hatte und ihn schon damit in Harnisch brachte. Nämlich rief ich ihn, und er rief zurück, ich solle bitte zu ihm kommen. Woraufhin ich brüllte, ich dächte gar nicht daran, denn Gelmund habe mir gesagt, dass Kinder nicht dazu da sind, immer auf ihren Vater zu hören. Frau Schneider habe genau das auch gesagt. Da war die Kacke schon mal am Dampfen, ja, ich glaube, die Freunde hätten »die Mafia … die Mafia … die Mafia« auch laut singen können – in seinem wütigen Zustand hätte mein Vater das nicht mehr mitbekommen.

»Du wagst es, ausgerechnet du, mir diesen Lackaffen vorzuhalten? Und dann noch dein restlos bekloptes Frau-Schneider-Gespenst?«

Da rutschte er aus vor Wut, wirbelte halb durch die Luft, hielt sich irgendwo fest, kam wieder hoch, holte aus und schlug mit dem ganzen rechten Arm durch die Glasscheibe, die in unserer Küchentür war. Was meinen Vater erst recht aus der, hätte Kaiser gesagt, *façon* brachte und was wiederum ich mit ziemlichem Interesse beobachtete, weil ich alles nur inszeniert hatte und das jetzt wie am Schnürchen einfach so ablief. Mein Vater merkte das natürlich. Das steigerte seine Wut nur noch mehr. Sodass dann überall in der Stadt die Autos von der Mafia anfingen, sich zusammenzuknoten, was vielleicht der ungeheuerlichste Vorfall war, den es in unserer nun wirklich nicht kleinen Stadt jemals gegeben hat.

Das war, muss ich sagen, das allererste Mal, dass das Katastrophen-Quartett, das eigentlich ein Quintett ist, weil Frau Schneider dazugehört ... also es war das erste Mal, dass wir wirklich perfekt zusammengearbeitet haben: Kaiser, Rulle, Shaleh und ich, sowie Frau Schneider. Und davon stand nichts in der Zeitung.

65

Dass die Zeitungen aber von den verknoteten Autos voll waren, ist klar. Wirklich jeder bekam das mit. Es entstand sogar eine Panik. Leute, neben denen sich so ein Auto zu verknoten begann, schrien auf, andere prügelten sich. Überall gellten Feuerwehr- und Polizeisirenen. Man soll auch Schüsse gehört haben. Das war wahrscheinlich von den Mafias, die in den Autos, die sich verknoteten, noch drinsaßen und sich freischießen wollten. Aber das half ihnen nichts. Sie wurden einfach mitverknotet. Die Sache kam sogar in der Tagesschau.

Auch wenn wir fanden, dass Frau Schneider mit den Leuten, die in den Autoknoten starben, zu weit gegangen war, fanden wir doch zugleich, dass unser Rachefeldzug einen angemessenen Höhepunkt hatte. Rulle war sogar richtig begeistert, auch wenn er noch gar nichts davon hatte. Da war nämlich jetzt noch ein letzter Schritt zu tun. Denn die Autoknoten sollten nichts sein als eine deutliche Warnung, weil wir gegen die Mafias ein Druckmittel brauchten. Sonst hätten sie Rulles Vater niemals das Geld für die Abfindung bezahlt.

Wie hätten wir ahnen können, dass Rulles Vater dieses Geld gar nicht annehmen würde? Er brachte es auf die Polizei. Und damit war es dann wieder weg.

»Ich weiß doch nicht, woher das gekommen ist und was für ein Geld das eigentlich ist. Vielleicht kommt das von Rauschgift.« So ähnlich hat er es Rulle später erklärt. »Ich will mein Leben nicht mit Blutgeld bezahlen«, war das Härteste von allem, was Rulles Vater sagte, und seine Mutter war genau dieser Meinung.

»Jetzt war also alles umsonst«, sagte ich. »Das alles wäre gar nicht nötig gewesen.« Aber Frau Schneider sagte, dass das nicht stimmt, weil nämlich die Mafia jetzt so oder so eine Strafe abgekriegt hat und sich in Zukunft vorsehen wird. Von der Polizei wäre dieses Ergebnis jedenfalls nicht zu erwarten gewesen. Tatsächlich haben die Schutzgelderpressungen seit den verknoteten Autos aufgehört. Kein Vietnamesenladen muss heute mehr Angst haben. Was immer man von Frau Schneider hält, das jedenfalls muss man ihr anrechnen, und es wiegt eigentlich ganz viele Klaviere auf, die plötzlich in Astgabeln stehen.

Fanden wir.

Aber der Reihe nach.

Erst einmal musste jetzt die Mafia wieder – Kaiser-Wort – *kontaktiert* werden. Was diesmal Kaiser und ich übernahmen.

Wir brachten der Mafia einen Brief, den wir zusammen mit Frau Schneider noch am selben Abend schrieben. Wir schrieben Folgendes, und zwar ganz höflich, weil eine höfliche Drohung, sagte Kaiser, besser wirkt als eine, die im – erneutes Kaiser-Wort – *Affekt* geschrieben ist, die man also mit der ganzen Wut im Bauch schreibt, die man grade hat. Nein, man muss das ebenso kalt hinschreiben, wie ich meinen Vater zu diesem Wutausbruch gebracht hatte. Also, wir schrieben:

Liebe Mafia,
wenn Du nicht willst, dass Deine Autos auch in anderen Städten Knoten werden, dann bezahle an die Familie von Hùng Ngyuen«, – das nächste Wort stammte wieder von Kaiser: – *»wohnhaft im Gralsweg 75b, den Betrag von 100.000 Euro. Dafür hast Du fünf Tage Zeit.*
Dein
Katastrophen-Quartett und Frau Schneider.

Nun war das natürlich ein Risiko. Denn um nochmal Autos zu verknoten oder etwas ähnlich Furchtbares zu machen, hätte ich zum einen meinen Vater schon wieder wütend machen müssen.

Das wollte ich gerne vermeiden. Es war sowieso schon ein Glück, dass bei uns die Regel mit dem Beim-Schlafengehen-ist-alles-vorbei gilt. Die wollte ich auf keinen Fall gefährden. Vor allem aber hätten wir, um so Knoten auch in anderen Städten aus Autos zu machen, von diesen anderen Städten die Mafiazentralen wissen müssen und sowieso, ob es da überhaupt welche gab. Wie hätten wir das denn rauskriegen sollen? Aber Kaiser sagte, dass das ein sehr guter Bluff ist und dass ein sehr guter Bluff oft besser ist, als wenn man wirklich gute Karten auf der

Hand hat. Was er, sagt er, von seinem Vater weiß. Es hat auch gut funktioniert.

Pünktlich fünf Tage später fand Rulles Vater zwischen den Kartoffeln eine schwarze Plastiktüte voll mit dem Geld. Das er leider bei der Polizei abgegeben hat. Wenigstens hat man ihm gesagt, dass er Anspruch auf eine Belohnung hat. Man will jetzt erst einmal warten, ob sich wer meldet, dem das Geld gehört. Und außerdem, hat Rulle erzählt, fühlen sich seine Eltern jetzt richtig gut. Sie haben nun keine Angst mehr, doch noch aus Deutschland abgeschoben zu werden. Weil sie sich nämlich wie richtige Staatsbürger benommen haben.

Dass Frau Schneider das einfach nur – ihr Wort, nicht meins – *dämlich* fand, muss ich hier nicht schreiben. Das kann man sich denken, wenn man sie kennt.

66

Nun fingen die Veränderungen mit Herrn Niebel an, weil Frau Schneider jetzt ganz zu ihm gezogen war. Wir merkten das sogar in der Schule, wie immer lockerer Herr Niebel plötzlich wurde. Auch dass er den einen Wellensittich nicht mehr zurückbekam, schien ihn nicht weiter zu stören. Er erzählte sogar eine absolut falsche Geschichte, die er aber zu glauben schien: dass der Wellensittich nämlich weggeflogen sei. An einen Mafia, dem er einen kleinen Roboterspion zur Reparatur gegeben hatte, schien er sich nicht mehr zu erinnern. Und den zurückgebliebenen Wellensittich, der jetzt wirklich wieder einer war, den schenkte er eines Tages Johanna, die bei uns in der Klasse die Kleinste ist. Sie hatte sich schon immer ein Haustier gewünscht, aber ihre Eltern waren dagegen. Da haben Herr Niebel und Frau Klicker mit denen gesprochen, und eines Morgens hat Herr Niebel den Wellensittich mitsamt seinem Vogelbauer im Porsche in die Schule gefahren und Johanna geschenkt.

»Ich brauche den Vogel nicht mehr«, soll er gesagt haben, aber keiner von uns vieren war dabei. »Peterchen braucht jemanden, die ihn wirklich liebhat. Vor allem, weil doch sein Jens'chen weg ist. Ich, liebe Johanna, kann ihn ihm nicht ersetzen. Aber du.«

Jedenfalls war das ein ganz anderer Herr Niebel, als wir ihn kannten. Auch das ist allein von Frau Schneider gekommen. Die auch einige Zeitlang gar keine Dummheiten mehr machte. Fast ein Dreivierteljahr lang nicht. Also so lange nicht, bis Gor zurück war, Kaisers Bruder. Den man in dieser riesigen Kastanienschale im Stadtwald fand.

Doch davon will dann Kaiser erzählen.